Sohn der Sonne

1

Völlig zu Recht erlangte Rusti Cayambe nach der schrecklichen Schlacht bei Aguas Rojas Ruhm, Reichtum und Glück.

An der Spitze einer kleinen Schar von abgekämpften, hungrigen Kriegern beschloss er damals eigenmächtig, dem schlauen Tiki Mancka nachzusetzen. Dieser versuchte, mit dem Rest seines Heeres in die fernen Ausläufer der Kordilleren zu flüchten, wo er seine versprengten Anhänger erneut um sich scharen, seine Wunden lecken und auf die Verstärkung warten wollte, die die Stämme aus dem Norden ihm versprochen hatten.

Rusti Cayambe wusste genauso gut wie der Sonnengott oder jeder gemeine Fußsoldat, dass sich die Flüsse im nächsten Jahr erneut rot färben würden und sogar die Zukunft des Reiches in Gefahr geriete, wenn man dem durchtriebenen Tiki Mancka nach dessen vernichtender Niederlage auch nur die kleinste Atempause gönnte.

Die wilden, grausamen Krieger der Bergstämme des Hochlands waren zu einem bösartigen Geschwür geworden, das im Herzen des Reiches wucherte. Zu einer Plage, die seine Bewohner drangsalierte, die Entwicklung der Grenzprovinzen und auch die Expansionsgelüste eines Volkes bremste, das jedes Jahr weiter wachsen musste, wollte es nicht das Risiko der Stagnation eingehen – denn das hätte seinen Untergang bedeutet.

Im Westen bildete der riesige Ozean eine unüberwindliche Barriere, und im Osten erstreckten sich endlose Sumpfgebiete und ein undurchdringlicher Urwald, sodass nur der Norden und der Süden neue Horizonte für ein Volk eröffneten, das sich eine vielversprechende, goldene Zukunft für seine Kinder und Kindeskinder erhoffte.

Was die Eroberung des Südens anging, so hatte Cayambe Zweifel. Seine erste Mission als Offizier des Inkaherrschers hatte darin bestanden, die entlegene, sagenumwobene Wüste von Atacama zu erkunden, und sein angeborener strategischer Instinkt warnte ihn schon damals. Allein der Versuch, das sonnenversengte Ödland zu durchqueren, brächte mehr Gefahren mit sich als Nutzen.

Jenseits dieses glühenden, salpeterhaltigen Sandmeeres erhoben sich neue Gebirgszüge von ungeahnter Höhe in den Himmel, und dahinter lagen unbekannte Landschaften, in denen nur primitive Stämme lebten, die so gut wie nichts mit den Bewohnern der reichen Gebiete im Norden gemein hatten. Daher hielt er es für ratsam, sich in erster Linie auf den Norden mit seinen fruchtbaren Böden und seinen kostbaren Gold- und Smaragdminen zu konzentrieren.

Doch der Zugang zu diesen Schätzen wurde ihnen durch die Heere von Tiki Mancka und seinen zahlreichen Verbündeten verwehrt.

Schließlich war es bei Aguas Rojas zu einer offenen, grausamen Schlacht gekommen, die das fruchtbare Tal in einen übel riechenden Totenacker verwandelte. Mit ihr hatte der Inka einen Schlussstrich unter die blutige Auseinandersetzung ziehen wollen. Doch dem schlauen Kaziken Tiki Mancka war es wieder einmal gelungen, die ausgeklügelte Strategie der Generäle des Reiches zu durchkreuzen, den Belagerungsring zu durchbrechen und den schmalen Bergpfad zu erreichen, der sich über die hohen Gipfel dieser unwegsamen Gegend schlängelte.

Aus langer, bitterer Erfahrung wussten die Inkas, dass sich ihre Feinde in Luft auflösen würden, sobald sie die Hängebrücke passiert hatten, die über die Schlucht neben einem mehr als fünftausend Meter hohen, verschneiten Gipfel führte und unter der ein tosender Fluss rauschte. Kein Fremder konnte sie in den engen Schluchten des dahinterliegenden, weitläufigen Berglands ausfindig machen, in denen sie dann verschwanden.

Unentwegt spornte der tapfere Cayambe mit lauter Stimme seine Männer an, damit sie nicht der Erschöpfung nachgaben oder sich von dem schmalen Pfad, der an steilen Felsabbrüchen vorbeiführte, beeindrucken ließen. Er war fest davon überzeugt, dass es eine einmalige Gelegenheit war, dem ärgsten Feind des Reiches den endgültigen Todesstoß zu versetzen.

»Los, Männer, los!«, schrie er. »Wir sind ihnen dicht auf den Fersen!«

Die Verfolgungsjagd artete zu einem gefährlichen Gewaltmarsch aus, bei dem es mehr als einmal vorkam, dass ein armer Teufel ausrutschte und mit einem entsetzlichen Angstschrei in den Abgrund stürzte. Cayambe verlor auf diese Weise einen seiner treuesten Kampfgefährten, der ihn schon vor vielen Jahren auf seinen Erkundungen durch das Gebiet von Atacama begleitet hatte.

Das Herz war ihm stehen geblieben, als der Mann in die Tiefe stürzte und verschwand wie ein Falke, dem plötzlich der Aufwind fehlte. Er biss sich auf die Lippen und unterdrückte mit aller Macht die Tränen. Sie hätten ihm nur den Blick verschleiert, und bei einem einzigen falschen Schritt blühte ihm dasselbe Schicksal.

In den letzten Monaten hatte es ununterbrochen geregnet. Auf dem steinigen Bergpfad befand sich eine dicke, glitschige Moosschicht, die das Vorwärtskommen noch mehr erschwerte. Wer keinen richtigen Halt gewann, ehe er den nächsten Schritt tat, riskierte einen sinnlosen, dummen Tod.

Den Tod im Kampf zu finden, den sie zum Ruhme des Gottkönigs führten, bedeutete für jeden Soldaten eine Ehre, aber auszurutschen und in die Tiefe zu stürzen, um anschließend vom Wasser eines tosenden Flusses davongerissen zu werden, erschien ihnen als schmachvolle Schande.

Keuchend stiegen sie im Schweiße ihres Angesichts, Alpakas gleich, die schmalen Bergpfade hinauf, den Blick nach vorn gerichtet, die Angst im Nacken, weil sie jeden Augenblick befürchten mussten, an der nächsten Biegung in einen Hinterhalt zu geraten. Doch der Feind war nicht in der Lage, Widerstand zu leisten, er brauchte seine sämtlichen Kräfte für den Rückzug.

Hin und wieder stießen sie auf Nachzügler, die es nicht vermocht hatten, Schritt mit den anderen zu halten. Sie töteten sie auf der Stelle, ohne Erbarmen, und warfen sie in die Tiefe, in den Fluss. Es war nicht die Zeit, Gefangene zu machen, wollte man den sicher geglaubten Sieg nicht im letzten Moment verspielen.

Endlich tauchte in der Ferne die heilige Hängebrücke von Pallaca auf – eine zerbrechliche Konstruktion, die sich in mehr als zweihundert Metern Höhe über den Abgrund spannte. Als Cayambes Männer ihrer ansichtig wurden, lief es ihnen kalt den Rücken hinunter bei dem Gedanken, dass die ungläubigen Schurken, die sie verfolgten, den unvorstellbaren Frevel begehen könnten, die heilige Brücke zu zerstören.

»Beeilt euch, Männer!«

Doch es erwies sich als sinnlos, diesen Kriegern, die vom Kampf Mann gegen Mann und von den anschließenden Strapazen des Gewaltmarsches völlig ausgelaugt waren, noch größere Opfer abzuverlangen. Entmutigt beobachtete Cayambe, wie einige seiner Gefährten sich erschöpft zurückfallen ließen, unfähig, sich auf den Beinen zu halten oder gerade zu gehen. Sie keuchten mit offenem Mund, die Augen quollen ihnen fast aus den Höhlen, und ihre blutverschmierten Ponchos waren von kaltem Schweiß durchtränkt.

Machtlos mussten sie von ihrer Seite aus die unaussprechliche Ketzerei mit ansehen.

Die letzten Nachzügler der Bergstämme waren noch nicht ganz über die Brücke gelaufen, da hatten ihre Kampfgenossen bereits begonnen, mit schweren Axthieben die dicken Taue zu kappen, mit denen die Brücke an den steilen Felsen befestigt war. Obwohl der mächtige Bau noch standhielt, als Cayambe die Brücke erreichte, war ihm klar, dass seinen Männern keine Zeit blieb, die dreißig Meter, die sie von ihren Feinden trennten, noch rechtzeitig zurückzulegen.

Entmutigt setzte er sich an den Rand des Abgrunds, und als ihm bewusst wurde, dass er dem unfassbaren Frevel tatenlos zusehen musste, konnte er seine Tränen nicht mehr zurückhalten.

Ununterbrochen schlugen die Äxte zu, gleichgültig, unbeeindruckt von dem Schaden, den sie anrichteten. Am Ende stieß Tiki Mancka einen ohrenbetäubenden Schrei aus, und das gewaltige Bauwerk bäumte sich auf, beschrieb einen Halbkreis durch die Luft und zerschellte dann an der gegenüberliegenden Felswand.

Die Bergstämme brachen in Jubel aus, schrien und schwangen ihre Waffen. Zu guter Letzt drehten sie sich um und zeigten ihren Verfolgern, die abgekämpft auf dem breiten Felsvorsprung der anderen Seite niedergesunken waren, ihre blanken Hintern.

Wenig später verschwanden sie im dichten Urwald und machten sich auf den Weg in ihre dunklen Schlupflöcher, die sie erst wieder verlassen würden, wenn sie sich von der schweren Niederlage erholt hatten. Cayambe und seine Männer verloren sie aus den Augen.

Und so fing alles wieder von vorne an.

Alles war umsonst gewesen.

Die Toten, das Blut, das viele Leid … alles vergebens!

Die Generäle wären einmal mehr gezwungen, gesenkten Hauptes nach Cuzco zurückzukehren, sich der Länge nach vor dem Herrscher hinzuwerfen und einzugestehen, dass ein ganzes leidvolles Jahr und ein gut durchdachter Kriegsplan nicht mehr hervorgebracht hatten als ein von Leichen übersätes Tal.

Tiki Mancka lebte immer noch und bildete eine Bedrohung für die Zukunft des Inkareiches.

Früher oder später käme der nächste Schlag – dort, wo man ihn am wenigsten erwartete, und wieder wären die Maisfelder von unzähligen Opfern übersät.

»O Viracocha, Viracocha! Warum lässt du zu, dass das Übel unter uns lebt?«

Warum erlaubte der Herr der Schöpfung, der Vater der Sonne und ihres Sohnes auf Erden, dass ein widerlicher und primitiver Bergbauer, der Jungfrauen vergewaltigte und Knaben umbrachte, seinem auserwählten Volk so viel Leid zufügte?

Es waren Fragen, auf die der tapfere Krieger keine Antwort fand, genauso wie er nicht verstehen konnte, dass der allmächtige Viracocha die heiße Wüste geschaffen hatte, die den ruchlosen *Araucanos* als Schutzwall diente. Diesen verachtenswerten Wesen, die in der Schöpfung einen fast ebenso tiefen Rang wie die Lamas einnahmen, mit deren Fellen sie sich bekleideten.

Die Inkas waren von dem Bestreben erfüllt, allen anderen Völkern auf der Erde ihre Kultur nahezubringen, um die primitiven Stämmen aus ihrer Jahrhunderte währenden Rückständigkeit zu führen, doch Abgründe, Wüsten oder verabscheuenswürdige Wesen wie der Kazike Tiki Mancka stellten sich ihnen immer wieder in den Weg, als gäbe sich ein Gott, der noch mächtiger war als Viracocha, alle Mühe, den Abstand zwischen der zivilisierten Welt und den Barbaren aufrecht zu erhalten.

Bergvölker wie die Araucanos im Süden oder die Aucas, die die Urwälder im Osten des Landes besiedelten, verabscheuten jegliche körperliche Arbeit, lebten von der Jagd und räuberischen Überfällen, ehrten weder Frauen noch Greise, beteten zu grausamen, verachtenswerten Göttern und weigerten sich strikt, jede Art von Autorität oder Gesetz anzuerkennen.

Trotzdem schien ein mächtiger Gott seine schützende Hand über sie zu halten.

Warum?

Wozu diente diese offensichtliche Ungerechtigkeit?

Wer imstande war, eine Brücke zu zerstören, die innerhalb eines Jahres durch harte Arbeit und unter dem Einsatz Hunderter von Opfern erbaut worden war, verdiente den Respekt der Götter nicht. Trotzdem hatten diese Söhne der dunkelsten Höhlen, diese flügellosen Vampire, diese Giftkröten und Blutegel ihnen den nackten Hintern gezeigt und waren entwischt, zweifellos von den übelsten Kreaturen des Reiches der Finsternis beschützt, nachdem sie sie auf offenem Feld geschlagen hatten.

»Was sollen wir jetzt machen, Cayambe?«

Dieser blickte zu dem immer zuversichtlichen Pusí Pachamú auf, einem Fahnenträger, der nach dem Tod des ersten Offiziers automatisch dessen Rang eingenommen hatte. Als er sah, wie hinter ihm die ersten Schatten der Nacht über die Felsenwand des Abgrunds krochen, antwortete er verzweifelt.

»Was können wir schon machen? Wenn wir in der Dunkelheit zurückkehren, gehen wir das Risiko ein, die Hälfte unserer Männer zu verlieren ... Haben wir noch Proviant?«

»Sehr wenig.«

»Dann lass ihn unter den Rekruten verteilen. Wir Veteranen sind an die Entbehrungen des Krieges gewöhnt, außerdem verdirbt eine solch schmachvolle Niederlage einem den Appetit.«

»Es ist nicht deine Schuld, dass uns diese elenden Feiglinge entkommen sind«, versuchte sein Untergebener ihn aufzumuntern und setzte sich neben ihn. »Jeder weiß, dass die Angst die Beine schneller laufen lässt als der Mut. Wer vor dem Tod flüchtet, wird stets schneller sein als der, der dem Ruhm hinterherjagt.«

»Ich jage nicht dem Ruhm hinterher«, berichtigte Cayambe ihn unmissverständlich. »Ruhm macht weder die Felder fruchtbar noch bringt er die Saat zum Keimen. Ich suche den Frieden, das Einzige, was uns reiche Ernten garantiert.«

»Ich bin immer wieder überrascht, wie wenig militärisch du dich ausdrückst. Man könnte meinen, dass du ein ganz gewöhnlicher Feldarbeiter bist, nicht ein Soldatenführer im Heer des Inka.«

»Ich wurde als Bauer geboren.«

Pachamú schlug ihm freundlich auf den Oberschenkel und schüttelte den Kopf.

»Du wurdest als Krieger geboren. Mag sein, dass deine erste Waffe die *taccla* war, aber jedes Mal, wenn du die Hacke in den Boden schlugst, hast du sie im Geiste in Tiki Manckas Herz gestoßen.«

»Schon möglich«, nickte sein Freund und Vorgesetzter. »Seit ich denken kann, bin ich von diesem verdammten Namen besessen, und ich fürchte, dass er mich weiterhin verfolgen wird. Ich hätte ihn mit meinem Speer durchbohren können, und er ist mir entkommen.«

»Du wirst noch Gelegenheit dazu haben.«

»Wann? Nächstes Jahr?«, widersprach Cayambe heftig. »Das bezweifle ich. Wenn meine Informationen zutreffen, werden sie uns nächstes Jahr erneut in den Süden schicken, dann können wir uns wieder einmal durch die Wüste quälen und nach einem Weg suchen, der uns ins Land der Araucanos führt.«

»Bewahre uns der Himmel davor!«

»Es genügt, wenn der Inka es befiehlt ...«

»Ich fürchte den Krieg nicht«, erklärte Pachamú. »Weder ihn noch die Kälte der Berge, den elenden Hunger oder die Abgründe, an die wir so viele Männer verloren haben. Aber wenn ich an diese glühende Hölle denke, die einem selbst die Gedanken im Hirn verbrennt, läuft es mir kalt den Rücken hinunter. Ist die Wüste wirklich so furchtbar, wie man sich erzählt?«

»Schlimmer noch, mein Freund! Schlimmer! Wenn auch nicht ganz so schrecklich wie hier zu sitzen und zu sehen, dass die heilige Brücke vernichtet ist. Sobald ein bisschen Wind aufkommt, wird er sie gegen die Felsen schleudern und gänzlich zerstören.«

»Wir könnten versuchen, sie hochzuziehen.«

»Wir allein?«, entgegnete Cayambe ungläubig. »Hast du eine Ahnung, wie schwer sie ist? Wir bräuchten mindestens hundert kräftige und ausgeruhte Männer. Und selbst dann bin ich nicht sicher, dass wir es schaffen würden.«

Er schüttelte niedergeschlagen den Kopf.

»Weißt du was? Ich glaube, dass ich einen schweren Fehler begangen habe, als ich den Befehl gab, diese Hunde zu verfolgen. Ohne sich in die Enge getrieben zu fühlen, hätten sie die Brücke vielleicht nicht zerstört.«

»Doch, ganz bestimmt.«

»Glaubst du wirklich?«

Der andere nickte und stand langsam auf.

»Ja, das tue ich. Tiki Mancka weiß, dass er Zeit braucht, um sich von seiner Niederlage zu erholen und neue Truppen auszuheben. Er hätte keine einzige ruhige Nacht gehabt, wenn die Brücke intakt geblieben wäre.« Er strich ihm über das dichte Haar. »Und jetzt versuch zu schlafen. Du hast das Richtige getan.«

Ein eisiger Wind wehte von den verschneiten Gipfeln herüber, wie ein *chasqui,* ein Stafettenläufer, der die Ankunft der Göttin der Nacht ankündigt, und kurz darauf versanken die glatten Felswände der beeindruckenden Schlucht in der tiefschwarzen Nacht.

Die Männer hüllten sich in ihre Ponchos.

Die blutige Schlacht am frühen Morgen, der anschließende Gewaltmarsch, der Schock, als sie tatenlos zusehen mussten, wie die heilige Brücke in die Tiefe stürzte, die enttäuschende Niederlage, der Hunger und jetzt die Kälte waren mehr als genug, um den Willen des stärksten Mannes zu brechen.

Cayambe blieb nichts anderes übrig, als die Augen zu schließen und seine Gedanken dem Vergessen des Schlafs zu überlassen, wenn er diesen schrecklichen Tag überstehen wollte.

Doch der Schlaf wollte nicht kommen.

Er spielte mit ihm, kam und ging wie ein Blatt im Wind, denn der harte Untergrund, das Zähneklappern, das Zittern am ganzen Leib und der leere Magen ließen ihn nicht zur Ruhe kommen.

Als der Morgen graute, sah man ein Häufchen ausgemergelter Gestalten auf dem Boden kauern.

Drei Männer waren gestorben.

Sie waren verblutet, an Kälte oder Erschöpfung verendet ... vielleicht aber auch an Todesangst. Der Gedanke, nun den engen Pfad an der steil abfallenden Felswand wieder hinuntersteigen zu müssen, auf dem der Morgentau das dichte Moos noch rutschiger gemacht hatte, musste sie noch mehr zermürbt haben als die klaffenden Wunden, die Kälte der Nacht oder die Erschöpfung.

Die blutige Schlacht von Aguas Rojas forderte weiterhin ihre Opfer.

Cayambe öffnete die Augen im ersten Licht des Morgengrauens. Eine Zeit lang blieb er reglos liegen, den Kopf an den Pfahl der Brücke gelehnt, und wartete, dass die ersten Sonnenstrahlen die Kälte aus seinen Knochen vertrieben.

Seine Glieder waren so steif, dass er sich nicht auf den Beinen hätte halten können, also ließ er sich Zeit und betrachtete nachdenklich die hohen Gipfel der Bäume auf der anderen Seite der Schlucht.

Eine Stunde später, als die sengende Gebirgssonne sie zu verbrennen drohte und seine Muskeln ihre gewohnte Elastizität wiedergewonnen zu haben schienen, stand er auf, nahm den Beutel aus Alpakaleder, der von seinem Gürtel hing, und reichte ihn seinem Stellvertreter.

»Verteil sie unter den Männern!«, befahl er.

»Unter allen?«, fragte Pachamú entsetzt. »Hast du den

Verstand verloren? Du weißt doch, dass den meisten die Todesstrafe blüht, wenn sie die Blätter der heiligen Pflanze kauen.«

»Ich übernehme die Verantwortung.«

»Eine schöne Verantwortung«, gab sein Untergebener zurück. »Was nützt es ihnen, wenn sie ihren Kopf dabei verlieren? Niemand darf einen solchen Frevel begehen, auch dann nicht, wenn sein Vorgesetzter es befiehlt. So will es das Gesetz!«

»Mit einer Ausnahme.«

»Welcher?«

»Ein Soldat darf die Blätter der heiligen Pflanze kauen, wenn sein Vorgesetzter der Meinung ist, dass davon der Sieg abhängt.«

»Das ist wahr«, musste Pachamú einräumen. »Aber hier gibt es keine Hoffnung mehr auf einen Sieg.«

»Doch.«

»Welche?«

»Wir müssen diesen Abgrund überwinden.«

»Diesen Abgrund überwinden?«, wiederholte der andere verblüfft. »Können wir etwa fliegen wie der Kondor? Mit frischen Kräften bräuchten wir mindestens sechs Monate, um die Hängebrücke zu reparieren.«

»Wir werden es in sechs Stunden schaffen.«

»Die Nacht hat dir wohl das Hirn zu Eis gefrieren lassen!«

»Kann schon sein, aber unser Vater, die Sonne, hat es wieder aufgetaut und mir den Weg zum Sieg gezeigt.«

»Einen Weg, der durch die Luft führt.«

»Genau!«

»Wer kann einen solchen Weg bauen?«

»Eine Spinne.«

»Eine Spinne?«

»Ja, genau.«

»Was haben wir mit einer Spinne zu tun?«

»Sehr viel. Hast du schon einmal beobachtet, wie Spinnen

ihr Netz bauen?« Als sein Gegenüber schwieg, fuhr er fort: »Ich schon ... ich habe gesehen, wie sie hauchdünne Fäden von einem Zweig zum anderen werfen, durch die Luft. Wie sie die einzelnen Fäden anschließend kreuzen, um sie zu verstärken und elastischer zu machen, und wie sie darauf achten, eine bestimmte Entfernung einzuhalten, damit sie nicht vom Wind weggeweht werden.«

»Mag schon sein«, nickte Pachamú wenig überzeugt. »Aber wir sind keine Spinnen, und wir haben auch keine Seile, die wir benutzen könnten.«

Sein Vorgesetzter zeigte auf den Abhang zu ihren Füßen.

»Da unten wachsen Hunderte von Metern bestes *cabuya*, aus dem unsere Männer damals Taue flochten, die das Gewicht einer ganzen Brücke samt zwanzig Männern tragen konnten«, erklärte er zuversichtlich und verschränkte die Arme. »Wenn wir die Fasern zu dünnen Seilen flechten, könnten unsere besten Speerwerfer von der obersten Spitze des Felsens die Bäume der gegenüberliegenden Seite treffen.«

»Allmählich verstehe ich, was du meinst«, antwortete Pachamú, dessen Gesicht sich immer mehr aufhellte. »Die Speere würden von dort oben den Abgrund leicht überwinden, und der eine oder andere würde in einem Baum stecken bleiben.«

»So ist es! Sobald wir drei Speere ins Ziel gebracht haben, fangen wir von hier an, die drei Seile zu einem zu flechten, das stark genug ist, um mich zu tragen.«

»Und wenn wir einen Mann auf der anderen Seite haben, brauchen wir nur noch in Ruhe abzuwarten.«

»In Ruhe zu flechten, mein Lieber«, berichtigte ihn sein Vorgesetzter.

»Worauf warten wir noch?«

»Darauf, dass du endlich die Kokablätter unter den Männern verteilst und ihnen klar machst, dass sie ihr Bestes geben müssen. Ehe sich die Nacht über das Land senkt, müssen wir auf der anderen Seite sein.«

Beim Anblick der verbotenen Blätter leuchteten die Augen der hungrigen Männer auf, und sie schöpften neuen Mut, vor allem, als Pachamú ihnen versicherte, dass sie nicht gegen die Gesetze des Sonnengottes verstießen oder ihr Leben riskierten, wenn sie sie annahmen.

Sie seien losgezogen, um die Feinde des Reiches zu vernichten, und das sei einer der Gründe, warum der große Viracocha seinem Volk die heilige Kokapflanze geschenkt hätte, erklärte er ihnen.

Ihr täglicher Gebrauch war dem Inka, seiner Familie, den wenigen Mitgliedern des Adels, den Hohepriestern und ranghohen Generälen vorbehalten. Dem einfachen Volk und den Soldaten hingegen war sie streng verboten, außer bei ernsten Krankheiten, wichtigen Festen oder seltenen Fällen von höherer Gewalt.

Die Aussicht, Tiki Mancka zu vernichten, gehörte zweifellos dazu.

Hunger, Enttäuschung und Erschöpfung wichen augenblicklich einer hektischen Betriebsamkeit. Einige Männer kletterten an der zerstörten Hängebrücke hinunter und schnitten das feinste *cabuya* ab, andere flochten dünne Seile aus den Fasern, und wieder andere stiegen mit ihren Speeren auf den obersten Felsvorsprung. Als alle bereit waren, schleuderten sie die Speere, an denen sie die widerstandsfähigen Seile befestigt hatten, auf die gegenüberliegende Seite.

Wenn die Krieger die Bäume verfehlten, die Speere nicht stecken blieben und in der Tiefe verschwanden, zogen sie diese an den Seilen wieder hoch und schleuderten sie mit derselben Zuversicht und Begeisterung wie zuvor erneut über den Abgrund.

Nach etwa fünfzig Würfen waren schließlich drei Speere in Bäumen stecken geblieben, und es begann ein eigenartiger Tanz, bei dem mehrere Krieger am Rand des Abgrunds hin und her liefen und jedes Mal den Kopf einzogen, wenn sie sich kreuzten. So flochten sie aus den drei Seilen ein einziges dickes Tau, das stark genug war, um einen Mann zu tragen, der sich über die Schlucht hangeln würde.

Cayambe beanspruchte dieses Privileg für sich, doch seine Männer widersetzten sich mit der Begründung, dass ein Offizier ein solches Risiko nicht eingehen dürfe, vor allem dann nicht, wenn sich unter ihnen ein erfahrener Brückenbauer befand, der von Kind auf an diese gefährliche Arbeit gewöhnt war.

»Er ist viel gelenkiger als du«, erklärte Pachamú. »Es war sein Beruf, bevor man ihn rekrutierte. Und wenn es durch ein Unglück schief geht, würden wir nicht den einzigen Offizier verlieren, der uns zum Sieg führen kann.«

»Es war meine Idee!«

»Stimmt«, räumte Pachamú ein. »Eine ausgezeichnete Idee noch dazu, niemand will das bestreiten. Doch der Durst nach Ruhm und Eigenliebe dürfen unseren Sieg nicht gefährden. Lass jeden seine Arbeit tun.«

»Und wenn er abstürzt?«

»Er wurde geboren, um Brücken zu bauen, er weiß, dass er jeden Augenblick in die Tiefe stürzen kann, doch werden die Götter nicht zulassen, dass es in einem solchen Augenblick passiert.«

Cayambe warf einen Blick auf die hoffnungsvollen Krieger und sah, dass alle die Meinung seines Stellvertreters teilten. Schließlich gab er widerwillig nach.

»Na schön! Lasst es ihn versuchen.«

Der drahtige junge Mann, den sie für die Aufgabe ausersehen hatten, lächelte, als hätte man ihm das schönste Geschenk der Welt gemacht. Geschickt wie ein Affe, der keine Höhenangst kennt, ließ er sich mit verschränkten Beinen und Armen rücklings von dem dicken Seil hängen und begann, die Schlucht zu überqueren, so mühelos, als spazierte er über den Marktplatz von Cuzco.

Wenig später stand er bereits auf der anderen Seite und hob die Arme zum Zeichen des Sieges.

Cayambes Männer flochten eine lange Strickleiter aus *cabuya* mit Tritten im Abstand einer Schrittlänge, befestigten sie an dem Seil, und der waghalsige Kletterer brauchte sie nur noch zu sich herüberzuziehen und sie an einem Felsen festzuzurren.

Nachdem sie eine richtige kleine Hängebrücke gebaut hatten, setzten seine Kameraden nacheinander über. Trotz äußerster Vorsicht konnte Cayambe nicht verhindern, dass der eine oder andere ins Straucheln kam und in die Tiefe stürzte. Doch lange bevor sich die ersten Schatten der Nacht über die Schlucht von Pallaca senkten, befanden sich er und seine Männer bereits auf dem Abstieg ins ferne Tal.

Die Wirkung der Kokablätter ließ allmählich nach, und die Krieger spürten den Hunger wieder, doch sie kamen gut voran und waren frohen Mutes, denn sie ahnten, dass der Sieg in greifbarer Nähe lag.

2

Tiki Manckas Anhänger schliefen seelenruhig und nichts ahnend, da sie sich in völliger Sicherheit wähnten. Die meisten erwachten nie mehr aus diesem Schlaf. Am Morgen lagen sie mit durchgeschnittener Kehle einer neben dem anderen. Cayambes Männer hatten sich im Schutz der Dunkelheit lautlos wie der Tod angepirscht und ihnen nicht einmal Zeit gelassen, einen Laut von sich zu geben oder ihre Seele den Göttern anzuvertrauen.

Als ihr gefürchteter Anführer, der zuvor plündernd und mordend durch das Inkareich gezogen war, von Feinden umringt aufwachte, spiegelte sich auf seinem Gesicht eine solche Verwunderung wider, dass der treue Pachamú nicht umhin konnte zu lächeln.

»Damit hast du nicht gerechnet, was?«, fragte er fröhlich wie ein Kind mit einem neuen Spielzeug. »Du hast geglaubt, wir würden Monate brauchen, um die Brücke zu reparieren, stimmt's? Jetzt werden wir eine Trommel aus dir bauen und dem Klang deiner Gedärme lauschen.«

Es war eine lange, kräftezehrende Rückkehr, aber voller wunderbarer Augenblicke. Die Nachricht von der kleinen Truppe waghalsiger Männer, die mit dem gefürchteten Kaziken, der so viel Leid über sie gebracht hatte, in Ketten nach Cuzco unterwegs sei, verbreitete sich wie ein Lauffeuer durch das ganze Land. Keine Festung, kein Dorf, keine Behausung, und war sie noch so bescheiden, ließ es sich nehmen, das Häuflein von Helden, denen etwas gelungen war, was ganze Heere nicht vermocht hatten, mit einem Blumenteppich zu empfangen.

Die Hauptstadt, die sich im schönsten und furchtbarsten

Tal erstreckte, das man sich vorstellen konnte, und genau an dem Punkt errichtet worden war, den Manco Cápac und Mama Oclla als »Nabel der Welt« auserwählt hatten, putzte sich heraus, als ob ein Inka von einem erfolgreichen Feldzug zurückkehrte, bei dem er ein neues Reich erobert hatte. Die Begeisterung der Menge war so groß, dass sie die Männer bis zu den Toren des Palastes auf den Schultern trug, nachdem diese die Stadt durch das Tor im Norden betreten hatten.

Im Innern saß der Inka auf seinem goldenen, mit Jaguarfellen ausgelegten Thron, umgeben von seinem Hofstaat, und lächelte zufrieden. Zum ersten Mal seit langer Zeit deutete er mit einer Geste an, dass die Männer, die eine solche Heldentat vollführt hatten, nicht bäuchlings und gesenkten Blickes vor ihm zu kriechen brauchten.

»Kommt zu mir wie freie Menschen, wie Brüder. Ihr habt euer Leben für meine Kinder riskiert. Kommt zu mir wie Auserwählte meines Vaters, des Sonnengottes, denn nichts strahlt heller als das Lächeln eines siegreichen Kriegers.«

Ein leises Raunen flog durch den riesigen Saal. So lange man zurückdenken konnte, hatte kein Sohn der Sonne gewöhnliche Sterbliche, in deren Adern kein adliges Blut floss, so zuvorkommend behandelt.

Als Cayambe den gefesselten, totenbleichen Tiki Mancka vor sich herstieß, warf der Herrscher dem Gefangenen nur einen flüchtigen Blick zu, ehe er befahl: »Sobald die Sonne aufgeht, häutet ihn lebendig und macht eine *runantinya* aus ihm, damit diejenigen, die seinetwegen gelitten haben, zum Rhythmus ihres Klangs tanzen können. Führt ihn ab!«

Kaum war der vor Angst zitternde Kazike außer Sichtweite, wandte sich der König Cayambe zu und fuhr in einem ganz anderen Ton fort: »Und dich, Tapferster unter den Tapferen, Klügster unter den Klugen, ernenne ich zum General meines Heeres. Du sollst tausend meiner Krieger befehligen.«

Zum ersten und wahrscheinlich einzigen Mal in seinem Leben spürte Cayambe, wie ihm die Knie schlotterten. Er wollte etwas sagen, doch dann erinnerte er sich rechtzeitig daran, dass es niemandem gestattet war, den Inka direkt anzusprechen, bevor dieser einen nicht dazu aufforderte. Also schwieg er und blieb reglos stehen, obwohl er das Gefühl hatte, als drehte sich die ganze Welt um ihn.

»Hast du etwas zu sagen?«, fragte der Gottkönig plötzlich lächelnd. »Sprich ohne Angst. Du hast meine Erlaubnis.«

»Aber, Herr...!«, wagte der alte Zeremonienmeister einzuwenden.

»Achte nicht auf das Protokoll«, erwiderte der Inka brüsk. »Wer hätte das Recht, mich anzusprechen, wenn nicht dieser Mann?« Einladend streckte er die rechte Hand aus und sagte mit überraschend sanfter Stimme: »Sprich! Sag mir, was du willst!«

Cayambe zögerte. Er blickte sich unsicher um, nahm dann seinen ganzen Mut zusammen und stotterte leise und verlegen: »Ich bin kein Adliger, Herr!«

»Wenn deine Seele großzügig ist, deine Gedanken rein und dein Herz leidenschaftlich, dann muss adliges Blut in deinen Adern fließen, obwohl du offensichtlich nichts von deiner Abstammung weißt. Ansonsten würden die Mauern dieses Palastes einstürzen ...«

Der Inka warf den Anwesenden einen strengen Blick zu und verkündete dann unmissverständlich: »Hiermit erkläre ich dich, Cayambe, zum Adligen unter den Adligen und zum General meines Heeres.«

Nach einem Augenblick des Zögerns fuhr er fort: »Und jetzt sag mir, welches Symbol soll als Zeichen für deine Sippschaft über deinem Zelt wehen und auf den Schildern deiner Krieger zu sehen sein? Wie willst du heißen?«

Der Angesprochene dachte hastig nach. Er wusste, dass er vor einer bedeutsamen und zugleich schwierigen Entscheidung stand, aber auch, dass er sich nicht allzu lange Zeit lassen durfte, da der Herrscher sonst ungehalten werden könnte.

Schließlich erklärte er mit fester Stimme: »Saltamontes, Herr – die Heuschrecke.«

»Saltamontes?«, wiederholte der Sohn der Sonne verwundert und wäre um Haaresbreite in schallendes Gelächter ausgebrochen, doch das war ein Luxus, den er sich in der Öffentlichkeit nicht erlauben durfte. »Warum ausgerechnet Saltamontes? Was hat das zu bedeuten?«

»Herr, du verfügst über mächtige Heere, sie tragen das Symbol des Jaguars, des Pumas, des Kondors, des Bären, des Fuchses, ja, sogar das der Anakonda ... Deine Generäle sind ausgezeichnete Strategen und ihre Krieger stark und mutig. Trotzdem finde ich, dass sie zu langsam und zu träge sind, denn sie brauchen Monate, um einen Feind zu stellen und zum offenen Kampf zu zwingen.«

»Das ist nur allzu wahr.«

»Unsere Hauptfeinde, o Herr, sind die Bergstämme des Hochlands, die Araucanos und die Aucas. Sie sind wendig, schlagen immer wieder zu und verschwinden genauso schnell, wie sie auftauchten. Sie fallen über uns her wie die Stechfliegen über die Alpakas. Sie sind gewieft und hinterhältig wie böse Geister, die sich zwischen den Felsspalten im Dschungel versteckt halten. Mein Ziel ist es, eine kleine Einheit aufzubauen, die dieselbe Taktik benutzt wie sie. Wir werden über sie herfallen, so unvermutet wie die Heuschrecken, von denen man nie weiß, woher sie kommen.«

Der Gottkönig brauchte lange, um zu antworten. Er lehnte sich in seinem Thron zurück, warf den Kopf nach hinten und betrachtete die Decke, während er lange über das nachdachte, was er soeben gehört hatte. Im Saal breitete sich Totenstille aus. Keiner der Anwesenden hätte es gewagt, auch nur mit der Wimper zu zucken und so den Sohn der Sonne zu stören, wenn er Zwiesprache mit seinen Ahnen hielt.

Schließlich, als man hätte meinen können, er sei eingeschlafen, wandte er den Blick seiner abgrundtief dunklen Augen Cayambe zu, dem fast das Herz stockte.

»Du bist klug, General Saltamontes«, sagte er leise. »Verdammt klug. Männer wie du machen dieses Reich mächtig und groß. Du schlägst ein Heer von Bremsen vor, die so kämpfen wie unsere ärgsten Feinde, und ich nehme deinen Vorschlag an.«

Damit stand er unvermittelt auf und erklärte den Rat für beendet. Ohne ein weiteres Wort zu verlieren, verschwand er durch die kleine Tür neben dem Thron, gefolgt von seinem Zeremonienmeister und zehn kräftigen Leibwächtern.

Cayambe stand wie zu einer Salzsäule erstarrt da. Er hätte nicht sagen können, ob das Vorgefallene Wirklichkeit war oder nur ein völlig verrückter Traum.

Ohne zu wissen, wie ihm geschah, war er mit einem einzigen Wimpernschlag vom einfachen Soldatenführer zum adligen General aufgestiegen, der über ein eigenes Heer von tausend Kriegern und ein eigenes Wappen verfügte und einer verheißungsvollen Zukunft entgegensah.

Pusí Pachamú holte ihn wieder in die Realität zurück, als er vor ihm auf die Knie fiel und ihm zum Zeichen seiner Ehrerbietung und Unterwürfigkeit den Gürtel küsste.

»Meinen Glückwunsch, General Saltamontes«, sagte er. »Mögen die Götter dich segnen!«

»Das haben sie bereits getan, mein guter Freund. Das haben sie bereits getan«, antwortete sein Vorgesetzter. »Und jetzt steh bitte auf, von dir erwarte ich keine Unterwerfung, nur die Zuneigung und Treue, die du mir stets entgegenbrachtest. Wohin ich auch gehen mag, sollst du mir folgen; ich ernenne dich zu meinem Stellvertreter.«

Doch dann mussten sie den kurzen Wortwechsel beenden, da die meisten Anwesenden darauf brannten, dem Helden zu gratulieren.

Der Hochadel von Cuzco bildete eine elitäre, geschlossene Gesellschaft, doch das Wort des Inka war wie das Wort Gottes, und wenn es etwas gab, was das Herz des Sohnes der Sonne erfreute – so wie der neue General –, fühlten sich seine

Untertanen dazu verpflichtet, diese Freude mit ihm zu teilen.

Am nächsten Morgen würden sie zusehen können, wie der Henker des Inka jenen Mann, der ihnen so viel Leid zugefügt und ihnen unzählige nächtliche Stunden der Angst beschert hatte, bei lebendigem Leib häutete. Später, wenn sich Schwärme von Fliegen auf das lebende und blutende Fleisch setzten und das Opfer im Todeskampf vor Schmerzen schrie, würden sie die Haut in einer sonderbaren Zeremonie wieder mit Stroh und Wolle ausstopfen und an der Sonne trocknen, bis sie straff geworden war und sich in eine *runantinya* verwandelt hatte, eine glänzende, makabre Trommel in Form eines menschlichen Körpers, die sie schlagen konnten, um ihre Ängste endgültig zu vertreiben.

Gesegnet sei derjenige, der dieses Glück ermöglicht hatte, und verflucht jener, der in seiner Seele den kleinsten Zweifel am neu entdeckten adligen Blut des Generals hegte!

Gerecht war die Belohnung, und gerecht war auch der, der sie ausgesprochen hatte.

Was der Inka beschloss, war Gesetz.

Sein Wort war das Wort Gottes.

»Wie gefällt es dir, dass dich von nun an jeder mit General Saltamontes anreden muss?«

Wenn Cayambe noch vor wenigen Augenblicken geglaubt hatte, an diesem wundersamen Tag alle Gefühle erlebt zu haben, die ein Mensch im Laufe eines ereignisreichen und glücklichen Lebens erwarten durfte, so hatte er sich allem Anschein nach getäuscht.

Die aufregendsten Abenteuer standen ihm noch bevor, denn die wohlklingende, selbstbewusste, zugleich aber auch humorvolle und verwirrend sanfte Stimme, die diese Frage gestellt hatte, gehörte niemand anderem als Prinzessin Sangay Chimé.

Als Enkelin von Herrschern und Tochter einer Prinzessin aus der Küstengegend war sie wegen ihrer hohen Bildung sehr angesehen und wurde für ihre Schönheit, Großzügigkeit und ihren äußerst eigensinnigen Humor bewundert. Die meisten Bewohner von Cuzco hätten es nicht ungern gesehen, wenn sie eines Tages die Mutter des neuen Herrschers geworden wäre, da die jetzige Königin anscheinend nicht in der Lage war, dem Inka einen Sohn zu schenken.

Trotzdem sah das Gesetz vor, dass der Inka den zukünftigen Sohn der Sonne mit seiner Schwester Alia zeugen musste, die er leidenschaftlich liebte. Dies war die einzige Art, das göttliche Blut der Dynastie über Generationen hinweg rein zu erhalten.

Mit anderen Frauen, seinen Konkubinen oder vorübergehenden Gespielinnen durfte der Inka so viele Kinder haben, wie er wollte, doch nur der Sohn, den er mit einer seiner Schwestern zeugte, konnte seinen Thron erben.

Der Inka hatte nur für seine heiß geliebte Schwester Alia Augen, empfand jedoch tiefen Respekt und eine aufrichtige Zuneigung für Prinzessin Sangay Chimé, mit der er gern die Nächte durchfeierte, da sie den Ruf genoss, immer gut gelaunt und obendrein intelligent zu sein.

Da Cayambe wusste, wer ihm die Frage gestellt hatte, kam es ihm vor, als befände er sich immer noch in einem fantastischen Traum.

»Was hast du gesagt?«, fragte er so leise, dass sie ihn kaum verstand.

»Ich habe dich gefragt, ob es dir gefällt, dass dich jetzt jeder mit General Saltamontes ansprechen muss«, wiederholte sie. »Aber offensichtlich bist du zu verwirrt, um eine einfache Frage zu beantworten. Hat dich die Begegnung mit dem Inka so sehr beeindruckt?«

»Das hat sie in der Tat«, gab Cayambe zu. »Aber nicht so sehr wie dein Anblick. Von klein auf weiß ich, dass es den Inka gibt und er der Sohn der Sonne ist, aber erst jetzt habe ich entdeckt, dass es dich gibt und du wegen des Glanzes deiner Augen die Lieblingstochter des Mondes sein musst.«

»Sieh einer an«, erwiderte die Prinzessin entzückt. »Du bist nicht nur klug und tapfer, sondern auch noch galant ... Was verbirgst du denn sonst noch für Schätze?«

Cayambe senkte leicht den Kopf.

»Verborgen sind meine Schätze, aber nicht, weil ich es so will. Die Schätze, die ich besitze, sind nichts wert, wenn man sie nicht mit anderen teilt.«

»Was für ein seltsamer Zufall«, lachte sie verschmitzt. »So ähnlich denke ich in letzter Zeit auch. Wozu all dieser Luxus und Besitz – wenn man sieht, wie traurig und einsam man ist, wird man nur noch trauriger statt glücklich.«

»Dagegen kann man etwas tun.«

»Stimmt. Und es ist nicht schwer, wenn man nicht zu anspruchsvoll ist.«

»Für dich trifft das nicht zu. Du hast Anspruch auf das Höchste.«

»Und was ist deiner Meinung nach das Höchste?«

»Wie soll man das wissen, wenn man gerade erst die erste Sprosse einer Leiter erklommen hat, die so steil und gefährlich ist wie die des Huayna Picchu?«, fragte er. »Mir war nie schwindelig, wenn ich in die Tiefe geblickt habe, aber jetzt dreht sich mir der Kopf, sobald ich nach oben sehe.«

»Nun, ich habe den Eindruck, dass du zu denen gehörst, die sich sehr schnell an große Höhen gewöhnen. Wenn es dir tatsächlich gelingt, dieses Heuschreckenheer aufzubauen und neue Gebiete für den Inka zu erobern, wird der Herrscher dich im Auge behalten. Wenn mich nicht alles täuscht, hat er von seinen alten Generälen, die immer nur nach neuen Truppen und Pfründen schreien, aber keine Siege einfahren, allmählich die Nase voll.«

»Aguas Rojas war ein überwältigender Sieg.«

»Der nichts wert gewesen wäre, wenn du Tiki Mancka nicht verfolgt und gefangen genommen hättest. Was hätte all das Blutvergießen sonst gebracht? Der Inka sieht es nicht gern, wenn seine Söhne sterben. Und auch seine Feinde sollen leben, denn sie sind seine zukünftigen Untertanen, selbst wenn sie sich noch weigern, der Gemeinschaft des Reiches beizutreten. Tote vermehren die Macht des Reiches nicht, sie können weder Brücken noch Straßen bauen, ja, nicht einmal einen Maiskolben ernten.«

Mittlerweile waren sie allein, so wie ein Mann und eine Frau, die Interesse aneinander haben, sich instinktiv absondern, selbst wenn eine Menschentraube um sie herumschwirrt.

Ohne es zu wollen, hatten sie eine undurchdringliche Wand um sich gezogen, die sie von allen anderen Anwesenden abschirmte. Eine Wand, die immer dicker und höher wurde, je länger sie miteinander sprachen, sich in die Augen sahen und begriffen, dass ihre Körper sich bereits suchten, ohne sich berühren zu müssen.

Die Liebe ist ein Geheimnis, das Millionen von Jahren alt ist und sich jeden Tag in jedem Winkel der Erde wiederholt, dennoch ist sie immer wieder neu und erstaunlich, weil sie urplötzlich auftaucht, ohne ersichtlichen Grund. Sie speist sich aus sich selbst, und manchmal vergeht sie genauso schnell, wie sie entstanden ist; ohne Erklärung für ihr Kommen und Gehen, ohne Erklärung dafür, in welcher Wiege sie geboren und wo sie zu Grabe getragen wurde.

So verliebten sich Cayambe und Prinzessin Sangay an jenem Nachmittag. Sie liebten sich über Jahre hinweg, sie liebten sich im Leben wie im Tod, und anscheinend lieben sie sich heute noch, so wie die beiden hohen Vulkangipfel, die ihre Namen tragen und niemals aufgehört haben, einander anzubeten.

Das schöne Mädchen, das in der Tat Anspruch auf den mächtigsten Mann im Reich hatte, wenn man einmal vom Inka selbst absah, war von der Tradition gezwungen, sich zu vermählen, denn keine Frau durfte länger als ein Jahr nach ihrer Geschlechtsreife unverheiratet bleiben und dem Reich neue wertvolle Untertanen verweigern.

So entschied sich die Prinzessin für den Mann, den sich ihr Herz ausgesucht hatte.

General Saltamontes, ebenfalls genötigt, sich nach einer Ehefrau umzusehen, da auch sein hoher Rang ihn keineswegs von der Pflicht befreite, dem Reich neue Untertanen zu schenken, konnte sein Glück kaum fassen, akzeptierte es jedoch ohne zu zögern, denn es handelte sich um das schönste Geschenk, das die Götter einem gewöhnlichen Sterblichen machen konnten.

Obwohl sie ihre Entscheidungen selbst treffen durfte, bat Prinzessin Sangay einen Tag darauf um eine Privataudienz bei ihrem Förderer und Freund, dem Inka, den sie so oft zum Lachen brachte.

»Großer Herr, ich bin gekommen, um dich in aller Demut zu fragen, ob ich Cayambe zum Mann nehmen darf.«

»General Saltamontes?«, fragte der Herrscher belustigt. »Wie kommst du zu dieser Wahl, Kleines? Dir liegen die mächtigsten Vornehmen zu Füßen, und du entscheidest dich für einen einfachen Emporkömmling, dessen Zukunft nicht einmal gesichert ist?«

»Von dir lernte ich, dass wir im Leben auf unser Herz hören sollen, und mein Herz sagte mir beim ersten Blick, dass er der Richtige ist.«

»Hast du es dir auch gut überlegt?«

»Ich habe es versucht, aber sobald ich die Augen schließe, sehe ich ihn vor mir, und sein Bild vertreibt alle Vernunft wie das Morgengrauen die Nacht.«

»Ich verstehe gut, was du meinst, denn mir geht es genauso mit der Frau, die ich seit meiner Kindheit liebe. Wenn mir auch die Vernunft zuweilen sagt, ich sollte sie verstoßen und meine andere Schwester Ima heiraten, die noch jung ist und mir viele Söhne schenken könnte, so muss ich nur an die Berührung ihres Haars denken oder an den Schmerz, den ich ihr zufügen würde, und schon ist mein Verstand vernebelt.«

»Die Königin würde deine Gründe verstehen.«

»Verstehen lindert nicht den Schmerz, Kleines. So ist das, und ich hoffe, dass dir diese Erfahrung im Leben erspart bleibt.«

»Aber was soll aus uns werden, wenn du uns eines Tages verlässt? Wer wird unser neuer Inka sein?«

»Das weiß ich nicht, Kleines. Noch nicht. Mach dir aber keine Sorgen. Ich bin sicher, dass ich noch lange leben und mein Blut bei euch lassen werde, ehe ich zu meinen Ahnen zurückkehre.« Er strich ihr sanft über die Wange. »Doch jetzt lass uns von dir sprechen. Viele werden nicht gerade erfreut sein, wenn ein hergelaufener Emporkömmling dir die weißen Sandalen anzieht. Sie werden doch weiß sein, nicht wahr?«

»Gewiss, Herr. Du hast mir beigebracht, dass man kleine Opfer bringen muss, wenn man auf großes Glück hofft. Mein Mann wird mich auf Händen tragen, so wie du es mit mir getan hast, als ich noch ein Winzling war.«

»Es freut mich, das zu hören und zu wissen, dass meine Untertanen meine Gesetze und Ratschläge befolgen. Wenn wir uns von den Wilden unterscheiden, die uns überfallen, dann durch unsere Liebe zu Viracocha, unsere Hingabe an die Arbeit und die Einhaltung der vier Gebote: nicht zu töten, nicht zu lügen, nicht zu stehlen und keinen Geschlechtsverkehr vor der Ehe zu haben.«

»Diesen wunderbaren Unterschied verdanken wir deinen Ahnen, o Herr, die uns in der Liebe zur Schönheit unterwiesen.«

»Nein, mein Kleines!«, widersprach der Herrscher. »Das alles haben wir Viracocha zu verdanken. Er war es, der uns zeigte, was richtig und was falsch ist. Meine Ahnen sorgten lediglich dafür, dass seine Gesetze eingehalten wurden, damit alles mit rechten Dingen zugeht, wenn er eines Tages beschließt, auf die Erde zurückzukehren.«

»Und wann wird dieser Tag sein?«

»Wer kann das wissen? Er ging übers Meer, und übers Meer wird er zurückkommen, aber wenn man bedenkt, wie groß dieser Ozean ist, glaube ich manchmal, dass er sich verirrt haben könnte.«

»Was liegt jenseits des großen Wassers?«

»Nichts! Nur der Palast, in dem mein Vater, der Sonnengott, schläft, und wohin zweifellos auch Viracocha ging, um sich auszuruhen. Die Wellen sind wie die Sterne am Firmament, immer gibt es welche, die hinter den anderen kommen, noch eine und noch eine.«

»So klein sind wir?«

»Nur körperlich. Obwohl wir mit unseren Händen nicht einmal den Mond berühren können, vermag unser Geist alle Sterne des Universums und alles Wasser der Welt in sich aufzunehmen.« Er berührte mit seinem Finger zärtlich ihre Nasenspitze.

»Ich muss jetzt gehen«, schloss er. »Die Königin erwartet mich. Sie wird erfreut sein zu hören, dass du bald einen kleinen Heuschreckenschwarm zur Welt bringen wirst.«

»Soll das bedeuten, dass ich deinen Segen habe?«

»Natürlich, Kleines! Aber sicher.«

3

Ganz Cuzco brach in einen Freudentaumel aus, und sogleich wurde ein dreitägiges Fest ausgerufen, denn es war das erste Mal in der Geschichte des Reiches, dass ein Kriegsheld aus dem einfachen Volk und eine adlige Prinzessin den Bund fürs Leben eingingen.

Der Inka, der mit der Zeit und wachsender Erfahrung ein instinktives Gespür für die Politik entwickelt hatte, überzeugte diejenigen Adligen, die sich einer solchen Verbindung widersetzten, mit dem Argument, dass es im Interesse des Reiches läge, wenn die so oft geschundenen und geschlagenen Soldaten glaubten, dass sie es nicht nur zum General bringen könnten, wenn sie sich in der Schlacht hervortaten, sondern sogar in jene elitäre Gesellschaftsschicht aufgenommen werden konnten, zu deren unzähligen Privilegien es gehörte, eine Prinzessin zu ehelichen und die grünen Blätter der heiligen Pflanze zu kauen.

»Das Volk könnte meinen, wir seien alle gleich«, warnte ihn der Zeremonienmeister, als er mit seinem Herrn allein war. »Und das wäre eine ernst zu nehmende Gefahr für das Reich.«

»Die wirkliche Gefahr geht immer von denen aus, die sich für was Besseres halten«, widersprach der Herrscher. »Niemand sonst zerstört den Nährboden seiner Träume, höchstens den seiner Albträume.«

»An dem Tag, an dem die Menschen glauben, sie seien auf gleicher Augenhöhe mit uns, werden sie unsere Plätze für sich beanspruchen. Dieser Rusti Cayambe ist das beste Beispiel dafür.«

»Cayambe beansprucht nicht deinen Platz, es sei denn, du

wärst daran interessiert, das Bett mit Prinzessin Sangay zu teilen oder in der Atacamawüste gegen die Araucanos zu kämpfen.« Der Herrscher lächelte boshaft und fügte hinzu: »Der Platz im Bett der Prinzessin ist bereits besetzt, der Posten des obersten Heerführers dagegen noch nicht.«

Der Zeremonienmeister kannte seinen Herrn gut und war klug genug, um zu wissen, dass ihm nichts anderes übrig blieb, als sich mit dem Schicksal zu versöhnen und das Unvermeidliche zu akzeptieren. Er würde es erheblich leichter haben, wenn er sich auf die Seite des jungen Paares schlug, statt gegen sie Front zu machen.

Trotzdem war es letztlich besser, wenn das einfache Volk auch weiterhin daran glaubte, dass Tapferkeit oder Klugheit allein der Tatsache zu verdanken waren, dass man adliges Blut hatte, und dass nicht jeder diese beiden Tugenden erlangen konnte, wenn sie ihm nicht mit in die Wiege gelegt worden waren.

»Vielleicht sollten wir für diesen jungen Mann einen heimlichen Stammbaum erfinden«, wagte er schließlich vorzuschlagen.

»Das scheint mir eine gute Idee zu sein«, nickte der Sohn der Sonne. »Sehr klug … Wo wurde er geboren?«

»Am Urubamba, glaube ich.«

»Ein herrlicher Fluss! Wild wie kein anderer. Wenn ich mich nicht irre, hat ein leiblicher Vetter meines Vaters die Provinz lange Zeit verwaltet.«

Wieder lächelte er.

»Berühmt war er hauptsächlich für seine vielen Liebschaften. Vielleicht …«

»Nicht vielleicht. Bestimmt.«

»Du kannst nie sicher sein, welches Blut in den Adern eines Menschen fließt«, wies ihn der Inka zurecht. »Mit Ausnahme meiner Sippschaft, deren Blut rein zu erhalten so viel Mühe gekostet hat, kann niemand sich damit brüsten, seine Abstammung genau zu kennen. Und das ist auch gut so, denn es erlaubt, notfalls jedermanns Ursprung in Zweifel zu ziehen, so wie wir es gerade bei Cayambe machen. Du zum Beispiel …«

»Herr!«

»Ich weiß, ich weiß … Keine Sorge! Ich kannte deinen Großvater, und du bist ihm wie aus dem Gesicht geschnitten, aber vergiss nicht, dass es nur eines einzigen Wortes bedarf, um jemanden, der allzu hoch hinaus wollte, von seinem Podest zu stürzen.«

»An deiner Seite lernt man stets dazu, Herr.«

»So soll es auch sein, aber ich tue das nicht für dich, sondern damit du meinem Sohn all das wiederholen kannst, was ich dir beigebracht habe, wenn ich einmal nicht mehr bin. Allmählich fürchte ich, dass ich nicht einmal mehr lange genug leben werde, um zu sehen, wie er zu einem Mann heranwächst.«

»Und mit jedem Tag, der vergeht, wird dieses Problem größer, Herr.«

»Ich weiß, aber was soll ich machen?«

»Prinzessin Ima zur Gemahlin nehmen.«

»Und die Königin verstoßen? Niemals!«

»Du gefährdest die Zukunft des Reiches.«

»Was nützt einem ein Reich, wenn man den Glauben verliert?«, entgegnete er. »Ich habe meinen Vater, den Sonnengott, um Rat gefragt, und er hat mir versichert, dass die Königin mir am Ende doch noch einen Erben schenken wird, der die Gebiete im Norden erobert, obwohl sie bereits vier meiner Söhne vor der Geburt verloren hat.«

»Wenn dein Vater es gesagt hat …!«

»Das hat er, und zwar sehr deutlich.«

Nachdem der Zeremonienmeister ihn verlassen hatte, blieb der Inka lange aufrecht und reglos auf seinem Thron sitzen und betrachtete nachdenklich die riesige Scheibe aus Gold an der Wand, das Symbol für die Sonne, ein Fingerzeig auf seinen angeblichen Vater.

Es hieß, man habe zwanzig Männer gebraucht, um die schwere Scheibe dort anzubringen, wo sie nun hing. Der Inka erinnerte sich, wie gern er als kleiner Junge in dem weitläufigen, menschenleeren Thronsaal gesessen und darauf gewartet hatte, dass dieser Vater zu ihm sprach oder die kleinste Geste machte, um ihm ein Zeichen zu geben, dass er ihn überhaupt wahrnahm.

Vergebens.

Gleichgültig hing die Scheibe an der Wand, Tag um Tag, Jahr um Jahr, und er hatte sie betrachtet, bis der Schlaf ihn überwältigte und seine Schwester ihn suchen kam.

Damals hatte sich Alia um ihn gekümmert, ihn getröstet, ihm Geschichten erzählt. Sie war auch dann an seiner Seite geblieben, wenn sich die Schatten der Nacht über den Palast herabsenkten.

Alia war fünf Jahre älter als er und wusste, dass der süße kleine Junge, der manchmal schüchtern und manchmal ängstlich war, der einzige Mann wäre, den sie jemals näher kennenlernen würde, denn so hatte es Viracocha verfügt an dem Tag in grauer Vorzeit, als er die heilige Dynastie der Inkas begründete.

Daher war sie sich über ihre Rolle als Königin, Gemahlin und Mutter vollkommen bewusst und stellte sich vom ersten Tag an darauf ein, dass ihre Berufung in diesem Leben darin bestand, ihren jüngeren Bruder zu lieben und dafür Sorge zu tragen, dass auch er sie als Gemahlin und Königin liebte. Diese Aufgabe hatte sie mit einer solchen Leidenschaft übernommen, dass nun keiner von beiden ohne den anderen existieren konnte.

Sie waren in der Tat zwei gleiche Seelen, die in verschiedenen Körpern wohnten. Angesichts ihrer ununterbrochenen Nähe spiegelten sie sich in einem solchen Ausmaß gegenseitig wider, dass es nicht einmal der Worte bedurfte, damit der eine genau wusste, was in einem bestimmten Augenblick im Kopf des anderen vor sich ging.

Niemand, der nicht zu ihrem Volk und seiner uralten Dynastie gehörte, konnte das Ausmaß einer so ausschließlichen Liebe verstehen, die ihnen bereits von Kindesbeinen an eingeflößt worden war.

Und vielleicht verstärkte die Tatsache, dass die Frau vor dem Mann geboren worden war, die Intensität der Beziehung sogar noch, denn die zärtliche Liebe, mit der sie während der ersten Jahre die Rolle der dominanten Mutter gespielt hatte, war allmählich einer nicht weniger zärtlichen Hingabe gewichen, als sie diejenige war, die beherrscht und besessen werden wollte.

Die Inkaherrscher hatten das bizarre Ritual der inzestuösen Liebe zu einem unverzichtbaren Grundsatz erhoben, um ihr eigenartiges Verständnis vom Leben zu rechtfertigen. Die Liebe zwischen Geschwistern galt weder als verwerflich noch schändlich. Daher hatte keiner von beiden einen Grund, sich schuldig zu fühlen, wenn er denjenigen liebte und für sich ersehnte, den er von Geburt an zu lieben bestimmt war.

Ihre Eltern waren Geschwister gewesen wie ihre Großeltern und Urgroßeltern zuvor und auch Manco Cápac und Mama Ocllo, die die Dynastie zu Beginn der Zeitrechnung gegründet hatten.

Wahrscheinlich führte die seit Generationen verdichtete Blutsverwandtschaft dazu, dass das Paar keine Kinder zeugen konnte, die kräftig genug waren, um außerhalb der warmen Geborgenheit des Mutterleibes zu überleben.

Die Jahre vergingen.

Und wie rasch sie vergingen!

Die Liebe war dieselbe, das Feuer der Leidenschaft wollte nicht erlöschen, doch die Zeit, ärgster und grausamster Feind des Menschen, gewann eine Schlacht nach der anderen, unbarmherzig und unaufhaltsam.

Die Kinder wollten nicht kommen.

Und die Jahre verstrichen.

Bitten und Gebete, Hohepriester, Hexenmeister, Medizinmänner und Heiler, Übungen und Arzneien ... alles war erwünscht und wurde mit Dank und Bescheidenheit angenommen – Hauptsache, es diente der Entstehung neuen Lebens, das das Licht seines Ahnen, der Sonne, erblicken sollte. Doch die Hoffnung war immer wieder enttäuscht worden, und mit der Zeit wurden die beiden, die alles darum gegeben hätten, endlich den lange ersehnten Thronfolger auf die Welt zu bringen, von immer größerer Niedergeschlagenheit überwältigt.

Die Jahre gingen ins Land.

Jeden Morgen stieg die Königin in ein Bad aus dem Blut junger Meerschweinchen, die sich so schnell vermehrten, wie sich im Sommer ein Lauffeuer in der ausgetrockneten Graslandschaft des Hochlands ausbreitet.

Und der Inka nahm Abend für Abend ein widerliches Gebräu zu sich, das die Qualität seines Samens verbessern sollte.

Trotzdem ließ der ersehnte Erbe auf sich warten.

Das Wesen dieses mächtigen, unaufhaltsam wachsenden Volkes war von dem unerschütterlichen Glauben geprägt, dass der Ursprung der herrschenden Dynastie – die das Rückgrat seiner merkwürdigen und überaus anfälligen Gesellschaftsstruktur bildete – auf den Tag zurückzuführen sei, an dem der Sonnengott erschienen war, nachdem er die Mächte der Finsternis aus der Welt vertrieben hatte.

Deshalb war es eine indiskutable Tatsache, dass das Blut der Dynastie direkt vom Gott der Sonne stammte und rein erhalten werden musste.

Sollte dieser Eckpfeiler wanken, würde das ganze komplexe Gebäude, das man so mühsam errichtet hatte, wie ein Kartenhaus einstürzen.

Im Inkareich waren Gesetze und Bräuche ein und dasselbe, das eine hing unzertrennlich mit dem anderen zusammen wie zwei Ochsen im Joch, und es existierte keine Facette im menschlichen Leben, die nicht vor vornherein festgelegt und vorherbestimmt war.

Es gab eine bestimmte Zeit, um die Saat auszubringen, eine andere für das Einfahren der Ernte, eine weitere für den Straßenbau, zum Heiraten, zum Kinderzeugen, um den Göttern Opfer zu bringen, um sich auszuruhen und um begraben zu werden.

Abgesehen von Letzterem, das sich in gewisser Weise der Kontrolle durch die Behörden entzog, war jede Stunde des Tages und der Nacht, winters wie sommers, im Krieg wie im Frieden, bis ins kleinste Detail festgelegt.

Nicht einmal die Essenszeiten und die Nahrungsmittel, deren Zusammensetzung von Alter, Geschlecht und der Aufgabe abhing, die der Betreffende innerhalb der streng hierarchisch gegliederten Sozialstruktur erfüllte, waren davon ausgenommen.

Dafür durfte es dem Volk weder an Nahrung noch an Kleidung fehlen, weder an einem Dach über dem Kopf, Öl für die Lampen, Milch für die Säuglinge noch an dem Werkzeug, das einjeder brauchte, um das Land zu bearbeiten.

Wenn es einem treuen Untertanen des Inka jemals an solchen Dingen fehlte, wurde der zuständige Beamte hart bestraft.

Es gab nichts, was mit unserem Konzept von Geld vergleichbar gewesen wäre, denn die Inkas kannten kein Privateigentum. Alles gehörte dem Herrscher, und niemand hätte gewagt, dies in Frage zu stellen.

Und nun saß dieser allmächtige Herrscher, derjenige, »dem alles gehörte«, niedergeschlagen auf seinem prächtigen Thron und dachte voller Neid an die einfachen Bauern des Hochlandes, die nach einem harten Arbeitstag auf den eisigen, windgepeitschten Feldern erschöpft zu ihren ärmlichen Hütten zurückkehrten und neben einem halben Dutzend kleiner Rotznasen einschliefen.

Kinder!

Aus welchem unerklärlichen Grund verweigerte ihm sein Vater, der Sonnengott, das, was er allen anderen, ja, sogar den Feinden seines Volkes zugestand?

Aus welchem seltsamen Grund konnten Tiere, die nur niederen Instinkten folgten, sich so ungehemmt vermehren, während eine tiefe und innige Liebe wie die zwischen ihm und seiner Schwester keine Früchte trug?

»Alles Gute braucht seine Zeit«, hatte eine der zahlreichen Hexen, die die Königin um Rat gefragt hatte, geantwortet. »Der neue Inka wird auf sich warten lassen, aber er wird der Größte unter den Großen sein, derjenige, an den sich die Menschen erinnern werden, bis die Sonne vom Firmament verschwindet.«

Doch das war kein Trost für jemanden, der so gern gesehen hätte, wie sein Sohn heranwächst, um ihm langsam all das beizubringen, was er selbst von seinem Vater über die schwierige Kunst, die Untertanen des Reiches zu führen, gelernt hatte.

Ein Reich von gewaltiger Ausdehnung zu regieren, in dem Dutzende von Völkern lebten, die häufig nicht einmal dieselbe Sprache sprachen, war in der Tat kein leichtes Unterfangen, nicht einmal für einen direkten Nachkommen der Sonne.

Dafür Sorge zu tragen, dass keiner seiner Untertanen mit leerem Magen zu Bett ging, dass niemand in den ewig verschneiten Gipfeln der Berge fror, dass die aufsässigen Stämme befriedet und die Wegelagerer im Hochland bestraft wurden, sicherzustellen, dass jede Frau, jeder Mann und jedes Kind Tag für Tag die Aufgaben erledigten, die ihnen zugewiesen waren – das lag einem nicht von Natur aus instinktiv im Blut, das konnte man nicht mit der Muttermilch aufsaugen.

All das musste man erlernen. Und der Inka, jeder Inka, war der einzige Lehrer, der diese Erfahrungen weitergab.

Wem sollte er jetzt beibringen, grausam zu sein oder Großmut zu zeigen, wenn die Umstände es erforderten, wem beibringen, wann die Zeit gekommen war, Krieg zu erklären oder Frieden zu schließen?

Wer sollte seine Ratschläge befolgen, wenn nicht der zukünftige Herrscher des Reiches, der Sohn, den er sich ersehnte?

»Herr, o Herr, mein Vater!«, flehte er mit zusammengebissenen Zähnen. »Du, der du unser Leben erfreust, sobald du am Horizont erscheinst, du, der du uns jeden Tag verlässt, aber die Hoffnung schenkst, dass wir dich im Morgengrauen wieder sehen werden, du, der die vereisten Teiche schmelzen und die Ernte reifen lässt, lass endlich auch das Eis im Bauch meiner Frau tauen und stärke den Samen, den ich jede Nacht in sie einpflanze!«

Kurz darauf stand er mühsam auf, wanderte langsam durch die menschenleeren Räume, durch die weder das Weinen noch das Lachen eines Kindes hallte, und setzte sich zu Füßen der Königin, die reglos den Sonnenuntergang über den Dächern der riesigen Stadt beobachtete.

»Woran denkst du?«, fragte er.

»An Sangay ... Es ist ihre große Nacht. Ich bitte die Götter, dass sich alle ihre Erwartungen erfüllen mögen. Glaubst du, dass dieser verschrobene Kerl sie glücklich machen wird?«

»Ganz bestimmt. Außerdem ist Cayambe kein verschrobener Kerl. Er ist einer der mutigsten und klügsten Männer, die ich kenne. Ein ungeschliffener Smaragd, aus dem Sangay bestimmt einen Edelstein machen wird.«

»Er hat dich ganz schön beeindruckt.«

»Da hast du recht. Mein Vater hat mir etwas beigebracht: Wer den wahren Wert eines Menschen nicht auf den ersten Blick zu erkennen vermag, wird auch die Stärke eines Heeres niemals erkennen. Cayambe besitzt einen klaren Verstand und ein angeborenes Gespür für die Kriegskunst. Und wenn man obendrein bedenkt, welche Tapferkeit er bewiesen hat, kann man eigentlich nicht überrascht sein, dass ich seine Verdienste anerkenne.«

»Trotzdem mache ich mir Sorgen. Es gibt einfach zu viele Neider.«

»Ja, der Neid ist ein unseliges Laster, das bereits unser Urgroßvater aus dem Reich zu vertreiben versuchte.«

»Trotzdem kehrt es hin und wieder zurück.«

»Ich weiß. Aber ich lasse es nicht herein. Wer dieselbe Behandlung wie Cayambe fordert, der muss sich wie er bewähren.«

»Ich bewundere deinen Sinn für Gerechtigkeit.«

»Dabei verdanke ich ihn nur dir. Ich kann mich noch genau an die schönen Geschichten über gerechte Männer erinnern, die du mir erzählt hast, als ich ein kleiner Junge war.«

»Das ist schon lange her!«

»Nicht so lange! Mir kommt jedes Jahr an deiner Seite vor wie eine Minute.«

»Wenn ich die Augen schließe, sehe ich noch, wie ich dich in der Wiege schaukelte.«

»Und wenn ich von dir träume, höre ich die alten Schlaflieder, die du mir vorgesungen hast.«

»Was gäbe ich dafür, wenn ich deinen Sohn mit denselben Liedern in den Schlaf wiegen könnte!«

»Eines Tages wird es so weit sein! Ich weiß es!«

»Aber wann?«

»Bald ... Hab Geduld!«

»Geduld ist die einzige Frucht, die nicht auf unseren Feldern wächst und eine der wenigen Gaben, die uns die Götter nicht schenken können«, erwiderte sie traurig. »Oft sitze ich hier und denke an die Freude, die ich jedes Mal empfinde, wenn in mir neues Leben entsteht. Trotzdem kann ich nicht verhindern, dass bittere Angst mein Denken erfasst, obwohl ich weiß, dass ich die Königin des Reiches bin. Ich würde liebend gern auf alles verzichten, wenn ich nur wüsste, dass ich nicht wieder eine Fehlgeburt hätte.« Sie drückte ihm fest die

Hand und sah ihm in die Augen. »Ich wurde geboren, um Mutter zu sein. Die Mutter deiner Kinder … Warum verweigern mir die Götter dieses Recht? Welchen Frevel habe ich begangen, dass sie mich daran hindern, meine Pflicht zu erfüllen?«

»Du hast keinen Frevel begangen«, erwiderte der Inka energisch. »Keiner von uns hat das getan, und deshalb verspreche ich dir, dass deiner göttlichen Bestimmung nichts im Weg stehen wird. Ich verspreche es dir als dein Bruder, als dein Gemahl, als dein Geliebter und dein Gebieter.«

4

In ihrer ersten Liebesnacht empfing Prinzessin Sangay Chimé ihre Tochter Tunguragua, die später unter dem Kürzel Tungú und noch mehr unter dem Kosenamen Turteltaube Berühmtheit erlangen sollte.

Die spektakuläre Zeremonie war wunderschön und unvergesslich gewesen, doch nicht so schön und unvergesslich wie die anschließende Hochzeitsnacht, in der sich alle Erwartungen des jungen Paares erfüllten. Als der Morgen graute, glaubten sie, die Sterne mit den Händen berührt zu haben.

»Noch vor zwei Monaten«, murmelte Cayambe und drückte seine Frau an die Brust, »steckte ich bis zu den Knien im Schlamm. Ich wartete darauf, dass mich ein Speer durchbohrt, und verfluchte mein Unglück, weil ich befürchtete, ich müsste diese Welt verlassen, bevor ich die Liebe einer Frau kennengelernt hatte.«

»Vor zwei Monaten «, antwortete sie, während sie sich an ihn schmiegte, «wartete ich sehnsüchtig auf die Ankunft eines *chasqui* mit Nachrichten von der großen Schlacht, denn wären unsere Heere geschlagen worden, hätten wir flüchten müssen, ohne zu wissen, wohin. Und ich hätte niemals die Möglichkeit gehabt, den Mann meines Herzens kennenzulernen.«

»Du hättest ihm an irgendeiner anderen Stelle dieser Welt begegnen können«, sagte ihr Ehemann und lächelte.

»Unmöglich!«, widersprach die junge Frau im selben Ton. »Ich war sicher, dass ich dem Mann meiner Träume im Palast des Inka begegnen würde, genau an dem Tag, an dem er den ärgsten Feind unseres Reiches vor sich hertrieb.«

»Schwindlerin!«

»Das ist die Wahrheit«, entgegnete sie und biss ihn sanft in die Brust.

»Ich wollte schon immer den mutigsten Krieger des ganzen Reiches heiraten. Deshalb erhörte ich keinen anderen Mann, und als ich dich sah, wusste ich sofort, dass du der Richtige warst.« Sie kitzelte ihn. »Da habe ich zugegriffen, und jetzt gehörst du mir!«

»Du meinst, ich wäre dir in die Falle getappt?«

»Ja, in die größte Falle der Welt. Und die stärkste.« Sie schlang die Arme um seine Hüften und drückte fest zu. »Aus ihr werde ich dich nicht mehr freilassen, bis du sehr, sehr alt bist.«

Dann liebten sie sich, wieder und wieder, denn sie waren jung und leidenschaftlich und glaubten, die Welt sei nur erschaffen worden, damit sie ein glückliches Leben im Wohlstand und Frieden führten – in einem Reich, das beschlossen hatte, seine Eroberungsfeldzüge vorerst auszusetzen, bis das komplizierte Problem der Thronfolge geklärt war.

Wenige Tage, nachdem er seinen neuen Posten angetreten hatte, schlug Cayambe sein Hauptquartier im westlichen Turm der Befestigungsmauer auf, welche die Stadt gegen Angriffe aus dem Norden schützte. Er begann sogleich, unter den Freiwilligen, die sich bei der Verfolgung der Feinde durch außergewöhnlichen Mut und Opferbereitschaft ausgezeichnet hatten, seine neue Einheit auszuheben.

Die Männer, die er auswählte, mussten von morgens bis abends, bei unerträglicher Hitze oder eisiger Kälte, bei Regen und Schnee trainieren, bis sie eine harte und stolze Elitetruppe bildeten, die imstande war, in den schroffen Bergen des Hochlandes, im Dschungel oder in der Wüste genauso effektiv zu kämpfen wie ihre Feinde, deren Taktik sie übernommen hatte.

Der Herrscher kam gelegentlich vorbei, um sich von den Fortschritten seiner Eliteeinheit zu überzeugen, deren Männer jederzeit bereit waren, ihr Leben für ihn hinzugeben. Die

Tatsache, dass sie niemals eine Uniform trugen, wollte ihm allerdings nicht so recht behagen.

»Sie sehen aus wie ein Haufen von Wegelagerern!«, warf er Cayambe vor. »Sie haben weder ein würdevolles Auftreten noch wirken sie kampfbereit.«

»Du hast eine halbe Million kampfbereiter Männern unter Waffen, Herr, mit sehr würdevollem Auftreten und prächtigen Uniformen, die aussehen wie Kakadus auf einem Baum, die ihr Federkleid zur Schau stellen«, entgegnete General Saltamontes. »Nicht einmal ein blinder Maulwurf hätte Probleme, sie schon von weitem zu erkennen.«

»Und was ist daran anstößig?«, fragte der Inka. »Allein die Tatsache, dass man sie als Krieger des Inka erkennt, löst Panik unter dem Feind aus.«

»Nicht unbedingt. Manchmal versteckt sich der Feind und legt einen Hinterhalt, Herr«, hielt der junge General Cayambe dagegen. »Ich möchte keine Panik auslösen, damit er nicht die Flucht ergreift und ich ihn wochenlang verfolgen muss. Ich will den Feind so schnell und lautlos wie möglich vernichten. Du selbst hast immer gesagt, dass Angriff die beste Verteidigung sei.«

»Das ist allerdings wahr. Aber sie wirken so schäbig! Sieh dir den Krieger da drüben an, auf dem Felsen! Er sieht aus wie ein gerupfter Truthahn.«

»Stimmt. Aber ich versichere dir, dass er – ohne einen Zweig zu berühren – durch den Dschungel rennen kann und in der Lage ist, einem halben Dutzend Männern die Kehle aufzuschlitzen, bevor diese Zeit hätten, einen Mucks von sich zu geben. Und der andere dort kann sich einen ganzen Tag im Wüstensand eingraben und wie ein Skorpion auf seine Beute lauern.«

»Ich glaube dir«, nickte der Inka. »Und ich finde die Idee gut, trotzdem will ich nicht, dass sie zusammen mit meinen anderen Truppen marschieren.«

»Das haben sie auch gar nicht vor, Herr. Ehrlich gesagt halten sie diese Truppenparaden für reine Zeitverschwendung, dafür wollen sie nicht üben.«

Der Inka schüttelte unwillig den Kopf, konnte sich aber ein mildes Lächeln nicht verkneifen.

»Diejenigen, die behaupten, du wärst immer noch ein Draufgänger, haben offensichtlich recht. Als du das erste Mal vor mir erschienen bist, hätte ich dich vierteilen lassen sollen, weil du gegen meinen Befehl Tiki Mancka verfolgt hattest. Stattdessen kam mir plötzlich in den Sinn, dich zu befördern, und ich erlaubte dir, meine Lieblingsnichte zu heiraten. Apropos … Was macht eigentlich ihre Schwangerschaft?«

»Alles bestens, Herr! In vier Monaten bin ich hoffentlich Vater.«

»Du Glücklicher! Und auch sie. Du weißt ja, dass die Königin und ich sie sehr ins Herz geschlossen haben, trotzdem halte ich es nicht für angebracht, dass sie in diesem Zustand in den Palast kommt.«

»Ich verstehe, Herr.«

»Der Anblick ihrer Schwangerschaft würde die Königin nur noch unglücklicher machen.«

»Ich hoffe, dass auch die Königin bald in anderen Umständen sein wird.«

»Ich auch, aber sie hat eine solche Angst vor einer erneuten Fehlgeburt, dass sie den ganzen Tag zittert und des Nachts kein Auge zutut, wenn sie schwanger ist.«

»Das ist nur allzu verständlich, wenn man an die bitteren Erfahrungen denkt, die sie gemacht hat.«

»Bitter, du hast ganz recht! Manchmal frage ich mich, wie es sein kann, dass ein so natürliches Phänomen derart kompliziert ist.«

»Was denken die *hampi-camayocs?*«

»Was sollen sie schon denken? Sie sind doch nur ein Haufen von Quacksalbern. Ich sollte alle Medizinmänner, Heiler und Seher, die das Volk mit ihren Künsten blenden, aus dem

Reich verjagen. Wenn sie nicht einmal dazu beitragen können, neues Leben entstehen zu lassen, wie sollen sie dann den Tod verhindern?«

Abends, als Cayambe der Prinzessin den Verlauf der Unterhaltung schilderte, verging ihr der Appetit. Mit einer Geste bedeutete sie den Dienern, dass sie den Tisch abräumen und sie allein lassen sollten.

»Es schmerzt mich sehr, unseren Herrscher so leiden zu sehen«, sagte sie aufrichtig betroffen. »Seit ich denken kann, muss ich mit ansehen, wie ihn dieses Problem quält. Neulich hat er mir gesagt, er wisse nicht, was ihm mehr Sorgen bereitet, die Notwendigkeit, einen Erben für das Reich zu zeugen, oder das Glück seiner Frau.«

»Wahrscheinlich hängt das eine mit dem anderen zusammen.«

»Ganz bestimmt«, gab die Prinzessin zu. »Fragt sich nur, welches von beiden Priorität hat.«

»Was würde es ändern?«

»Sehr viel, wenn du mich fragst, denn davon wird abhängen, ob er sich in erster Linie als Inka oder als Mensch begreift, als Ehemann oder als Herrscher. Was glaubst du, was stärker ist ... Staatsräson oder Liebe?«

»Was für eine absurde Frage«, protestierte Cayambe mit leichtem Unbehagen, denn für derlei überflüssige Spekulationen hatte er sich noch nie erwärmen können, vor allem wenn es um einen Halbgott ging, den er respektierte und liebte. »Wir erwarten ein Kind, und ich will mich nicht fragen müssen, ob ich in ihm in erster Linie einen Erben sehe oder die Frucht unserer Liebe. Er wird unser Sohn sein, er wird uns noch stärker aneinander binden, wir werden ihn lieben und ihm Geschwister schenken, und damit basta.«

»Deine Antwort reicht mir nicht, weil ein Inka so nicht denken kann.«

»Wie soll ich wissen, wie der Inka denkt?«, seufzte der arme Mann verzweifelt. »Manchmal weiß ich nicht einmal, wie du denkst, und du bist bloß eine Prinzessin. Er ist der Sohn des Sonnengottes, wie sollte ich mich jemals in seine Lage versetzen können?«

»Glaubst du das wirklich?«

»Was?«

»Dass er der Sohn des Sonnengottes ist.«

»Selbstverständlich!«

»Bist du ganz sicher?«

»Vollkommen. Du etwa nicht?«

Sangay Chimé dachte eine Weile nach, strich sich nachdenklich über den dicken Bauch und sagte schließlich:

»Ich kenne ihn so gut, dass ich manchmal meine Zweifel habe. Wie kann ein Gott solche Fehler machen und solche überaus menschlichen Schwächen haben?« Sie zögerte. »Dann wiederum frage ich mich, wie jemand den anderen Menschen so überlegen sein könnte, wenn er nicht göttlichen Ursprungs wäre.«

»Vielleicht ist er halb Gott und halb Mensch.«

»Oder auch bloß ein außergewöhnlicher Mensch.«

»Das klingt nach Ketzerei, und du weißt, dass sie mit dem Tod bestraft wird.«

»Das gilt nur für das einfache Volk«, klärte sie ihn auf. »Wir, die Mitglieder des königlichen Hauses, dürfen gewisse Zweifel frei äußern, Hauptsache, wir tun es nur innerhalb unserer vier Wände und niemals vor den Dienern.« Sie lächelte spöttisch. »Aber ausgerechnet wir als Teil der königlichen Familie haben überhaupt kein Interesse daran, unsere göttliche Abstammung in Zweifel zu ziehen.«

»Versteht sich.«

»Gewiss, doch du bist mein Mann, und ich will nicht, dass zwischen uns Missverständnisse entstehen. Du kannst sicher sein, dass ich mein Leben für den Inka geben würde, aber für den Sohn der Sonne? Das weiß ich nicht.«

Cayambe erstarrte mit dem Becher in der Hand, ohne ihn zum Mund zu führen. Mittlerweile war er komplett verwirrt, denn er hatte das Gefühl, dass man all seine Überzeugungen mit Füßen trat.

»Wo ist der Unterschied?«, stammelte er schließlich unsicher.

»Es gibt einen entscheidenden Unterschied«, erklärte seine Frau überzeugt. »Vor einiger Zeit schon bin ich zu dem Schluss gekommen, dass drei verschiedene Seelen in diesem Mann wohnen. Es gibt den klugen und verständnisvollen Herrscher, den sanften und verzweifelten Gemahl der Königin Alia und den unversöhnlichen und skrupellosen Sohn der Sonne. Du hast bislang nur die ersten beiden kennengelernt, nicht aber den dritten.«

Sie schüttelte zweifelnd den Kopf.

»Und zu unserem Wohl kann ich nur hoffen, dass du nie in die Verlegenheit kommst, ihn kennenzulernen.«

»Ist er so schlimm?«

»Noch schlimmer.«

»In welcher Hinsicht?«

»In jeder!«

»Würdest du bitte etwas deutlicher werden?«, forderte General Saltamontes sie ungeduldig auf. »Ich kann mir vorstellen, dass es einen Unterschied geben muss zwischen dem Mann, der gezwungen ist, ein riesiges Reich zu regieren, und einem liebenden Ehemann, der sich nach einem Thronfolger sehnt, aber wenn du es mir nicht erklärst, werde ich nie wissen, wer dieser Dritte ist, von dem du behauptest, ich würde ihn nicht kennen.«

»Aber ich habe es dir bereits gesagt. Es ist der Sohn der Sonne, der direkte Nachfahre des Sonnengottes auf Erden, und seine einzige Mission besteht nicht darin, ein guter oder schlechter Inka zu sein, ein Eroberer oder ein Friedensstifter, sanft oder gewalttätig, sondern darin, das weitere Glied einer Kette zu bilden, deren Dynastie mit Viracocha begann und erst dann enden wird, wenn derselbe Viracocha auf diese Erde zurückkehrt, das letzte Glied mit dem ersten verbindet und den Kreislauf der Schöpfung schließt ... Verstehst du jetzt?«

»Mehr oder weniger.«

»Dann kannst du mir bestimmt sagen, was diese Kette für einen Wert hat, wenn eines ihrer Glieder reißt?«

»Keinen natürlich.«

»Wenn man das bedenkt, was macht dann einen wahren Sohn der Sonne aus? Er muss seiner Bestimmung gerecht werden, die darin besteht, das Blut der Inka in seiner vollkommenen Reinheit weiterzugeben. Alles andere sind nur Fußnoten für die Geschichtsschreibung. Wir haben friedliche, grausame, gerechte, blutrünstige und sogar verweichlichte Inkas gehabt. Und wenn schon. Es zählt einzig und allein, dass ein wirklicher Sohn der Sonne auf dem Thron sitzt, damit es so weitergeht bis ans Ende aller Zeiten.«

»Auf diese Art habe ich es noch nie gesehen.«

»Weil du aus dem einfachen Volk stammst, Liebster.« Prinzessin Sangay streckte die Hand aus und legte sie ihm zärtlich auf den Oberschenkel. »Jetzt aber gehörst du der Oberschicht an und genießt nicht nur deren Privilegien, sondern hast auch gewisse Pflichten.«

»Von denen die Wichtigste die Erhaltung dieser Privilegien ist, nehme ich an?«, entgegnete Cayambe leicht ironisch.

»Zweifellos!«

»Dachte ich mir.«

»Das ist eine Tatsache.« Plötzlich flog ein Lächeln über das Gesicht der jungen Frau, so hell wie ein Sonnenstrahl. »Sei nicht traurig. Dass es so bleibt, kommt ja nicht nur unserem Stand zugute, sondern auch dem einfachen Volk.«

Sie stieß ihn leicht in die Seite.

»Du wirst es verstehen, weil du gesehen hast, wie diese Wilden jenseits der Grenzen unseres Reiches leben. Wie sie vergewaltigen, plündern, andere Stämme versklaven und sich sogar gegenseitig umbringen. Sie sind wie das Ungeziefer im Urwald, sie haben keine Zivilisation und wollen nur

Kokablätter kauen, sich betrinken und wie die Tiere paaren.«

»Da hast du allerdings recht.«

»Natürlich habe ich recht! Und ich weiß auch, dass wir wie Wilde gelebt haben, bevor Viracocha auf die Erde kam, unsere Kultur begründete und Manco Cápac und Mama Ocllo befahl, die heilige Stadt Cuzco zu bauen. Und wenn ich ehrlich sein soll, hat sich in der Familie meiner Mutter daran nicht viel geändert.«

»Das hast du mir nie erzählt.«

»Es gibt nicht viel zu erzählen. Es sind primitive Menschen, Tausende von Jahren von der Intelligenz und Einfühlsamkeit des Inka entfernt. Einmal habe ich sie besucht, und es war, als wäre ich in die tiefste Finsternis hinabgestiegen. Vor vielen hundert Jahren bildeten sie ein kultiviertes und mächtiges Volk, bis sich eines Tages der Pöbel gegen seine Führer erhob und das Reich im Chaos versank, sodass sie heute wieder wie Tiere leben.«

»Ja, ich weiß, für dich ist die Ordnung das Wichtigste auf der Welt.«

»Ich gebe zu, dass mir die Ordnung gefällt, aber das muss nicht zwangsweise zur Verblendung führen. Jedenfalls bin ich nicht bereit, kritiklos zu glauben, dass der Herrscher von der Sonne abstammt, nur um die bestehende Ordnung aufrechtzuerhalten.« Sie zögerte einen Augenblick und setzte dann hinzu: »Es wäre wünschenswert, wenn es so wäre, aber im Grunde genommen spielt es keine Rolle.«

»Was willst du damit sagen? Dass es egal ist, ob der Inka tatsächlich der Sohn der Sonne ist oder nicht?«

»Ich meine, besser, er wäre es nicht, und das Volk glaubte es trotzdem, als wenn er es wäre und das Volk nicht daran glaubte.«

»Das ist mir zu wirr«, beschwerte sich Cayambe mittlerweile völlig verunsichert.

»Kann schon sein«, räumte sie ein, »aber du musst begreifen, dass die Verwirrung gelegentlich dazugehört, wenn eine Dynastie Jahrhunderte lang an der Macht bleiben will.« Sie deutete auf das Fenster. »Da draußen leben Millionen von Männern und Frauen, die jeden Tag zu essen bekommen müssen und ein Dach über dem Kopf brauchen, um nicht zu erfrieren. Natürlich wären sie alle viel lieber an unserer Stelle, doch dann hätte niemand etwas davon, da das Reich nicht über genügend Mittel verfügt, um allen dasselbe angenehme Leben zu ermöglichen. Du hast diese einmalige Gelegenheit erhalten, weil du sie dir verdient hast. Aber jetzt musst du auch die Regeln dieses Spiels lernen.«

»Ich weiß nicht, ob mir dieses Spiel gefällt«, erwiderte ihr Mann.

»Es wird dir spätestens dann gefallen, wenn deine Kinder geboren werden und nicht gezwungen sind, von morgens bis abends zu schuften, durch die Wüste zu patrouillieren oder Brücken zu bauen. Du und ich werden von der Erde verschwinden, aber die Generationen nach uns, in deren Adern unser Blut fließt, werden froh sein, in Cuzco in einem Palast auf die Welt gekommen zu sein statt in einer erbärmlichen Lehmhütte im Hochland.«

Cayambe, der nicht in einem erbärmlichen Lehmbau im Hochland zur Welt gekommen war, sondern in einer noch schäbigeren Strohhütte in einem kleinen Dorf am Ufer des tosenden Urubamba, fiel es schwer, die Welt aus der Sicht der Frau zu betrachten, die er geheiratet hatte.

Wie jedes Kind aus dem einfachen Volk war er in dem Glauben erzogen worden, dass der Inka unzweifelhaft der Sohn der Sonne war und die Gesetze und die Bräuche seines Volkes von derselben Macht diktiert worden waren, die die Sterne bewegte. Niemand konnte ernsthaft infrage stellen, dass der Mond am Himmel zu- oder abnahm, dass auf den Frühling der Sommer folgte oder der Regen den Mais wachsen und gedeihen ließ.

Ebenso durfte niemand daran zweifeln, dass der Inka sein

Gott war, dass dessen Ahnen direkt von den Göttern abstammten und die Voraussagen der Astrologen unweigerlich eintrafen.

Die Generäle wussten seit jeher, wie man Schlachten gewann, die *hampi-camayocs* dagegen, wie man die Kranken heilte.

Alles hatte seine Ordnung gehabt, und er hatte genau gewusst, wo sein Platz darin gewesen war.

Jetzt aber verhielt sich alles anders.

Manchmal wachte er mitten in der Nacht auf und musste sich erst überzeugen, dass diese wunderbare Frau tatsächlich an seiner Seite lag. Dann beobachtete er die flackernde Flamme einer Öllampe in der Ecke des Zimmers, strich mit der Hand über die weiche Alpakawolle der Bettdecke, auf der sie ruhten, und ihn beschlich das Gefühl, dass nicht Cayambe dort lag, sondern ein Unbekannter, dessen Kommen und Gehen er auf der Kante des Mondes sitzend beobachtete.

Ein Fisch außerhalb des Wassers oder ein Vogel in der Tiefe des Meeres hätte sich nicht fremder fühlen können als Cayambe, den die intelligente Prinzessin durch ein Labyrinth von neuen Gedanken und Ideen führte, auf die er selbst nicht einmal im Traum gekommen wäre.

Für Cayambe war der Inka immer der Inka gewesen, doch nun beteuerte die Frau, die er liebte, dass im Körper des Inka drei Seelen wohnten und zwei davon überraschend menschlich zu sein schienen.

Wie sollte er das begreifen?

Es kam ihm vor, als wäre er unversehens in eine Welt geraten, in der sich die Felsen in Schlamm verwandelten, die Flüsse den Berg hinaufflossen oder der Schnee Hitze ausstrahlte.

Die Entdeckung, dass die Gesetze durchaus nicht für alle galten und man sie verletzen durfte, nur weil man einer bestimmten Schicht angehörte, verwirrte ihn genauso wie der feinsinnige Umgang mit Gedanken und Worten, dessen sich die Adligen bei Hof befleißigten.

Es war, als lebten sie im Zwielicht, in einem Dämmerzustand, wo Weiß nicht ganz Weiß und Schwarz nicht ganz Schwarz war, wo der Himmel, die Berge oder Wolken von einem Augenblick auf den anderen ihre Farbe wechselten und jeder sie auf seine Art interpretierte.

Gelegentlich sehnte er sich nach der guten alten Zeit zurück, als Weiß noch Weiß und Schwarz noch Schwarz bedeutete, doch wenn er ganz ehrlich mit sich selbst war, musste er zugeben, dass er sich im Grunde seines Herzens darüber freute, dass seinem Sohn das Schicksal eines gewöhnlichen Feldarbeiters, Lamahirten oder *chasqui* erspart bleiben würde.

5

Prinzessin Sangay Chimé war bereits im sechsten Monat schwanger, als ihr junger Ehemann General Saltamontes, sie allein in der Hauptstadt zurückließ, um eine Gruppe von Urus aus der Gegend des Titicacasees zu verfolgen und ihrer gerechten Strafe zuzuführen. Sie hatten den örtlichen *curaca* ermordet, als der ihnen eine sogenannte »Flohsteuer« auferlegt hatte.

Die Urus, die sich wie die Aymará an den Küsten des riesigen Titicacasees angesiedelt hatten, waren so faul, dass sie sich jeder Art von Arbeit verweigerten. Sie ernährten sich mehr schlecht als recht von den wenigen Fischen, die sie, ohne großen Aufwand, gleich neben ihren Hütten am Ufer des Sees fingen, und lebten in einem derartigen Schmutz, dass sie von unzähligen fetten Flöhen befallen waren.

Ihre Verwahrlosung hatte solche Ausmaße erreicht, dass der königliche Steuereintreiber ihnen auferlegte, jeden Monat einen dicken, mit Flöhen gefüllten Zuckerrohrstamm abzuliefern, denn das schien die einzige Möglichkeit, sie dazu zu bewegen, die lästigen Parasiten loszuwerden.

Keine Frage, in diesem Fall hatte der *curaca* die Befugnisse seines Amtes offensichtlich überschritten, doch das Gesetz schrieb unmissverständlich vor, dass in solchen Fällen der Gouverneur der Provinz das letzte Wort hatte – niemand besaß das Recht, die Justiz selbst in die Hand zu nehmen.

Angesichts dieser Sachlage war Cayambe in gewisser Weise dankbar, dass er die Möglichkeit erhielt, ins aktive Leben zurückzukehren und den Hof mitsamt seinen hinterhältigen Intrigen und den neuen Ideen, die ihm allmählich den Kopf verdrehten, für eine Weile hinter sich zu lassen.

Außerdem konnte er es kaum abwarten, sich selbst davon zu überzeugen, ob der harte militärische Drill, dem er seine Soldaten unterzog, auch Früchte trug.

Er hatte sie zu einer schnellen, ausdauernden und disziplinierten Truppe zusammengeschweißt, die nun ihre geballte Schlagkraft unter Beweis stellen durfte. Lautlos überfielen sie die Rebellen, die sich auf einer kleinen Insel verschanzten, und überrannten sie so mühelos, als hätten sie es mit einem Haufen von Halbstarken zu tun. Anschließend kehrten sie fröhlich singend zurück und traten unbekümmert die Köpfe ihrer unglücklichen Feinde vor sich her.

Nach dem erfolgreichen Ende der Strafexpedition beschloss General Saltamontes, der, so sehr er sich auch anstrengte, nicht vergessen konnte, dass er das Kind bescheidener Bauern war, noch einige Tage am See zu verbringen und sich die merkwürdigen Anbaumethoden der Aymará anzusehen, die das ganze Jahr über prächtige Ernten einfuhren, ohne dass der Nachtfrost ihren Feldern etwas anhaben konnte.

Im Laufe der Jahrhunderte hatten die Aymará mit unerschöpflicher Geduld und unter größten Anstrengungen ihre Felder so angelegt, dass breite und mehr als einen Meter tiefe Bewässerungsgräben, die sich aus dem Wasser des nahe gelegenen Titicacasees speisten, die fruchtbaren Parzellen säumten und sie in etwa fünfzig Quadratfuß große, rechteckige Inseln verwandelten.

Auf diese Weise wärmte die sengende Äquatorsonne fast viertausend Meter über dem Meeresspiegel tagsüber das Wasser in den Kanälen so stark auf, dass der Boden in den kalten Nächten nicht mehr gefror.

Natürlich bedurfte es dafür eines klaren und wolkenlosen Himmels wie hier über dem Hochland der Anden, wo man in der Ferne die verschneiten Gipfel der Kordilleren sah und die unbarmherzige Sonne acht Stunden täglich senkrecht auf die Erde niederbrannte. Es waren Bedingungen, die man sonst im ganzen Reich nicht vorfand. Ihretwegen hatten die Vorfahren der Aymará schon vor undenklichen Zeiten gelernt, wie sie die Felder am besten vor dem Frost schützen konnten, um ihre Ernten zu retten.

Während Cayambe auf den Spuren einer alten, seit Langem untergegangenen Zivilisation die spärlichen Überreste der einst berühmten Festung von Tihuanaco erforschte, stieß er auf frühere Bewässerungsgräben, die aus der Zeit vor dem ersten Auftauchen der Aymará stammten und diesen offensichtlich als Vorbild gedient hatten.

Jetzt saß er allein in der einsamen Weite der Hochebene und betrachtete lange die seltsamen Zeichen auf einem riesigen Steintor, das noch immer dem heftigen Wind trotzte. Auf dem oberen Teil sah man deutlich ein in den Stein gemeißeltes Fries mit vielen Tierdarstellungen, darunter mehreren Pumas.

In der Mitte war eine Sonne abgebildet, die die gesamte Umgebung beherrschte.

Nicht sehr weit entfernt sah man die Ruinen von Calasasaya, auch als »Stehende Steine« bekannt, eine merkwürdige Ansammlung von Monolithen aus rotem Stein, die in Reih und Glied standen wie ein Heer von Zyklopen und vor langer Zeit als Tempel oder vielleicht als Sternwarte gedient hatten.

Auch eine riesige Wand ragte in der Ferne empor, deren Steinquader wahrscheinlich nicht einmal hundert Männer auf einmal anzuheben vermocht hätten. Während er all dies betrachtete, musste er an die alten Legenden denken, die besagten, dass diese Gegend zu Anfang der Zeiten von über zwei Meter großen Riesen bevölkert gewesen war, die später von den Wassern einer gewaltigen Sintflut verschlungen worden waren.

Er erinnerte sich an die Geschichte, die sein Vater ihm in den schlaflosen Nächten während der Regenzeit am Urubamba immer wieder erzählt hatte.

Es war am Titicaca, wo der allmächtige Viracocha die erste Erschaffung der Welt beendete, und als er sein Werk begutachtete, erlegte er den Menschen auf, ihre Felder zu bestellen, einander zu lieben, seine Gesetze zu achten und danach zu handeln.

Doch es dauerte nicht lange, bis die Menschen grausam, wild und träge wurden, ja, sich versündigten, sodass Viracocha sie verfluchte und ihnen alle Übel schickte, bis hin zu gewaltigen Fluten, die siebzig Tage und siebzig Nächte vom Himmel fielen und mit Ausnahme seiner treuesten Anhänger alle dahinrafften.

Als Viracocha zurückkehrte, halfen ihm jene, die die Überschwemmung überlebt hatten, eine neue Welt erstehen zu lassen. Und als er die Welt zum zweiten Mal erschaffen hatte, beschloss er, ihr eine helle Lichtquelle zu geben, und so befahl er auf der Insel namens Titicaca, dass dort von nun an jeden Morgen der erste Sonnenstrahl aus dem gleichnamigen See auftauchen solle, um fortan Leben zu spenden und über die Menschen zu wachen.

Als dies vollbracht war, schickte er seine Getreuen aus, damit sie sich die Welt untertan machten.

Cayambe dachte daran, dass vielleicht viele Jahrhunderte später jemand vor den Ruinen von Cuzco sitzen und sich fragen würde, was aus all den Menschen geworden war, die die Stadt einst erbaut hatten, von der dann nur noch traurige Reste übrig wären.

Vielleicht stand dieses tragische Ende schon viel näher bevor, als er es sich vorstellen konnte. Wenn es dem Sohn der Sonne nicht gelang, einen Nachfolger zu zeugen, sodass kein Inka mit reinem Blut auf dem Thron aus Gold und Edelsteinen Platz nehmen konnte, fiele das einzige Bindeglied weg, das ein so vielgestaltiges Reich zusammenhielt, und das Imperium des Sonnengottes würde in kürzester Zeit nur noch eine traurige Erinnerung sein.

Wie alle anderen Lebewesen auch musste sein Volk zusammengehalten werden, damit es wachsen konnte, denn sobald es aufhörte, sich auszudehnen oder begann, auseinanderzufallen, war unweigerlich der Anfang vom Ende eingeläutet.

Das Volk der Inka brauchte ein starkes und stabiles Rückgrat, wollte es nicht bereits unter einer kleinen Last zusammenbrechen.

Eine unerklärliche Flutkatastrophe schien die Ursache für das grausame Ende der Riesen gewesen zu sein, die Tihuanaco einst errichtet hatten. Doch wie viel trauriger erschien es in seinen Augen, wenn der Untergang des Volkes, das eine so prächtige Stadt wie Cuzco erbaut hatte, von einer armen Frau abhing, die nicht imstande war, dem Reich einen Thronfolger zu schenken.

6

»Ich könnte es!«, erklärte zur gleichen Zeit Prinzessin Ima und drückte Sangays Hände, während sie in einem der schönsten Paläste der lichtdurchfluteten Hauptstadt Cuzco in einer abgeschiedenen Ecke des Gartens auf einer Steinbank saßen. »Ich weiß, dass ich dem Inka alle Söhne und Töchter schenken könnte, die er sich wünscht, um unser Geschlecht am Leben zu erhalten, aber ich will nicht warten, bis mein Bauch genauso austrocknet und unfruchtbar wird wie der meiner Schwester.«

»Königin Alia hat zur Genüge unter Beweis gestellt, dass sie nicht unfruchtbar ist«, erwiderte Prinzessin Sangay mit einem vorwurfsvollen Unterton. »Und dass ihr Bauch ausgetrocknet ist, glaube ich auch nicht. Sie hat noch genügend Zeit, um ...«

»Zeit?«, unterbrach Ima sie schroff. »Und wer denkt an meine Zeit? Dem Gesetz nach hätte ich vor drei Jahren heiraten müssen. Stattdessen bin ich immer noch Jungfrau! Unbefleckt und unantastbar! Und warte darauf, was mit meiner Schwester geschieht ... Wie lange noch?«

Schweigend betrachtete Sangay die unglückliche, verbitterte Prinzessin, die weder jung noch alt, weder groß noch klein, weder hübsch noch hässlich, weder attraktiv noch abstoßend, weder dumm noch klug war, und deren einziges Verdienst offenbar darin bestand, die Schwester des Inka zu sein, was sich paradoxerweise zugleich als ihr größtes Unglück erwies.

Sie kannten sich seit ihrer Kindheit und waren zusammen aufgewachsen. Sangay hatte zwar nie dieselbe Zuneigung und Liebe für sie empfunden wie für ihre Geschwister, schätzte sie jedoch sehr und verstand besser als jeder andere die Ursache ihres Kummers.

Sie gehörte einer kleinen Familie an, die nur aus den drei Kindern der Sonne bestand. Zwei von ihnen leuchteten wie von selbst, während das dritte immer mehr in ihrem Schatten verschwand.

Prinzessin Imas Mutter war bei ihrer Geburt gestorben, und da sich ihre Geschwister bereits gefunden hatten, brauchten sie die Kleine nicht.

Sie stand ihnen nicht im Weg, aber sie trug auch nichts Neues zu ihrem Leben bei, sie brachte keine Bereicherung und hatte daher keine Daseinsberechtigung, denn jeder weiß, dass ein Paar sich selbst genügt – ungeachtet dessen, wo es zur Welt gekommen ist oder unter welchen Umständen es lebt.

Die Gefühlswelt ihrer Geschwister blieb ihr verschlossen, und ihr Vater war ein äußerst strenger Mann gewesen, der die meiste Zeit in fernen Ländern Kriege führte oder an endlosen Zeremonien teilnahm, die ihn daran hinderten, der armen Kleinen die notwendige Zeit und Zuneigung zu widmen.

Infolgedessen wuchs die Prinzessin inmitten einer Schar von unterwürfigen Sklaven und devoten Dienern auf, die ihr zwar alles erlaubten und ihre Launen ertrugen, ihr jedoch niemals Zuneigung und Wärme entgegenbrachten. Im ganzen Reich gab es niemanden, der sich so einsam und unglücklich fühlte wie sie.

Die Zeit schien keine Besserung gebracht zu haben.

Als ihr Vater starb, folgten ihm ihre Geschwister auf den Thron. Sie verkörperten den Inbegriff eines glücklichen und perfekten Paares, während sie selbst als junges Mädchen wie ein lautloser Schatten durch den königlichen Palast geisterte, ohne die geringste Ahnung, wohin ihre Schritte sie führen würden.

Da sie von allem ferngehalten wurde, kam sie bald zu der

Überzeugung, es sei ihr Schicksal, als Ersatzteil zu dienen, das vielleicht eines Nachts das Bett ihres Bruders wärmen würde, allerdings niemals darauf hoffen durfte, auch nur die kleinste Flamme in seinem Herzen zu entfachen.

Die Jahre vergingen.

Wie rasch sie vergingen!

Ihre Schwester hatte vier Totgeburten hintereinander, und als sie selbst in das Alter kam, sich nach einer Familie zu sehnen und nach der Wärme, die sie nie bekommen hatte, verlangte die Staatsräson, dass sie ledig blieb, falls man eines Tages zu der schmerzlichen Einsicht kam, dass Königin Alia tatsächlich nicht in der Lage wäre, dem Reich den ersehnten Thronfolger zu schenken.

»Was soll ich dir sagen?«, meinte Prinzessin Sangay nach einer Weile mitfühlend und zuckte die Achseln. »Ich kann dich sehr gut verstehen, und finde, dass du wie jeder andere auch ein Anrecht auf ein eigenes Leben hast. Trotzdem musst du bedenken, dass du zur letzten Hoffnung für Millionen von Menschen werden könntest. Wer weiß, ob es nicht doch noch dein Schicksal ist, Mutter des zukünftigen Herrschers zu werden.«

»Mutter?«, empörte sich die unglückliche junge Frau sogleich.

»Was für eine Mutter? Meine Rolle wird sich darauf beschränken, mich von einem Mann begatten zu lassen, der sich vorstellt, ich sei meine Schwester. Glaubst du, ich könnte jemals etwas für einen Sohn empfinden, der auf diese klägliche Art gezeugt wurde?«

»Er wird immer dein Sohn sein. Und der zukünftige Herrscher des Reiches.«

»Mein Großvater war auch Herrscher dieses Reiches, und ich habe ihn nur ein einziges Mal im Leben gesehen. Mein Vater folgte ihm als Herrscher, und er hat kaum mit mir gesprochen. Mein Bruder ist der gegenwärtige Inka, doch manchmal habe ich den Eindruck, als wüsste er gar nicht, dass es mich gibt ... Glaubst du, ich möchte einen Sohn als Herrscher haben, der mich genauso ignoriert?«

»Nein.«

»Ich will eigene Kinder haben, selbst wenn sie nur einfache Hirten wären«, erklärte sie verbittert. »Ich sehne mich nach einem Mann, der mich liebt und mit dem ich eine Familie gründen kann, auch wenn wir nicht auf kostbaren Fellen liegen. Mir kommt es nicht darauf an, wo ich schlafe, nur wer neben mir liegt. Aber bislang musste ich meine Nächte allein verbringen.«

»Ich verstehe. Aber was kann ich für dich tun?«

»Du sollst mit meinem Bruder sprechen. Ich weiß, dass er dich schätzt und respektiert, und er hört auf dich.« Sie zögerte einen Augenblick und setzte in einem flehentlichen Ton hinzu: »Erklär ihm, dass er die Gesetze des Gottes verletzen würde, wenn er mich zwänge, nach meinem dreiundzwanzigsten Lebensjahr weiter ledig zu bleiben ...«

»Du weißt doch genau, dass dieses Gesetz nicht für jene gilt, die königliches Blut haben. Du stehst über dem Gesetz.«

»Ich will gar nicht über dem Gesetz stehen«, jammerte Prinzessin Ima. »Jeden Monat verschwende ich mein Blut, und ich sehe nicht, dass es anders ist als das der anderen Frauen. Ich weiß nur, dass ich wieder eine Gelegenheit habe verstreichen lassen, Mutter zu werden.«

Was sollte man als Frau, der das Glück einer werdenden Mutter ins Gesicht geschrieben stand, auf diese Frage antworten?

Wie konnte man als Frau, die sich so leidenschaftlich geliebt wusste, Worte des Trostes für eine andere finden, die so einsam und verlassen war?

Kein Mann auf der Welt hätte es gewagt, sich ohne ausdrückliche Aufforderung und Erlaubnis des Inka der Prinzessin zu nähern, denn jeder wusste, dass ein einziges falsches Wort oder ein indiskreter Blick ihn den Kopf kosten würde.

Erst wenn er vollkommen sicher sein konnte, dass er sie

nicht mehr bräuchte, würde ihr Bruder erlauben, dass man sie zur Kenntnis nahm, doch diese Möglichkeit rückte mit jedem Tag in immer weitere Ferne.

Wenn es tatsächlich das Schicksal der Prinzessin war, eines Tages Mutter des zukünftigen Herrschers zu werden, wäre sie dazu verurteilt, ein Leben in Einsamkeit zu führen, denn es war unvorstellbar, dass der Gott der Sonne Halbbrüder bekäme, in deren Adern nicht allein das Blut des Gottes und seiner Vorfahren floss.

»Ich werde mit dem Inka sprechen«, erklärte Sangay wenig überzeugt vom Erfolg ihrer Fürsprache. »Du bittest mich um etwas sehr Heikles, aber ich will versuchen, ihm deine Lage zu erklären, damit er dich von der Last befreit, die man dir auferlegt hat.«

Trotz des Risikos, das sie einging, beschloss Prinzessin Sangay, um eine Audienz im Palast zu bitten. Es war ihr bewusst, dass schwangere Frauen dort ungern gesehen wurden. Sie war deshalb auch nicht überrascht, als der Inka sie auf den Vorplatz der Festung zitierte, wo er jeden Morgen mehr als eine Stunde seine Runden drehte.

»Willst du über Prinzessin Ima sprechen?«, war das Erste, was er müde und verschwitzt von der körperlichen Anstrengung sagte, als sie sich neben ihn setzte.

»Woher weißt du das, o Herr?«

»Gibt es in meinem Reich vielleicht etwas, das ich nicht weiß?«, gab der Inka barsch zurück. »Man hat mir berichtet, dass sie dich aufgesucht und dein Haus in Tränen aufgelöst wieder verlassen hat. Was ist los mit ihr?«

»Sie ist einsam.«

»Sie hat zweihundert Sklaven, die ihr jeden Wunsch von den Augen ablesen.«

»Aber sie sind bloß Sklaven und Diener, die ihre tiefsten Sehnsüchte nicht befriedigen können. Die Prinzessin träumt davon, zu heiraten und Kinder zu bekommen.«

»Wurde sie vielleicht in einer schäbigen Hütte im kalten

Hochland geboren? Musste sie, seit sie sechs war, auf den Feldern schuften? Hat sie sich beim Flechten von *cabuya* oder Schilfmatten die Hände ruiniert? Nein! Nichts davon, sie hatte immer ein leichtes und angenehmes Leben, und jetzt meint sie, dieselben Rechte zu haben wie jene, die sie sich im Schweiße ihres Angesichtes verdienten?«

»Es ist nicht ihre Schuld, dass sie in einem goldenen Käfig zur Welt kam oder die Tochter des Inka ist.«

»Nein, gewiss nicht, aber sie hat sich auch niemals darüber beklagt. Jetzt will sie ihren Ursprung und ihre Vergangenheit verleugnen, bloß weil sie gewisse Gelüste verspürt? Das scheint mir alles andere als gerecht!«

»Herr, bei allem Respekt, den ich für dich empfinde, ich finde es genauso ungerecht, wenn man sie gegen ihren Willen zwingt, Jungfrau zu bleiben.«

»Der Tempel ist voller Jungfrauen, die davon träumen, es eines Tages nicht mehr zu sein, trotzdem finden sie sich damit ab, weil unsere uralten Bräuche verlangen, dass es eine bestimmte Anzahl an Jungfrauen im Reich gibt.«

Der Inka wischte sich mit einem strahlend weißen Tuch, das ein Diener ihm gereicht hatte, den Schweiß von der Stirn. Nachdem er es in einen Korb geworfen hatte, in dem es sofort verbrannt werden würde, weil niemand etwas berühren durfte, das dem Inka gehörte, nicht einmal seinen Schweiß, sagte er derart schroff, als spräche jemand anders aus ihm: »Du weißt, dass ich dich stets geschätzt habe. Sehr sogar. Doch wenn das so bleiben soll, darfst du den Namen der Prinzessin in meiner Gegenwart niemals wieder in den Mund nehmen. Sie kam auf die Welt, um das zu sein, was sie ist, und wenn sie es nicht akzeptieren will, hat sie keine Daseinsberechtigung mehr.«

Dann schritt er davon, gefolgt von einer Schar gleichmütiger Krieger, und Sangay konnte nicht verhindern, dass ihr ein kalter Schauer über den Rücken lief.

Der Sohn der Sonne hatte sich ihr von seiner dunkelsten

Seite gezeigt, jener Schattenseite seiner Persönlichkeit, die alle, die ihn kannten, fürchteten. Die Prinzessin verfluchte sich im Stillen für ihre Dummheit, ein Thema angesprochen zu haben, das einem Sterblichen nie über die Lippen hätte kommen dürfen.

Im Herrscherhaus galten familiäre Probleme als etwas Heiliges, das nur sie selbst anging, denn so war es von Anbeginn der Zeiten an gewesen.

Die Legende besagte, dass der Titicacasee sechs Geschwister gebar, drei Brüder und drei Schwestern, doch nur ein Paar, Manco Cápac und Mama Ocllo, erreichte das gelobte Land von Cuzco, nachdem sie auf dem Weg dorthin alle, die ihrer Verbindung hätten gefährlich werden können, umgebracht hatten – sogar Mitglieder der eigenen Sippe.

Jahrhunderte später hatte sich an diesem Prinzip nichts geändert und folglich auch das Verhalten der Herrschenden nicht. Es durfte nur einen einzigen Baum geben, mit einem einzigen Stamm, der wachsen sollte, ohne befürchten zu müssen, dass die Wurzeln anderer Bäume den Boden für sich in Anspruch nahmen oder ihre Blätter ihm das Licht der Sonne raubten.

Der Inka wurde nicht müde, das zu betonen: »Um meinen Palast einzunehmen, braucht es zehntausend mutige Krieger. Um mich in meinem Schlafgemächern zu töten, nur eines einzigen Verräters. Deshalb darf solch ein Verräter niemals im Palast schlafen.«

Damit wollte er sagen, dass die größte Gefahr für den Thron stets von den engsten Familienangehörigen ausging und die beste Art, diese zu meiden, darin lag, niemanden glauben zu lassen, er habe auch nur im Entferntesten ein Anrecht auf den Thron.

Viel später sollte ihm die Zeit recht geben, denn die mächtige Dynastie, die Manco Cápac begründete und die sich vier Jahrhunderte lang behauptete, war erst in dem Augenblick dem Untergang geweiht, als sich zwei ihrer Nachkommen,

Atahualpa und Huáscar, einen erbitterten Kampf um die Macht lieferten. Mit ihrem sinnlosen Bruderkrieg ermöglichten sie einer Handvoll gieriger Abenteurer aus einem fernen Land, innerhalb weniger Wochen ihr riesiges Reich zu unterwerfen und sich dessen ungeheuere Reichtümer anzueignen.

Machtgier gehört seit Anbeginn der Zeiten zu den finstersten Motiven vieler Menschen; deshalb gab es in der gesamten Geschichte der Menschheit im Großen und Ganzen keine Staatsform, die nicht von denen bedroht wurde, die danach trachteten, an die Spitze zu kommen, um über den Lauf der Welt bestimmen zu können.

Die Inkas zählten wahrscheinlich zu den geschicktesten Völkern, wenn es darum ging, die Liste potenzieller Thronanwärter so klein wie möglich zu halten. Trotzdem war ihre Geschichte reich an Mord und Verrat. Die ruchlosen Taten erreichten ihren Höhepunkt, als Atahualpa aus der spanischen Gefangenschaft seinen Bruder Huáscar kaltblütig ermorden ließ, um zu verhindern, dass er sich mit den spanischen Eroberern gegen ihn verbündete.

Sogar der große Inka Yupanqui, Glorreichster unter den Glorreichen, soll aus Eifersucht und Neid mehrere Brüder und zwei seiner Söhne umbringen haben lassen.

Prinzessin Sangay verfluchte sich erneut, weil sie die Folgen ihrer Handlung nicht bedacht hatte, obwohl sie die Geschichte ihres Volkes mit ihren vielfältigen Intrigen genau kannte.

Dass sie in ihrem Zustand vor einen Mann trat, der besessen von dem Gedanken war, seine Frau könne ihm keinen Sohn schenken, konnte sich als ein schrecklicher, ein unverzeihlicher Fehler herausstellen, denn ohne es zu wollen, musste sie eine instinktive Ablehnung im Herrscher ausgelöst haben.

Dass sie sich obendrein in verbotene Dinge eingemischt hatte, stellte den zweiten verheerenden Schritt dar, der ungeahnte Konsequenzen haben konnte. Dass sie dann aber immer noch nicht locker gelassen hatte, war der dritte und schwerste von allen Fehlern gewesen.

Deshalb bot sie an dem Tag, als Cayambe von seiner Expedition zum Titicacasee zurückkehrte und ihr in dem sonnigen Schlafzimmer zärtlich die Hand auf den dicken Bauch legte, einen jammervollen Anblick.

»Was ist los mit dir?«, fragte er besorgt. »Bist du krank?«

»Nicht körperlich, nur seelisch.«

»Warum?«

Zerknirscht erzählte sie ihm bis ins kleinste Detail, was sich während seiner Abwesenheit zugetragen hatte, und schloss mit bitterer Ironie: »Ich gebe mir alle Mühe, dich vor den Fallgruben des Hoflebens zu warnen und falle dann selbst hinein!«

»Du wolltest der Prinzessin doch nur helfen.«

»Indem ich mich auf äußerst schwankenden Boden wagte, auf dem man leicht stolpert«, klagte sie. »Ich hätte aus Erfahrung wissen müssen, welches Wagnis ich eingehe.«

»Ich jedenfalls bin froh, dass du es versucht hast.«

»Deine Unwissenheit und meine Dummheit«, seufzte seine Frau. »Es gibt nichts Schlimmeres, als die Gunst des Inka zu verlieren.«

»Wenn er wirklich so großzügig und verständnisvoll ist, wie du immer sagst, wird er deine Gründe verstehen.«

»Ich habe dir doch gesagt, dass er ein anderer ist, wenn er sich wie der Sohn des Sonnengottes aufführt. Dann ist er weder klug noch gerecht oder gar großzügig. Es ist, als verberge sich in seiner tiefsten Seele ein Raubtier, ein böses Wesen, das er von seinen Vorfahren erbte. Wir dürfen nicht vergessen, dass sich ihre Macht auf die Vernichtung der eigenen Geschwister gründete.«

»Deine Welt ist wirklich sonderbar!«, sagte General Saltamontes traurig. »Sonderbar und in meinen Augen auch verachtenswert. Ich würde lieber im tiefsten Dschungel leben oder in der Wüste als in diesem schmutzigen Sumpf, in dem jeder nur darauf bedacht ist, nicht den Zorn des Herrschers herauszufordern.«

»Du hast recht, denn weder ein Auca im Dschungel noch ein Araucano in der Wüste könnten dir so viel Schaden zufügen wie er.«

»Morgen muss ich zu ihm.«

»Sei sehr vorsichtig!«, warnte seine Frau. »Vergiss nicht, dass dir in einer Nacht gelungen ist, was ihm in Jahren verwehrt blieb: dass seine Frau ihm einen Sohn schenkt.«

Der Inka empfing den General, den er ausgesandt hatte, um die widerspenstigen Urus zu befrieden, wie damals auf seinem goldenen Thron, umgeben von einer Schar unterwürfiger Lakaien, doch dieses Mal glich sein Gesicht einer Maske aus Basaltstein, und seine halb geschlossenen Augen schienen diejenigen, die vor ihm auf den Knien lagen, gar nicht zu registrieren.

»Und?«, sagte er über Cayambes Kopf hinweg, als dieser sich vor ihm zu Boden warf. »Was bringst du mir für Neuigkeiten vom Titicacasee?«

»Großer Herr, die Aufwiegler sind tot«, antwortete der Angesprochene ehrerbietig. »Meine Männer spielten mit ihren Köpfen, ihre Behausungen wurden niedergebrannt und ihre Kinder zu Sklaven gemacht.«

»Wie viele tote Männer haben wir zu beklagen?«

»Keinen einzigen, Herr!«

»Keinen einzigen?«

»Nicht einen, o Herr. Nur zwei leicht verwundete Krieger.«

Es war offensichtlich, dass die Antwort dem Herrscher gefiel. Mit einer fast unmerklichen Handbewegung entließ er den General.

»Gut«, sagte er. »Du hast deine Aufgabe gelöst. Du kannst gehen.«

»Da wäre noch etwas, großer Herr«, wagte General Saltamontes hinzuzufügen.

»Noch etwas?«, erwiderte der Inka überrascht.

»So ist es, Herr. Und ich bitte dich untertänigst darum, es vortragen zu dürfen.«

»Sprich!«

»Als ich am großen See war, fiel mir etwas ein, das uns vielleicht verraten könnte, ob sich ein Feldzug gegen die Araucanos lohnt.«

»Was meinst du?«

»Dass wir viel zu viel Zeit und viel zu viele gute Krieger verloren haben, um herauszufinden, ob die Gebiete jenseits der Atacamawüste und der unüberwindlichen Kordilleren fruchtbar genug sind oder genügend Reichtümer bergen, um unsere Opfer zu rechtfertigen.«

»Und wie willst du das herausfinden, ohne die Wüste zu durchqueren und die Berge zu überwinden? Hast du vielleicht Flügel?«

»Nein, Herr, das nicht. Aber wir könnten über das Große Wasser dorthin gelangen.«

Ein leises, ungläubiges und zum Teil missbilligendes Raunen flog durch den Saal, das augenblicklich verstummte, als die Anwesenden den nachdenklichen Ausdruck im Gesicht des Herrschers erkannten.

»Über das Große Wasser?«, wiederholte er, als traute er seinen Ohren nicht. »Und wie gedenkst du, über das Meer in das Land der Araucanos zu gelangen?«

»Indem wir immer gen Süden segeln, Herr.«

»Segeln? An welche Art von Schiffen denkst du? Die kleinen Boote unserer Fischer sind nicht dazu geeignet, sich allzu weit von der Küste zu entfernen, und die schweren Flöße aus Baumstämmen werden vom Meer mitgerissen, ohne dass wir sie jemals wieder zu sehen bekommen.«

»Das Volk der Aymará, das am Titicacasee lebt, baut ausgezeichnete Boote.«

»Oh ja!«, erwiderte der Inka barsch. »Ausgezeichnete Boote aus Schilf, die sich hervorragend für den See eignen, aber im Meer unweigerlich versinken.«

»Es käme auf einen Versuch an, Herr«, entgegnete Cayambe. »Bislang hat es niemand gewagt. Hauptsache, die Boote gehen nicht unter, und das scheint nicht der Fall zu sein. Außerdem wissen die Aymará, wie man sie auf Kurs hält. Sie richten sich nach dem Wind und benutzen die Ruder.«

»Aber das Große Wasser ist salzig.«

»Was spielt das für eine Rolle? Wasser ist Wasser.«

Der Inka dachte eine Zeit lang nach und wandte sich schließlich an einen greisen Berater, der anscheinend genauso verblüfft wie alle anderen Anwesenden war.

»Spielt es eine Rolle?«, fragte er.

Der arme Mann schrumpfte geradezu, und man sah, wie sehr er sich davor fürchtete, dem Herrscher antworten zu müssen. Schließlich zuckte er die Achseln zum Zeichen seiner Unwissenheit.

»Ich weiß es nicht, Herr. Ich habe das Große Wasser niemals gesehen.«

Der Inka wandte sich daraufhin erneut an General Saltamontes und fragte schroff: »Und wie steht es mit dir? Hast du das Große Wasser jemals gesehen?«

»Nein, o Herr!«

»Woher willst du dann wissen, dass die Boote vom Titicacasee nicht untergehen?«

»Man hat mir erzählt, das Große Wasser sei nur ein riesiger See aus Salzwasser. Daraufhin nahm ich einen Behälter, füllte ihn mit Wasser, schüttete Salz dazu und warf ein Stück Schilf hinein.« Er hielt inne, während die Anwesenden neugierig die Köpfe reckten. Schließlich nickte er und sagte selbstbewusst: »Es trieb auf dem Wasser.«

»Es trieb auf dem Wasser«, wiederholte der Inka auf seinem Thron, der sich von Minute zu Minute mehr für das Thema zu erwärmen schien. »Nun gut. Dass es auf dem Wasser trieb, leuchtet mir ein, schließlich war es nur Wasser mit Salz. Aber wie willst du die schweren Boote vom Titicacasee über die hohen Berge zum Großen Wasser bringen? Wir würden Monate, wenn nicht Jahre brauchen! Außerdem glaube ich nicht, dass man sie über die Brücken und die schmalen Bergpfade transportieren kann. Das wäre Wahnsinn! Reiner Wahnsinn!«

»Herr! Ich dachte nicht daran, die Boote vom Titicacasee ans Meer bringen zu lassen!«

»Ach nein? Woran dachtest du dann?«

»Diejenigen ans Meer zu schaffen, die sie bauen.«

Tiefe Stille, die fast mit den Händen zu greifen war, bemächtigte sich des großen Saals, und einen Augenblick lang hätte man denken können, der Inka habe einen Schlaganfall erlitten, so reglos war er – als hätte man ihm einen Krug mit kaltem Wasser über den Kopf geschüttet.

»Diejenigen, die sie bauen«, sagte er schließlich leise. »Du willst das Schilf vom Titicacasee ans Große Wasser bringen und dort von den Aymará zu Booten verarbeiten lassen?«

»So ist es, Herr!«

»Ist das deine Idee?«

»Ja, Herr!«

Erneut breitete sich vollkommene Stille aus. Der Herrscher sah auf die Versammelten, die hin und her gerissen waren zwischen Erstaunen und Entsetzen. Schließlich blieb sein Blick an der Sonnenscheibe hängen, die einen magischen Einfluss auf ihn auszuüben schien, bevor er zu Cayambe zurückschweifte; dieser kniete vor ihm auf dem Boden, als sei er ein seltenes, geheimnisvolles Tier, das die Gabe hatte, den Inka zu verwirren.

»Du stellst mich vor ein ernstes Dilemma, Rusti Cayambe«, erklärte er. »Ich weiß nicht, ob ich dir den Kopf abschlagen lasse, weil er zu viele Gedanken hegt und gefährlich werden könnte, oder ob ich dich zum Großen General befördern soll mit zehntausend Kriegern unter dir.«

»Ich selbst würde der zweiten Möglichkeit zuneigen, Herr!«

Der Inka lächelte unmerklich, es war der einzige Ausdruck

von Belustigung, den er sich in der Öffentlichkeit erlauben durfte.

Dann schüttelte er den Kopf, als könne er immer noch nicht fassen, was er gerade gehört hatte, und erklärte: »Du hast eine lose Zunge, Saltamontes! Du spielst mit dem Feuer, und du wirst dich verbrennen, wenn du am wenigsten damit rechnest. Aber ich muss zugeben, ich weiß nicht, was mich an dir mehr beeindruckt: deine Schläue oder dein Mut.«

Drohend zeigte er mit dem Finger auf ihn.

»Ich habe dich im Auge.« Damit stand er auf, beendete die Audienz und verkündete: »Ich unterstelle dir zehntausend Krieger, damit du diese Boote baust, hinaus aufs Große Wasser fährst und erkundest, ob das Land der Araucanos einen Feldzug wert ist.«

7

Prinzessin Tunguragua, besser bekannt als Tungú oder unter ihrem Spitznamen Turteltaube, kam genau neun Monate nach der Hochzeitsnacht ihrer Eltern auf die Welt, als wollte sie mit ihrem pünktlichen Erscheinen Zeugnis ablegen für die moralische Integrität und für die Fruchtbarkeit ihrer Erzeuger.

Ihre großen schwarzen Augen waren bei der Geburt geöffnet, als empfände sie vom ersten Augenblick an eine unaufhaltsame Neugier auf alles, was sie umgab. Diese Wissbegier – und ihre Dickköpfigkeit – wurde im Laufe der Zeit zu einer ihrer markantesten Eigenschaften.

Sie kam am Nachmittag, zusammen mit einem lauen, duftenden Wind aus der Tiefe des Tals. Und wie jeden Abend folgte ihm eine kalte, geräuschlose Brise, die die Nacht ankündigte.

Die gute Nachricht verbreitete sich wie ein Lauffeuer durch die ganze Stadt, und bald füllte sich der Palast mit unzähligen Geschenken, mit denen Reiche und Arme, Bescheidene und Mächtige, Krieger und Männer des Friedens ihre Freude darüber zum Ausdruck brachten, dass diese einmalige Verbindung zwischen einem Helden aus dem Volk und einer Prinzessin, zwischen der Kraft und der Schönheit, so rasch Früchte getragen hatte.

Der Himmel hatte das Haus gesegnet, und alle schlossen sich ihm an, denn jeder Mann und jede Frau in Cuzco identifizierte sich mit dem schönen Paar: Es hatte einen Wandel in den strengen Gesetzen einer Gesellschaft bewirkt, die bis zu diesem Zeitpunkt so starr und unveränderlich gewesen war.

Als die Königin ihren Mann in einem kleinen Gemach aufsuchte, wohin er sich zurückzog, wenn er über schwierige Entscheidungen nachdenken wollte, die er zu treffen hatte, fand sie ihn auf einem kleinen, mit weißem Alpakafell überzogenen Schemel sitzend, den Kopf in den Händen verborgen.

»Sangay hat ein Mädchen geboren«, flüsterte sie, nachdem sie sich neben ihn gesetzt und seine Hand ergriffen hatte – so zärtlich, dass er nicht umhin konnte, zu ihr aufzusehen.

»Ich weiß.«

»Freust du dich nicht?«

»Und du?«

»Natürlich! Der Schmerz der Menschen, die ich liebe, könnte meinen eigenen niemals lindern. Im Gegenteil. Ich schätze Sangay, als wäre sie meine eigene Schwester. Vielleicht sogar mehr, weil ich weiß, dass ich in ihr niemals eine Konkurrentin haben werde. Es tut mir gut, ihr Glück zu teilen.«

»Ich weiß, dass sie ihrerseits für dich dieselben Gefühle hegt.«

»Und du für sie, trotzdem habe ich den Eindruck, dass du dich nicht freust.«

»Mit wäre es lieber gewesen, wenn sie einen Jungen zur Welt gebracht hätte.«

»Warum?«

Der Inka antwortete nicht sofort.

Er sah seiner Gemahlin in die Augen und wandte dann den Blick dem kleinen Feuer zu, das in einer Ecke des Gemachs loderte.

»Yahuar Queché behauptet, die Sterne stünden nicht günstig für die Geburt eines Mädchens. Und wenn das Mädchen von Geburt an im Streit mit den Sternen liegt, kann das nichts Gutes bedeuten. Es wird Konflikte geben.«

»Ich bitte dich!«, wandte die Königin ein, zog seine Hand

an sich und küsste ihn sanft auf die Handfläche. »Was kann ein Mädchen für Konflikte auslösen?«

»Wenn es die Frucht einer Prinzessin und eines Emporkömmlings namens Saltamontes ist?«, gab er zurück. »Jede Menge! Yahuar ist davon überzeugt.«

»Yahuar ist ein alter Nörgler, der überall Unglück wittert, weil er es in Wahrheit liebt.« Die Königin schüttelte den Kopf, stand auf und setzte sich auf einen Schemel am anderen Ende des Gemachs. »Ich verstehe nicht, warum jemand, der so klug ist wie du, auf sein Wort hört. Er bringt Unglück. Wenn es nach mir ginge, hätte ich ihn längst aus der Stadt verbannt.«

»Er sagte den Tod unseres Vaters voraus.«

»Ein Grund mehr, ihn davonzujagen. In Wahrheit war unser Vater so krank, dass ein Blinder seinen bevorstehenden Tod hätte voraussehen können.«

»Er sagte auch den großen Sieg von Aguas Rojas voraus.«

»Gewiss!«, gab sie lakonisch zu. »Ich kann mich sehr gut daran erinnern. Er sagte: ›Der Sieg ist unser!‹, aber das zu prophezeien war keine Kunst, schließlich waren wir in der Übermacht. Und ich weiß noch, wie er sagte, deine Krieger brächten dir Tiki Manckas Kopf, auf einem Speer aufgespießt. Aber sein Kopf saß noch auf seinen Schultern, als Cayambe ihn zu dir führte. Er ist ein Schwindler und Aufschneider, und obwohl du ständig davon redest, dass du das ganze Gesindel aus der Stadt verjagen wirst, tust du es nicht.«

»Das Volk braucht die Seher.«

»Das stimmt nicht, und du weißt es! Das Volk braucht nur dich. Wenn du deinen Untertanen Arbeit, Nahrung und Aufmerksamkeit schenkst, können sie sehr gut ohne die Hexenmeister und Medizinmänner auskommen.« Die Königin lächelte, skeptisch und bitter. »Yahuar behauptet auch, dass unser Sohn der größte aller Inkas sein wird. Nur, wo ist er?«

»In dir. Er wird bald zur Welt kommen.«

»Allmählich verzweifle ich.«

»Du weißt sehr gut, dass Verzweiflung ein Wort ist, das uns verboten ist. Verzweiflung ist nur ein anderer Ausdruck für den Mangel an Glauben, und wenn uns, den Söhnen der Götter, der Glaube fehlt, was sollen dann die einfachen Sterblichen machen? Sie haben allen Grund zu verzweifeln. Sie strahlen wie die Sterne in der Nacht, wir dagegen leben im Licht unseres Sonnenvaters.«

»Ich sehe diese Sterne in der Nacht, und seit meiner Geburt habe ich mir Mühe gegeben, dir die Bahnen zu erklären, in denen unser Leben verläuft, aber wenn ich ehrlich sein soll, habe ich manchmal ernste Zweifel an dem, was ich dir damals beibrachte.«

»Ich will das nicht hören!«

»Du bist immer noch ein kleiner Junge«, erklärte sie zärtlich.

»Wenn dir etwas nicht passt, ignorierst du es einfach, doch die Probleme bleiben, so sehr du dich auch abwenden magst.«

»Wenn ich deine Zweifel teilte, müsste ich mich fragen, warum ich das tue, was ich tue, mit welchem Recht ich Tausende von Männern in den Tod schicke oder aus meinen Feinden *runantinyas* machen lasse.« Seiner Stimme war nicht der geringste Schatten eines Zweifels anzumerken, als er schloss: »Wäre ich nicht davon überzeugt, dass die Götter mich auserwählten, um Inka zu werden, hätte ich diese Bürde nicht auf mich genommen.«

»Genau das macht dich so groß«, sagte sie. »Du bist von deinem Schicksal überzeugt, und da auch ich an die Bestimmung glaube, frage ich mich immer mehr, ob ich dir in Wirklichkeit nicht im Weg bin. Dir fehlt nur noch ein Erbe, und ich kann ihn dir nicht schenken.« Sie seufzte und fuhr dann fort: »Vielleicht ist die Zeit gekommen, darüber nachzudenken, ob ...«

»Schweig!«, fiel ihr der Herrscher aggressiv ins Wort. »Wage es nicht, derlei in den Mund zu nehmen!«

»Es ist nur ...« Wütend streckte er die Hand aus. »Kein Wort davon!«, befahl er. »Würdest du mit einem anderen Mann schlafen?«

»Das ist nicht dasselbe.«

»Warum nicht? Für dich wäre es viel leichter, du müsstest nichts tun. Aber ich ...!«, entgegnete er tief verletzt. »Ich würde versagen, weil allein der Gedanke an eine andere Frau mich anekelt.«

»Aber warum?«

»Weil jemand, der von Geburt an deine zarten Hände spürte, der, noch ehe er die Augen öffnete, deinen Duft einatmete oder jede Nacht dein Herz neben sich schlagen hörte, lieber sterben würde, als andere Hände zu spüren, einen fremden Geruch einzuatmen, einem anderen Herzschlag zu lauschen.«

Sie strich ihm über das Gesicht wie einem erschrockenen Kind.

»Warum werde ich niemals müde, deinen süßen Worten zu lauschen? Den schönsten, die ein Gatte seiner Gemahlin je gesagt hat.«

»Weil du weißt, dass sie wahr sind.«

»Ja, das weiß ich«, nickte sie.

»Und weißt du, warum? Weil ich genauso fühle. Nicht für alles Gold der Welt würde ich zulassen, dass mich ein anderer berührt.«

»Und warum soll ich dann nicht genauso empfinden wie du?«

»Weil es deine Pflicht ist, das Reich zusammenzuhalten. Und wenn du ihm keinen Erben schenkst, werden früher oder später die Machtkämpfe ausbrechen. Der Kondor fliegt sehr hoch, wir bemerken ihn gar nicht. Er fliegt über den Wolken, doch wenn er einen Kadaver entdeckt, fährt er seine Krallen aus.«

»Ich werde mir den Kondor vom Hals halten.« Er legte ihr die Hand um die Taille und führte sie zum Schlafgemach, während er ihr langsam das weite karmesinrote Gewand auszog. »Sobald unser Sohn geboren ist, werden sie alle das Weite suchen.«

Sie schliefen miteinander.

Leidenschaftlich wie Verliebte.

Zärtlich wie Geschwister.

Verschworen wie Freunde.

Voller Sehnsucht, Eltern zu werden.

Sie strebten nach einem Sohn, doch vielleicht suchten sie in der Tiefe ihrer Seele nicht den Erben für den Thron des Inka, sondern einen Notar und Zeugen, der ihnen bestätigte, dass ihre Liebe vollkommen war.

Jemanden, der bezeugte, dass sie zwei und eins zugleich waren.

Und bald würden sie drei sein, unzertrennlich durch das Blut, das in ihren Adern floss. Blut, bei dem es keine Rolle spielte, ob es direkt von den Göttern stammte oder von einfachen sterblichen Menschen.

Es war ihr Blut, das sie zwischen Küssen und Zärtlichkeiten austauschten, das zu wallen begann, wenn er in sie eindrang, das kochte und aufwallte, ohne einen Hauch von Überdruss oder Ermüdung.

In der Nacht, als der Inka zur Welt gekommen war, hatte ihn seine Schwester Alia als Erste an sich gedrückt.

Zweiunddreißig Jahre später lagen sie sich immer noch in den Armen, so wie damals in der ersten Nacht.

Als der Morgen dämmerte, betrachtete die Königin das Gesicht ihres Mannes, bewachte seinen Schlaf und fragte sich ein um das andere Mal, ob der Samen, den er so behutsam in ihr gepflanzt hatte, Früchte tragen würde.

Später, als die ersten Vögel ihr Nachtquartier verließen, durchquerte sie die kalten Gemächer des Palastes, trat auf der Ostseite in den Garten und warf sich vor dem Altar eines kleinen Tempels aus schwarzem Stein zu Boden. Dort wartete sie, bis die Sonne durch einen Spalt in den Bergen auftauchte, und ihr erster Strahl durch eine ovale Öffnung in der östlichen Steinmauer direkt auf ihr gesenktes Haupt fiel.

Sie war fest davon überzeugt, dass die Fruchtbarkeitsgötter sich eines kalten Morgens endlich ihrer erbarmen würden. An einem solchen Morgen würden sie erlauben, dass ihr Sohn in der Hitze dieser Sonne zur Welt kam. An einem solchen Morgen würde das Schicksal sie zur Mutter machen. Sie musste nur diese Götter, die bisher so grausam mit ihr gespielt hatten, demütig darum bitten.

Später, als der Mittag nahte, befahl sie, eine Eskorte aufzustellen, die sie zum Palast der Prinzessin Sangay begleiten sollte, ausgestattet mit allem Prunk, den das Ereignis verdiente.

Trotz ihrer Verbitterung und ihres Kummers war sie im Grunde ihres Herzens froh über das Glück, das jemandem, den sie innig liebte, zu Recht beschert worden war.

Sie ließ sich von ihren Sklavinnen in ein feines schwarzes Gewand hüllen, das mit Gold bestickt war, das schönste, das sie finden konnte und trotzdem nur ein einziges Mal tragen würde, denn es war eine alte Tradition, dass der Inka und seine Gemahlin sich dreimal am Tag umzogen. Ihre Kleider wurden Abend für Abend verbrannt, als unmissverständliches Zeichen dafür, dass niemand anfassen durfte, was zuvor von dem Herrscherpaar berührt worden war.

Musiker und Tänzer schritten der Sänfte aus massivem Gold voran, die von zwanzig kräftigen Männern durch die schmalen, gewundenen Gassen der Stadt getragen wurde, während Tausende von begeisterten Untertanen ihr huldigten. Keiner jedoch durfte sich die Anmaßung erlauben, sie direkt anzublicken.

Da kommt sie! Da kommt sie!
Tochter der Sonne,
Gattin der Sonne,
Mutter der Sonne!

Da kommt sie! Da kommt sie!
Das Licht, das uns erhellt,
die Luft, die wir atmen,
die Wärme, die uns Leben schenkt.

Da geht sie! Da geht sie!
Der höchste Berg,
der tiefste See,
der mächtigste Fluss.

Da geht sie! Da geht sie!
Unsere Schwester,
unsere Königin,
unser Glück ...

Die meisten Frauen weinten vor Rührung, die Männer fielen auf die Knie, manche warfen sich sogar der Länge lang auf den Weg, damit die Träger der Sänfte über sie hinwegschritten. Einer alten Legende zufolge war ihnen ein süßer Tod und ein besonderer Platz im Paradies gewiss.

Als sie wenig später den hellen Raum betrat, wo die Prinzessin mit ihrer Tochter im Arm sie erwartete, ließ das strahlende Lächeln auf ihrem Gesicht keinen Zweifel an ihren wahren Gefühlen.

»Mögen die Götter dich segnen«, sagte sie als Erstes. »Möge das Glück, das deine Tochter diesem Heim bescherte, sie bis zu ihrem Tod begleiten, und möge sie ihrer Mutter alle Ehre machen.«

»Danke, große Herrin«, antwortete die stolze Mutter, kniete vor der Königin nieder und reichte ihr das Kind. »Meine Königin, ich bitte dich, lege ihr die Hand auf die Stirn, um alles Übel von ihr fernzuhalten.«

Doch diesmal beschränkte sich die Königin nicht darauf, dem Mädchen die Hand auf die Stirn zu legen, sondern nahm es auf den Arm, setzte sich und begann, es zu wiegen und ihr ein altes Schlaflied vorzusingen.

Während Prinzessin Sangay die Szene beobachtete, spürte sie einen schmerzhaften Stich in der Seele.

Vor ihr stand die Mutter aller Mütter, die einzige, die es verdiente, Mutter zu sein, denn jede Sekunde ihres Lebens war dieser Aufgabe gewidmet. Vergebens.

Nun bahnte sich die Liebe, die sich in ihr aufgestaut hatte, auf spontane Weise einen Weg, in einem Wiegenlied, zu dem die Kleine allmählich einschlief.

Als wenig später eine Dienerin Tunguragua abholte, sah die Königin ihre alte Freundin lächelnd an.

»Du bist dünn geworden, und deine Augen haben schwarze Ringe, aber du strahlst, wie ich es noch nie bei dir gesehen habe. Die Mutterschaft hat Licht in dein Gesicht gezaubert.«

»Ich bin so glücklich, wie man es als Frau nur eben sein kann.«

»Das kann ich verstehen. Und ich hoffe, dass keine Wolke dein Glück trüben wird.« Sie hielt inne und lächelte. »Auch der Inka schickt dir seinen Segen. Ich glaube, er wäre gern selbst gekommen, aber dann hätte er einen Präzedenzfall geschaffen, und alle Mitglieder des Königshauses wären zu Tode beleidigt, wenn er nicht auch zu ihnen käme, um ihre Nachfahren zu segnen. Du weißt ja, wie sehr er diese Formalitäten hasst.«

»Das kann ich sehr gut verstehen, Herrin«, antwortete Prinzessin Sangay bescheiden. »Ich hätte nie im Traum daran gedacht, dass du mich besuchen könntest. Vom Inka wünsche ich mir nur, dass er meine Dummheit verzeiht.«

»Er hat den Vorfall längst vergessen«, beruhigte sie die Königin lächelnd. »Es war sehr mutig, ja, fast tollkühn von dir, ein Thema anzusprechen, das er so verabscheut. Doch ich verstehe deine Gründe, und ich verstehe auch Prinzessin Ima. Es ist nicht gerecht, dass ihr Schicksal so eng mit dem meinen verbunden ist, aber leider ist es so, und wir müssen es akzeptieren.«

Begleitet von demselben Gefolge, mit dem sie gekommen war, kehrte sie bald darauf in den königlichen Palast zurück. Doch der kurze Besuch hatte allen die besondere Stellung vor Augen geführt, die Cayambes Familie bei den Monarchen genoss, wenn sogar die Königin persönlich kam, um ihre Nachkommen zu segnen.

Zur selben Zeit sprach man in den Gassen von Cuzco von nichts anderem als dem, was die Männer des Generals Saltamontes, der stets für eine Überraschung gut war, an den Ufern des Titicacasees trieben.

Wie als Vorspiel für das, was in den nächsten Monaten noch kommen sollte, hatte er zuerst die fünfhundert stärksten Urus ausgewählt, Männer und Frauen, und sie in einem Vorhof zusammengetrieben, wo sie sich gegenseitig die Köpfe kahl scheren mussten, bis sie so glatt waren wie das Eis auf den Gipfeln der Berge.

Nachdem dies vollbracht war, wurde ein großes Feuer entzündet, in dem sie sämtliche Kleider verbrannten. Nackt, wie sie auf die Welt gekommen waren, führte man sie dann am Mittag, als die Sonne das Wasser genügend aufgewärmt hatte, zu einem der vielen flachen Kanäle.

Dort mussten sie mehr als zwei Stunden bis zum Hals im Wasser verbringen und gelegentlich auch die Köpfe eintauchen.

Wer murrte oder gar Widerstand leistete, wurde sofort mit hundert Stockhieben bestraft, und wenn er sich anschließend immer noch weigerte, schlug man ihm mit einem Keulenhieb den Kopf ein.

Cayambe schien fest entschlossen, aus dem Haufen schmutziger, fauler Urus fleißige Arbeiter im Dienste des Reiches zu machen.

Seine Befehle waren mehr als eindeutig gewesen: »Entweder sie parieren, oder sie müssen sterben. Das Reich kann sich eine solche Horde verwahrloster Faulenzer nicht leisten. Sie sind ein schlechtes Beispiel für all jene, die im Schweiße ihres Angesichts von Sonnenaufgang bis Sonnenuntergang schuften.«

Die Urus, die sich bislang völlig gleichgültig und passiv verhalten und keinen Widerstand geleistet hatten, sahen sich plötzlich der grausamen Wirklichkeit ausgesetzt. Die Politik des Nichtbeachtens, die bislang so gute Ergebnisse gezeitigt hatte, führte nun geradewegs in den Tod.

Als die siebte Leiche mit aufgeschlitztem Bauch auf dem offenen Feld lag, damit die Eingeweide in der Sonne schneller zu stinken begannen, und am Himmel die ersten Kondore auftauchten, kamen sogar die widerspenstigsten und hartgesottesten Urus zu dem Schluss, dass sich etwas Grundlegendes geändert hatte und sie von nun an ein anderes Leben führen mussten.

Doch weder die Urus selbst und noch weniger der energische General Saltamontes verfügten über die notwendigen Kenntnisse, um zu begreifen, dass die unvergleichliche Apathie jenes Volkes nicht nur darauf zurückzuführen war, dass ihre Mitglieder von Natur aus faul waren, sondern auch auf eine lange Reihe körperlicher Gebrechen, die sie seit Generationen plagten und deren wichtigste Ursache in ihrer Ernährung lag, die arm an Energie, Vitaminen und Mineralien war.

Nach Hunderten, vielleicht auch Tausenden von Jahren, in denen sie sich lediglich von Fisch, Mais und Kartoffeln ernährt hatten, waren die Angehörigen dieser Rasse vollkommen entkräftet. Sie lebten fast viertausend Meter über dem Meeresspiegel, wo zwischen der Hitze am windstillen Mittag, wenn das glatte Wasser des Sees die Sonne wie ein Spiegel reflektierte, und den kalten Nächten, in denen eisige Winde von den verschneiten Gipfeln der Anden herabwehten, Temperaturunterschiede von über fünfzig Grad keine Seltenheit waren.

Diese Mangelernährung über Generationen hinweg hatte die Menschen schließlich ausgelaugt. Sie nahm ihnen jegliche Hoffnung und Motivation und sorgte sogar dafür, dass die stets rührigen und fleißigen Inkas es aufgegeben hatten, diesen Haufen von Faulenzern zur Vernunft bringen zu wollen.

Doch die Vorstellung, dass ein Dutzend Kondore mit spitzen Schnäbeln und scharfen Krallen die Körper ihrer Eltern, Geschwister oder Verwandten zerfleischte, mit denen sie vielleicht noch in der Nacht zuvor ihre schäbige Hütte geteilt hatten, war mehr als genug Ansporn, um selbst den schlimmsten Faulpelzen Beine zu machen und sie auf den rechten Weg zu weisen.

Am dritten Tag dieser drastischen Maßnahmen, als er überzeugt war, dass kein einziger Floh die stundenlangen Bäder überlebt hatte, und die benachbarten Felder mit den dreckigen Überresten aus einer ganzen Lebensspanne gedüngt waren, befahl Pachamú, der den Oberbefehl über diese vielgestaltige militärische Operation innehatte, jeder Frau und jedem Mann einen langen dunkelgrünen Poncho auszuhändigen, an dem man sie von nun an erkennen würde.

Anschließend ließ er sie das Schilf am Ufer des Sees abschneiden, jenes berühmte *totóra,* das zu Büscheln von der Länge und Dicke eines Menschenarms gebunden wurde, nachdem es in der heißen Gebirgssonne getrocknet worden war.

Es bildete das Rohmaterial, aus dem die geschickten Aymará, Nachbarn der Urus, wenngleich unendlich aktiver, sauberer und tüchtiger, ihre prächtigen Boote bauten.

Unterdessen hatte man hundert der besten altgedienten Soldaten nach Westen geschickt, mit dem ausdrücklichen Befehl, einen Weg zwischen dem höchsten See der Welt und dem Indischen Ozean auszukundschaften.

Es handelte sich um eine Entfernung von etwas mehr als zweihundert Kilometern, jedoch mit einem Höhenunterschied von fast viertausend Metern in einer der unwirtlichsten Gegenden dieser Welt. Möglich, dass es für die meisten Menschen eine unmögliche Mission gewesen wäre, nicht aber für jene, die in solch unglaublichen Höhen geboren und aufgewachsen waren und obendrein der Elitetruppe eines mächtigen Heeres angehörten.

Sie legten neue Pfade an, bauten neue Hängebrücken und errichteten *tambos* – Hütten, in denen Proviant gelagert wurde – genau in der Entfernung voneinander, die ein Mann mit einer Last von fünfzig Kilo jeden Tag zurücklegen musste.

Das Unternehmen war mehr als eine straff geführte militärische Operation, es war eine Meisterleistung an Organisation, für die das Volk der Inkas seit Jahrhunderten ein besonderes Talent entwickelt hatte.

Ohne das Rad zu kennen, folglich auch ohne Karren, die ihnen auf den schmalen und steilen Bergpfaden mit ihren in den Felsen gehauenen Stufen und den gefährlichen Hängebrücken in Wirklichkeit nur hinderlich gewesen wären, schritten Frauen und Männer stundenlang vorwärts, ohne das geringste Anzeichen von Müdigkeit zu zeigen. Da sie in dieser Höhe geboren waren, hatten sich ihre Lungen von klein auf an den wenigen Sauerstoff gewöhnt, und ihre Beine schienen hart wie Stahl zu sein.

Schließlich brach eine endlose Schlange von Trägern, bewacht von Hunderten Kriegern, zur Küste auf, mit breiten, um die Stirn geschlungenen dicken Tüchern, in denen sie gewaltige Bündel von *totóra* transportierten.

So erbrachte General Saltamontes nicht nur den Beweis für seine hervorragenden strategischen Qualitäten, sondern auch für sein Organisationstalent.

Die besten Bootsbauer der Aymará wurden ebenfalls an die Küste gebracht. Sie suchten sich eine weite, ruhige Bucht aus, die Schutz vor den kalten Winden aus dem Hochland bot, und als die Träger mit dem Material ankamen, begannen sie, die einzelnen Büschel zusammenzubinden.

Drei Monate, nachdem seine Tochter Tunguragua das Licht der Welt erblickt hatte, brach General Saltamontes zum größten Abenteuer seines Lebens auf.

»Ich kann dir nicht sagen, wie lange ich fort sein werde«, erklärte er der Prinzessin in der letzten Nacht. »Aber du kannst sicher sein, dass mich kein dreckiger Araucano daran hindern wird, zurückzukommen.«

»Die Araucanos machen mir keine Sorgen«, entgegnete die Prinzessin, die ihre Traurigkeit nicht vor ihrem Mann verbergen konnte.

»Mich besorgt das Große Wasser.«

»Es ist doch bloß Wasser.«

»Ja, bloß Wasser«, erwiderte sie.

»Unser Volk hat die Kälte des Hochlands, die gefährlichsten Abgründe, ja, sogar den undurchdringlichen Dschungel besiegt, sich aber, soweit ich mich entsinne, noch nie dem Meer gestellt.«

»Die Aymará kennen sich mit dem Großen Wasser dafür bestens aus.«

»Mit dem Wasser des Titicacasees, nicht aber dem des Meeres, das erheblich unruhiger ist. Ich habe mich selbst davon überzeugen können, als ich letztes Mal die Familie meiner Mutter an der Küste besuchte.«

»Unruhig?«, fragte Cayambe erstaunt. »Was willst du damit sagen?«

»Dass es ständig in Bewegung ist«, antwortete sie. »Hat man dir das nicht gesagt? Wenn der Wind bläst, wirft es sich wütend gegen das Land, und seine Wucht ist so stark wie ein kleines Erdbeben.«

»Ja, ich habe die Wellen im Titicacasee gesehen.«

»Das kannst du nicht vergleichen! Die am Meer sind zehnmal höher.«

»Bist du sicher?«

»Ich konnte es mit eigenen Augen sehen! Das Tosen ist noch in weiter Ferne zu hören, und wenn du am Strand entlanggehst, sind die Wellen so stark, dass man das Gefühl hat, sie könnten einen an den Füßen packen und in die Tiefe reißen.«

»Das habe ich nicht bedacht!«, gestand Cayambe sichtlich beeindruckt. »Man hat mit stets versichert, das Große Wasser sei nichts weiter als ein riesiger See.«

»So ist es! Aber deshalb ist das Meer auch so gefährlich. Kannst du schwimmen?«

»Schwimmen? Nein. Immer wenn ich einen Fluss durchqueren musste, über den keine Brücke führte, habe ich mich an eine aufgeblasene Alpakahaut geklammert.«

»Dann rate ich dir, so eine Haut mitzunehmen. Und dafür zu sorgen, dass jeder deiner Männer, der nicht schwimmen kann, eine bekommt.«

»Auch daran habe ich nicht gedacht.«

»Verstehst du jetzt, warum mir das Meer mehr Sorgen macht als die Araucanos? Ich weiß, dass du mit diesen Wilden fertig werden kannst, aber genauso weiß ich, dass das Große Wasser schreckliche Überraschungen bergen kann.«

»Nun gut«, räumte Cayambe niedergeschlagen ein. »Jetzt ist es zu spät, um umzukehren, aber lass dir gesagt sein, solange ich weiß, dass ihr beide auf mich wartet, kann ich die Kraft aufbringen, allen Widrigkeiten zu trotzen.«

»Wie lange wirst du fortbleiben?«, fragte Prinzessin Sangay.

»Wie gesagt, ich habe nicht die geringste Ahnung«, erklärte ihr Mann achselzuckend.

»In Wahrheit wissen wir weder, wie weit es zum Land der Araucanos ist, noch wie schnell wir auf dem Meer vorankommen werden. Sechs Monde, vielleicht auch acht, ich weiß es nicht.«

»Das ist ungerecht.«

»Was ist daran ungerecht?«

»Dass du diese Expedition anführen musst.«

»Es war mein Vorschlag.«

»Ich weiß, aber der Herrscher müsste wissen, dass du viel zu wertvoll für ihn bist, als dass er das Risiko eingehen kann, dich auf einer solchen Expedition zu verlieren. Er hätte Pachamú schicken sollen.«

»Und glaubst du, dass ich das angenommen hätte? Das ist nicht meine Art, ich habe von meinen Männern niemals etwas verlangt, wozu ich nicht selbst bereit gewesen wäre. Deshalb respektieren sie mich.«

»Sie verehren dich, das weiß ich, aber was hätten sie davon, wenn du nie wieder zurückkämst?«

»Ich werde zurückkommen«, sagte er gereizt. »Ich könnte die Schmach nicht ertragen, wenn ich das Kommando über meine Männer irgendjemand anderem überließe.«

»Ich finde es sehr egoistisch. Du nimmst weder auf deine Tochter noch auf deine Frau Rücksicht. Was soll aus uns werden, wenn du nicht da bist?«

»Ihr werdet mehr als je zuvor den Schutz des Inka genießen.«

»Das meinte ich nicht«, erwiderte sie. »Ich meinte aus dir und mir. Wenn ich Qualen durchlebe, wenn du eine Woche nicht da bist, wie soll das erst werden, wenn du Monate wegbleibst, ohne dass ich etwas von dir höre?«

»Du musst lernen, damit zu leben. Schließlich hast du einen General geheiratet und nicht einen dieser Höflinge, die sich nie im Leben über den Apurímacfluss hinauswagen.«

»Ich habe Angst.«

»Das ist deiner nicht würdig«, widersprach er und strich ihr zärtlich übers Haar. »Du musst stark sein.«

»Aber worin zeigt sich die Stärke, wenn man nichts anderes tun kann als warten? Egal, was ich mache oder was ich sage, es ändert nichts an der Tatsache, dass du weit weg von uns bist und dein Schicksal in den Händen der Götter liegt.«

»Dann sprich jeden Tag zu den Göttern. Bring ihnen Opfer und bitte sie, auf mich aufzupassen, weil unsere Tochter uns braucht. Ich bin sicher, dass sie dich erhören.«

»Meine Mutter sagte immer, dass die Götter taub geboren werden. Sie können sprechen und sehen, aber sie haben immer noch nicht gelernt zuzuhören. Wenn sie es tun würden, gäbe es weder Krankheiten, Seuchen, Erdbeben noch Überschwemmungen.«

»Krankheiten, Seuchen, Erdbeben und Überschwemmungen gibt es nicht deshalb, weil die Götter taub sind, sondern weil sie uns auf die Probe stellen. Sie wollen sehen, ob wir mit den Widrigkeiten der Natur fertig werden. Wenn alles einfach wäre und uns das Leben immer nur zulächeln würde, was wäre dann unser Verdienst?«

»So habe ich nie gedacht«, entgegnete Prinzessin Sangay entschieden. »Ich will nichts weiter als mit meinem Mann und möglichst vielen Kindern in Frieden leben.«

8

Das Meer war gewaltig.

Es schien schon von der Höhe eines Berges aus beeindruckend, stand man aber erst einmal unten und direkt davor, zitterten selbst dem mutigsten Krieger die Beine. Wie ein sanftes, freundliches Ungeheuer kam es ihnen vor, das stets auf der Lauer lag, um nach Gutdünken seine Opfer zu verschlingen.

Cayambe und Pachamú setzten sich in den Sand und atmeten den ungewohnten Geruch nach Salz, Algen und Jod in der Luft tief ein, während sie in ehrfürchtiger Stille dem Tosen der Wellen und dem Kreischen der Möwen lauschten, die über ihren Köpfen kreisten. Lange Zeit blieben sie nachdenklich sitzen und versuchten, sich eine Vorstellung davon zu machen, was ihnen bevorstand.

»Was denkst du?«, fragte General Saltamontes am Ende beeindruckt.

»Dass der Titicacasee im Vergleich hierzu nur eine winzige Laus ist.«

»Hättest du dir vorstellen können, dass das Meer so groß ist?«

»Wie soll man sich so was vorstellen?«, erwiderte sein Untergebener. »Ich kann das andere Ufer beim besten Willen nicht erkennen.«

»Es gibt kein anderes Ufer.«

»Irgendeins muss es doch geben.«

»Nur Wasser.«

»Und danach?«

»Noch mehr Wasser.«

»Alles Salzwasser?«

»So heißt es.« – »Möge uns der Himmel beistehen!« – »Du hättest mir an dem Tag, als ich auf diesen Gedanken kam, einen Tritt in den Hintern geben sollen!«

»Wie sollte ich das ahnen?«

»Ich komme mir vor wie ein Trottel, der immer Glück im Spiel hat und seinen Gewinn erneut einsetzt, ohne daran zu denken, dass der Augenblick kommen könnte, an dem er alles verliert.«

»Noch ist nicht alles verloren«, erklärte Pachamú.

»Noch nicht«, antwortete Cayambe und sprang entschlossen auf.

»Trotzdem habe ich den Eindruck, dass das Meer unbesiegbar ist.«

Am nächsten Tag erreichten sie die ruhige Bucht, wo am Ufer eines kleinen Flusses, der aus den Bergen kam, eine improvisierte Werft entstanden war, in der Hunderte von Frauen und Männern arbeiteten.

Das erste fünfzehn Meter lange und vier Meter breite Boot mit spitzem Bug und Heck und einem einzigen Mast, an dem ein viereckiges, ebenfalls aus feinstem *totóra* gewirktes Segel hing, lag bereits am Strand in der Nähe des Wassers und wartete auf die komplizierte Zeremonie, mit der es getauft werden würde.

Waren der Segen der Priester und die kostbaren Opfergaben an die Götter der Tiefe schon am ruhigen Titicacasee notwendig, so mussten sie auf dem endlosen, stürmischen Meer in jeder Hinsicht unverzichtbar sein.

Gesänge, Tänze, verschiedene Opfertiere, Früchte, kleine Statuetten aus Gold und Silber und alles, was den »Experten« in den Sinn kam und dazu diente, das Meer milde zu stimmen und das Boot gegen Gefahren zu wappnen, wurde mit größtem Eifer dargebracht. Als die ersten Strahlen der Sonne in die friedliche Bucht fielen, begannen sie, das schwere Boot über Baumstämme ins Wasser zu rollen.

Schließlich trieb es an einem langen dicken Tau zwanzig

Meter vom Ufer entfernt sanft auf dem Wasser, und die staunenden Anwesenden trauten ihren Augen nicht.

Es schwamm!

Und wie es schwamm!

Der Rumpf war etwa einen Meter tief im grüngrauen Wasser des Ozeans versunken, doch der Rest des stolzen Schiffes zeichnete sich in voller Pracht herausfordernd vor dem blauen Morgenhimmel ab.

Als kurz darauf ein Matrose die Spitze des Mastes erkletterte, musste sogar der größte Skeptiker zugeben: Dies war ein unmissverständliches Zeichen dafür, dass die Götter des Meeres, wer immer sie sein mochten, das seltsame Wesen, das aus den Gipfeln der Berge zu ihnen gekommen war, willkommen geheißen hatten.

»Wir müssen es taufen«, sagte Pachamú mit nachdenklicher Miene.

»Jedes Boot soll seinen eigenen Namen haben, und als unserem Führer steht dir das Recht zu, den ersten auszuwählen.«

»Tunguragua.«

»Dachte ich mir.«

»Was könnte ich ihm für einen besseren Namen geben als den meiner Tochter? Dieses Boot ist in gewissem Sinne auch mein Kind.«

»Keinen besseren, gewiss! Doch das zweite Boot soll ›Königin Alia‹ heißen.«

»Und das dritte ›Mama Quina‹ nach deiner Frau.«

»Ich hätte nie gewagt, dich darum zu bitten.«

»Dann wage ich es eben, es dir vorzuschlagen. Wie viele Boote werden wir benötigen, was meinst du?«

Pachamú zuckte die Achseln und schlug dann vor: »Vielleicht vier?«

»Besser fünf. Ich habe vor, fünfzig Krieger mitzunehmen. Zehn in jedem Boot, und zwei Aymará zusätzlich. Nur sie wissen, wie man gegen den Wind segelt.«

Zwei Wochen später war alles vorbereitet. Cayambe wählte die erfahrensten Krieger und die zehn besten Seefahrer der Aymará aus. Sie luden Waffen, Trinkwasser und Proviant in die Schiffe und brannten darauf, sich in ein Abenteuer zu stürzen, das kein Bewohner des Hochlands je zuvor gewagt hatte.

Nur Viracocha, der Schöpfergott, hatte sich vor Jahrhunderten der Weite des Meeres anvertraut, und die Geschichte zeigte, dass er den Rückweg bislang nicht gefunden hatte.

Sie vertrauten auf mehr Glück.

Singend machten sie sich auf den Weg.

Sie sangen, als sie die Ruinen der gewaltigen Festung aus Lehm umsegelten, errichtet vor undenklichen Zeiten von den »Alten«, die einst diese trostlose Küstengegend besiedelt hatten, und sie sangen noch, als sie die windgeschützte Bucht verließen und aufs offene Meer hinaussegelten.

Doch schon wenige Minuten später verging ihnen die Lust am Singen.

Vom Westen her rollten gewaltige Wellen auf sie zu, unter ihnen hinweg, und donnerten dann über den roten Sand des Strandes, von dem sie selbst sich immer weiter entfernten. Bei diesem ständigen Auf und Ab wurden die Boote erst in die Höhe geschleudert und stürzten dann wieder ins Wasser zurück. Die hartgesottenen Krieger erbleichten einer nach dem anderen, dann verwandelten sich ihre Gesichter in grüne Masken. Wenige Minuten später beugte sich der Erste über die Reling und erbrach sich unter jämmerlichem Stöhnen.

Als wäre es ein Zeichen, auf das seine mitleidenden Gefährten nur gewartet hatten, folgten fast alle übrigen Männer seinem Beispiel. Genauso war es auch in den übrigen Booten, sodass sie am Ende eine ganze Weile sich selbst überlassen ziellos im Meer trieben, denn nicht einmal die erfahrensten Süßwassermatrosen der Aymará konnten sich auf den Beinen halten.

Am Abend, ehe die Sonne unterging, segelten die erschöpften Männer wieder an Land und befestigten mit letzter Kraft die Boote an den Klippen.

Als sie fertig waren, ließen sich die fünfzig Unglücksraben in den Sand fallen und starrten einander mit aus den Höhlen quellenden Augen an. Alle waren schmutzig, abgerissen und zerzaust.

»Möge uns Viracocha beistehen!«

»Jemand hat uns vergiftet!«

»Wie meinst du das?«

»Siehst du nicht, wie wir uns erbrechen? Entweder hat man uns vergiftet, oder wir haben etwas Verdorbenes gegessen.«

»Ach, Unsinn! Das liegt an der endlosen Schaukelei, die einem das Hirn zwischen Stirn und Nacken hin und her wirft. In meinem ganzen Leben war ich nicht so krank!«

»Ich auch nicht!«

»Und ich auch nicht!«

Wenig später schliefen sie ein, trotz Feuchtigkeit und Kälte, völlig durchnässt und nach Erbrochenem stinkend. Doch die ganze Nacht hindurch wachten sie ständig kurz auf und hatten das Gefühl, die Welt unter ihren Füßen bewege sich immer noch.

Im Morgengrauen waren sie in einer solch schlechten Verfassung, dass ihr Anführer beschloss, ihnen einen weiteren Ruhetag zu gönnen.

»Das Land der Araucanos läuft uns schon nicht weg«, erklärte er mit leiser Stimme.

Als es Abend wurde, hatte sich Cayambe so weit erholt, dass er sich mit seinen Soldatenführern zusammensetzen und die Lage besprechen konnte.

»Natürlich haben wir mit dieser seltsamen Seekrankheit nicht gerechnet«, verkündete er, »aber eins ist nicht zu übersehen: Obwohl man das Gefühl hat zu sterben, sind wir bislang noch alle da. Das heißt, dass die Krankheit nicht so ernst sein kann, wie man zunächst glaubt.«

»Ernst vielleicht nicht«, wandte ein kleiner Mann ein, der immer noch mit der Übelkeit kämpfte. »Aber meine Frau muss sich jedes Mal, wenn sie schwanger ist, genauso erbrechen. Und ich kann euch sagen, dass sich das nicht so leicht abschütteln lassen wird.«

»Das fürchte ich auch«, antwortete General Saltamontes niedergeschlagen. »Trotzdem will ich verflucht sein, wenn ich mich von einem Übel besiegen lasse, das mich nicht töten kann!«

»Ich glaube nicht, dass es einem als totem Krieger so schlecht gehen kann wie mir gestern« erklärte Pachamú offen. »Es gab einen Augenblick, da hätte ich mich am liebsten kopfüber ins Wasser gestürzt, um dem Ganzen ein Ende zu machen.«

»Vielleicht gewöhnt man sich nach einer Weile daran«, sagte Cayambe wenig überzeugt.

»Woran? Etwa an diesen langsamen Tod?«, erwiderte sein Stellvertreter und schüttelte missmutig den Kopf. »Niemals! Eher gewöhne ich mich daran, wie ein Kolibri in der Luft zu schwirren.«

»Trotzdem müssen wir es weiter versuchen.«

»Wohl wahr! Aber ich will zumindest eine Vorstellung haben, wie weit es noch bis in das Land der verfluchten Araucanos ist.«

Als sie dem Kaziken der Aymará die Frage übersetzten, sah dieser sie nur verwirrt an. Man hätte meinen können, dass er selbst eine Antwort auf diese Frage erwartete.

»Ich habe noch nie von diesen Araucanos gehört«, gab er unumwunden zu. »Daher habe ich auch nicht die geringste Ahnung, wo ihr Land liegt, falls es überhaupt existiert.«

»Es liegt im Süden.«

»Das ist die Richtung, in die wir segeln«, erklärte der Aymará. »Doch wenn es nach mir ginge, würde ich viel lieber Richtung Norden segeln, wohin uns die Strömung ohnehin treibt.«

»Strömung?«, sagte General Saltamontes entsetzt. »Was ist das nun wieder für eine teuflische Sache?«

»Ich habe bemerkt, dass sich das Große Wasser nicht nur auf und ab und in alle Richtungen gleichzeitig bewegt, sondern wie ein großer langsamer Strom ist, der uns entgegenfließt. Daher kommen wir so schlecht voran.«

»Bist du sicher?«

Der Angesprochene, ein kleinwüchsiger Mann von unauffälliger Erscheinung, der auf den schier unaussprechlichen Namen Pucayachacamic hörte, zuckte die Achseln, als wäre er sich über gar nichts mehr auf der Welt sicher.

»Es ist mein Eindruck, und meine Kameraden denken genauso.«

»Gibt es das auch am Titicacasee?«

»An bestimmten Stellen, ja, und nur zu bestimmten Jahreszeiten, aber mit den Gegebenheiten hier lässt es sich nicht vergleichen.« Er hielt inne und fragte anschließend schüchtern: »Warum lassen wir uns nicht Richtung Norden treiben?«

»Weil das Land der Araucanos im Süden liegt, wie gesagt.«

»Schade.«

Der Aymará ging zu seinen Männern zurück, die um ein kleines Lagerfeuer saßen. Cayambe sah ihm nach und schüttelte den Kopf, als könne er nicht begreifen, was er soeben gehört hatte.

»Richtung Norden!«, brummte er schlecht gelaunt. »Die Araucanos leben im Süden, und dieser Dummkopf will, dass wir in die entgegengesetzte Richtung segeln. Wer hat mir eingeredet, dass ich mich auf dieses Abenteuer einlassen soll?«, sagte er. »Wer nur?«

Der vielsagende Blick, den seine Männer ihm zuwarfen, machte deutlich, dass sie sehr wohl wussten, wer ihnen diese Suppe eingebrockt hatte.

Niemals war jemand so fehl am Platz gewesen wie dieser Haufen Krieger aus dem Hochland, der nun vor dem unendlichen Ozean im Wüstensand saß. Es schien offensichtlich, dass jeder liebend gern ein Jahr seines Leben geopfert hätte, um auf der Stelle kehrtzumachen und zu Fuß nach Hause zu marschieren.

Doch es waren disziplinierte Männer, stolz darauf, einem Heeresteil anzugehören, der auf seinen Schilden das stilisierte Zeichen der Heuschrecke trug, und deshalb gewillt, sich allen möglichen Widrigkeiten zu stellen, um ihren Anführer nicht zu enttäuschen.

Im Morgengrauen des nächsten Tages gingen sie erneut an Bord der Boote.

Ein fürchterlicher Gestank empfing sie.

Da sie aus geflochtenem Schilf bestanden, hatten sich die erbrochene Gallensäure und halb verdauten Essensreste in den vielen Spalten und Ritzen festgesetzt und faulten nun in der Hitze der Sonne vor sich hin. Bei dem unbeschreiblichen Gestank, der aus dem Innern der Boote aufstieg, drehte sich den Matrosen, die sich von den Strapazen des vorigen Tages noch nicht ganz erholt hatten, erneut der Magen um.

Es war ein echtes Martyrium.

Verstreut lagen die fünfzig Männer an Deck der Boote und litten Höllenqualen. Die meisten konnten nichts dagegen tun, dass sich ihre Eingeweide unter Klagen und Stöhnen immer wieder entleerten, wenn die Boote auf dem Kamm einer Welle in die Luft flogen und anschließend mit ohrenbetäubendem Ächzen ins Wasser zurückstürzten.

»Möge der Himmel uns beistehen!«

Doch das Schlimmste war, dass sie kaum vorwärtskamen.

Eine hinkende Schildkröte am Strand wäre schneller gewesen als ihre erbärmliche Flotte, die immer wieder von einer sanften, stetigen Strömung, die vom Südpol kam und auf der Suche nach den warmen Gewässern des Äquators an der Küste des Kontinents entlang nach Norden zog, in die entgegengesetzte Richtung getrieben wurde.

Ein Sprichwort aus Cuzco besagte, dass Dummheit die

Wurzel allen Unglücks sei, und dies schien sich nun bis ins kleinste Detail zu bewahrheiten, denn ihre grenzenlose Naivität hatte sie in eine missliche Lage gebracht, aus der sie keinen Ausweg wussten.

Zum Glück beruhigte sich das Meer am fünften Tag. Die Boote, die kaum mehr waren als Korkstücke und wie durch ein Wunder noch nicht untergegangen waren, hörten auf zu schlingern; Köpfe und Mägen kamen allmählich zur Ruhe.

Am Nachmittag fingen die Stärksten von ihnen sogar an zu rudern.

Nun kamen sie besser voran.

Als sich das Wetter besserte, gelang es Cayambes Männern, gegen die Strömung anzukämpfen, deren Heftigkeit mittlerweile nachgelassen hatte, und je mehr Zeit verging, umso größere Fortschritte machten sie.

Während Cayambe die verschneiten Gipfel der sich scheinbar endlos dahinziehenden Kordilleren in der Ferne betrachtete, kam er zu dem Schluss, dass der Seeweg trotz aller Probleme der Navigation und der Not, die sie hatten erleiden müssen, erheblich praktischer war als ein mühsamer Marsch über die Berge oder durch die heiße Wüste.

Mit Schaudern dachte er daran zurück, wie er sich einmal fünf Tage unter einem Felsvorsprung verschanzen musste, als ein Sandsturm über ihm wütete und wie sein Schweiß in Strömen floß, ohne dass er einen Tropfen Wasser dabei hatte.

Auf alle Fälle waren der Gestank nach Erbrochenem und die Übelkeit nichts im Vergleich zu den Strapazen, die er damals in der Wüste durchlitt.

Der Durst war die stärkste Folter, die er sich vorstellen konnte. Er erinnerte sich noch sehr gut an die schrecklichen Halluzinationen, die ihn während jener grausamen Tage plagten, und wie er noch Jahre danach Albträume hatte, aus denen er dann jedes Mal verstört und schweißgebadet erwachte.

Allein die Vorstellung, noch einmal durch diese Hölle gehen zu müssen, erfüllte ihn mit Angst und Schrecken.

Jetzt beobachteten sie tagein, tagaus die Küste der Atacamawüste aus sicherer Entfernung, halb verborgen in einem dichten Dunst, der alles unwirklich erscheinen ließ. Hin und wieder gingen sie an Land und warteten, dass sich das allzu aufgewühlte Meer beruhigte, und jedes Mal sah er sich in seiner Überzeugung bestätigt, dass diese verfluchte Gegend die trostloseste und unwirtlichste auf der ganzen Welt sein musste.

Kein Wunder, dass zwischen der hoch entwickelten Zivilisation der Inkavölker und den primitiven, wilden Araucanos eine solch tiefe Kluft existierte. Unüberwindliche natürliche Grenzen hatten Jahrhunderte lang jeglichen Kontakt zwischen den Völkern verhindert.

Seit undenklichen Zeiten hatten sich die Herrscher des Inkareiches vorgenommen, diesen Zustand zu ändern, doch es war nun einmal so, dass die von der Natur geschaffene Barriere immer noch da war und sich bis ans Ende der Welt daran nichts ändern ließ.

Daher schien der Seeweg ein Ausweg zu sein, und dennoch konnte Cayambe das seltsame Gefühl nicht abschütteln, dass ein Eroberungsfeldzug in diesen Booten unweigerlich in einer Katastrophe enden musste.

Wenn es bereits ein hoch kompliziertes Abenteuer mit völlig ungewissem Ausgang war, fünfzig erfahrene Krieger in das Land der Araucanos zu bringen, wie schwierig wäre es dann erst, ein ganzes Heer mit regulären Truppen sowie ihrer gewaltigen Kriegsausrüstung zu transportieren?

Er war überzeugt, dass die Inkakönige irgendwann ernsthaft darüber nachdenken müssten, wie sie sich das Meer untertan machen könnten, und Männer und Material darauf verwenden sollten, Boote zu bauen, die aufs offene Meer hinauszufahren vermochten. Denn mit jedem Tag, der verstrich, zeigte sich, dass die Boote aus *totóra,* die sich auf dem

Titicacasee bewährt hatten, dieser heiklen Aufgabe nicht gewachsen waren.

Jahrhundertelang hatte das widerstandsfähige *cabuya,* das aus den inneren Fasern einer Agavenart gewonnen wurde, die auf den Ebenen des Hochlands in großen Mengen wuchs und zu Büscheln geflochten wurde, seine Aufgabe in den süßen und ruhigen Gewässern des Titicacasees glänzend erfüllt.

Doch das aggressive Salz und der ständige hohe Wellengang setzten dem Material derart zu, dass nach zwei Wochen die ersten Flechtstränge rissen.

An einem schwülen Mittag, als das Meer zum Glück besonders ruhig war, löste sich die »Königin Alia«, die an dritter Stelle segelte, plötzlich unter ihren vor Panik schreienden Passagieren auf wie ein vollgesogenes Stück Brot.

Die anderen Boote eilten ihr zu Hilfe und nahmen die Männer auf, ehe sich das einst stolze Boot in ein Gewirr von Schilf und Tauen verwandelt hatte, das auf dem Wasser trieb. Die Waffen und sämtlicher Proviant sanken auf den Grund des Meeres, und dies führte ihnen unmissverständlich vor Augen, wie auch die übrigen Schiffe früher oder später enden würden.

Als der Schreck vorüber war und sie die geretteten Krieger auf die noch intakten Boote verteilt hatten, wandte sich Cayambe an Pucayachacamic und verlangte nach einer Erklärung für den Vorfall, doch auch diesmal konnte der Mann nur mit einem Achselzucken antworten.

»Es könnte ein Konstruktionsfehler sein«, sagte er wenig überzeugt. »Aber ich fürchte, dass den anderen Booten dasselbe Schicksal droht.«

Er fischte ein Stück Tau aus dem Meer und zerriss es mit einem einzigen kräftigen Ruck.

»Sonst braucht man dazu ein scharfes Messer«, erklärte er. »Die Taue sind morsch.«

»Wie lange können wir uns noch über Wasser halten?«

»Einen Tag ... vielleicht zwei. Ich weiß es nicht. Dieses Wasser ist so anders.«

»Greift es auch das *totóra* an?«

»Nein. Das *totóra* hält stand. Die Taue leiden unter dem ständigen Auf und Ab, dem unaufhörlichen Hin und Her, und das Salz zerfrisst die Fasern. Das ist nun einmal nicht so wie auf unserem See«, erklärte er aufgebracht. »Es ist einfach nicht dasselbe!«

Cayambe musste ihm recht geben. Obwohl man ihm beteuert hatte, das Große Wasser sei nichts anderes als ein riesiger Salzwassersee, hatte die ruhige und kalte Landschaft des Titicacasees nichts gemein mit der aggressiven Gewalt, die sie nun umgab.

Er setzte sich an den Bug, blickte auf die ferne Küste und versuchte zu schätzen, wie weit sie von ihrem Ausgangspunkt entfernt waren.

Sie hatten einen langen Weg hinter sich gebracht, trotzdem hatte er keine Ahnung, wie weit sie gekommen waren, denn wie hätte er ausrechnen sollen, wie viele Tagesmärsche durch die Wüste einem Tag auf dem Meer entsprachen?

Sie waren weit von zu Hause entfernt, so viel stand fest, aber auch dem Land der Araucanos schienen sie noch nicht nennenswert näher gekommen zu sein. Alles deutete darauf hin, dass seine Expedition zum Scheitern verurteilt war.

Er blickte sich um und vergewisserte sich zum x-ten Mal, dass sich die »Königin Alia« in einen Haufen Unrat verwandelt hatte, der vom Wasser in alle Richtungen zerstreut wurde. Plötzlich überwältigte ihn das Gefühl, dass auch seine Träume davonschwammen und in diesem unbändigen Ozean versanken.

Er dachte an die Figuren aus Eis, die sein Vater manchmal geformt hatte, wenn es am Urubamba fror, und er erinnerte sich, wie sie schmolzen und zu tropfen begannen, sobald die warme Mittagssonne die dichte Wolkenwand durchdrang.

Dasselbe geschah nun mit ihnen. Die stolzen hohen Boote

waren jämmerlich eingeknickt, die Krieger erschienen nicht mehr kriegerisch, und er hatte nichts mehr mit dem glorreichen General von einst gemein, sondern war ein armseliger Ausgestoßener geworden, der in Kürze Schiffbruch erleiden würde.

In diesem Moment erklang ein leises Ächzen, und dann riss ein weiteres Tau.

Die »Tunguragua« sackte noch etwas mehr zusammen, und wenig später fing sie an, sich aufzulösen.

Cayambe biss sich auf die Lippen und musste sich resigniert seine bittere Niederlage eingestehen. Wenig später warf er dem wartenden Pucayachacamic einen Blick zu und erklärte mit heiserer Stimme:

»Zurück an Land. Die Expedition ist beendet!«

9

»Wie heißt du?«

»Quisquis, Herr.«

»Und du bist einer der Soldatenführer von General Saltamontes?«

»So ist es, Herr.«

»Wo befindet er sich?«

»Er ist weiter gen Süden marschiert, Herr, auf der Suche nach dem Land der Araucanos.«

»Er ist also so starrköpfig wie üblich. Erzähl mir, was geschehen ist.«

»Zwei Wochen nach unserem Aufbruch, vor der Küste der Atacamawüste, lösten sich die Boote auf, Herr.«

»Was soll das heißen – die Boote lösten sich auf?«, fragte der Inka überrascht. »Du meinst, sie sind zerfallen?«

»Ja, Herr. Die stürmische See und das Salz zersetzten die Taue aus *cabuya,* und wenig später fielen die *totóra*-Büschel auseinander.«

Der Inka schüttelte zweifelnd den Kopf.

»Dachte ich mir, dass das Salz nichts Gutes bringen würde. Wie viele Männer habt ihr verloren?«

»Es gab keine Opfer, Herr. Der General befahl nur, wieder an Land zu gehen. Er schickte mich und die Aymará zurück und setzte die Expedition zu Fuß fort.«

»Das sieht ihm ähnlich. Wie weit war es noch zum Land der Araucanos?«

»Das wissen wir nicht, Herr. Die Wüste scheint endlos zu sein, und die Berge dahinter so hoch und unwirtlich, wie ich noch nie welche gesehen habe.«

»Habt ihr wenigstens den Aconcagua gesehen?«

»Nein, Herr.« – »Sicher?« – »Ganz sicher, Herr. Diejenigen, die sich in dem Gebiet auskennen, versichern, er sei der höchste Gipfel der Welt, und obwohl alle sehr hoch waren, sahen wir keinen, der sich durch seine Höhe vor den anderen deutlich hervorgetan hätte.«

»Es ist doch möglich, dass ihr ihn vom Meer aus nicht sehen konntet.«

»Möglich, o Herr.«

»Nun gut! Wie lange hast du für den Rückweg gebraucht?«

»Zweieinhalb Monate, Herr. Hitze und Durst zwangen uns, des Nachts zu marschieren.«

»Verstehe.«

Der Inka machte eine ausladende Gebärde und sagte: »Du kannst gehen! Auch wenn die Expedition gescheitert ist, hast du deine Pflicht gewissenhaft erfüllt und erhältst als Anerkennung drei Sklaven.«

»Danke, Herr!«

Rückwärts zog sich der Krieger zurück, die Augen fest auf den Boden gerichtet.

Als er fort war, wandte sich der Inka an den Zeremonienmeister, der als Einziger an dem Treffen teilgenommen hatte.

»Was denkst du?«, fragte er.

»Dass ich Cayambes Verlust aufrichtig bedauern werde, Herr, aber keineswegs überrascht bin, dass diese Expedition in einer Katastrophe endete.«

»Noch ist es nicht so weit.«

»Nein, gewiss, Herr. Die Expedition ist noch nicht zu Ende, aber ... Welche Aussichten bestehen für ihn, zurückzukommen, nachdem er sich mit so wenigen Kriegern in das Land unserer Feinde vorgewagt hat? Die Araucanos sind wilde Stämme. Sie werden unsere Männer bestimmt in einen Hinterhalt locken und wie hungrige Jaguare über sie herfallen.«

»Der General ist nicht dumm.«

»Gottlob, Herr. Gottlob, aber trotzdem kann ich, ehrlich gesagt, nicht so recht an sein Glück glauben.«

Als die Königin die schlechten Nachrichten vernahm, war sie tief bedrückt.

»Sangay wird einen solchen Schlag nicht verkraften«, murmelte sie bestürzt.

»Dann wird sie es lernen müssen!«, lautete die Antwort des Herrschers. »Sie ist eine Prinzessin aus dem Herrscherhaus; als solche muss sie wissen, wie man mit einem Unglück fertig wird.«

»Sie liebt ihn!«

»Wir alle lieben ihn und bedauern, was geschehen ist, trotzdem dürfen wir nicht vergessen, dass er ein Krieger war und wusste, welche Gefahren diese Expedition mit sich bringen würde.«

»Er hätte an seine Frau und seine Tochter denken und zurückkehren müssen.«

»Um sich geschlagen zu geben?«, entgegnete der Inka. »Du kennst ihn nicht.«

»Schon möglich. Ich kenne ihn nicht, und wenn ich ehrlich sein soll, liegt mir auch nicht viel daran, jemanden zu kennen, dem sein kriegerischer Stolz wichtiger ist als seine Familie.«

»Hast du eine Ahnung, was es hieße, als geschlagener Mann nach Hause zurückzukehren?«, fragte der Inka versöhnlich. »Es wäre das Ende seiner Karriere, das Volk würde ihn verspotten, und ich müsste meinen Widersachern recht geben, die mich von Anfang an davor gewarnt haben, ihm Vertrauen zu schenken. Und auch du hattest recht, denn so sehr ich mich darum bemühe, es gelingt mir einfach nicht, den Neid aus dem Reich zu verjagen. All jene, die ihn hassen, weil er so schnell aufgestiegen ist, würden sich klammheimlich über sein Scheitern freuen und noch mehr, wenn sie sehen könnten, dass er als gebrochener Mann nach Cuzco zurückkommt.«

»Was würde das ausmachen? Hauptsache, er lebt.« – »Es würde eine Menge ausmachen ... Schlauheit, Ehre und vor allem Mut – das sind die einzigen Gaben, mit denen die Götter diesen Mann ausgestattet haben. Wenn er sie verliert, hat er alles verloren. Möglich, dass er bereits tot ist oder die Wilden ihn gefangen genommen haben, aber er besitzt immer noch die Gaben der Götter, und er wird an ihnen festhalten, auch wenn er niemals zurückkehren sollte.«

»Das ist ein trauriger Trost für Sangay.«

»Trost ist immer traurig, Liebste. Sonst wäre es kein Trost. Aber sogar in der Traurigkeit gibt es Unterschiede, und ich glaube, dass Sangay mehr Trost darin fände, einen Helden zu verlieren, als einen Feigling und Versager zurückzubekommen.«

»Nun könnte ich dir wiederum vorwerfen, dass du sie nicht kennst. Besser gesagt, du kennst uns Frauen nicht! Wenn man einen Mann liebt, so wie Sangay Cayambe liebt, so wie ich dich liebe, zählt nur eines im Leben, nämlich in der Nähe des Geliebten zu sein, vor allem in Zeiten der Not und des Unglücks, wenn wir Frauen am meisten gebraucht werden.«

»In diesem Augenblick braucht Cayambe weder Worte des Trostes noch des Mitleids, sondern lediglich Ermutigung, um sich den Gefahren der Wüste und den Araucanos zu stellen. Trotzdem werde ich den Hohepriestern befehlen, den Göttern zu opfern und sie zu bitten, ihn lebend wieder nach Hause zu bringen.«

»Das ehrt dich«, sagte die Königin und warf ihrem Mann einen Blick von der Seite zu, dachte einen kurzen Augenblick nach und rang sich dann zu der Frage durch: »Hat man Sangay schon unterrichtet?«

»Noch nicht.«

»Erlaubst du, dass ich es tue?«

»Findest du das angebracht?«

»Es ist besser, wenn sie es von einem Menschen erfährt,

der ihr nahesteht, als durch Gerüchte. Die Nachricht, dass ein Teil der Expedition zurückgekehrt ist, wird sich wie ein Lauffeuer in der Stadt verbreiten.«

»Tu, was du für richtig hältst«, antwortete der Inka. »Obwohl ich glaube, dass du in Wirklichkeit nur einen Vorwand suchst, um die Kleine zu sehen.«

»Und was wäre daran verwerflich?«

Der Herrscher beschränkte sich darauf, die Achseln zu zucken und sagte, ehe er den Raum verließ: »Das musst du wissen.«

Königin Alia dachte eine Zeit lang darüber nach, was der Inka gesagt hatte, dann läutete sie die kleine Glocke und wies ihre Sklavinnen an, sie anzuziehen und den Trägern Bescheid zu geben, die sie diskret zum Palast von Prinzessin Sangay brachten.

Als man ihr den Besuch der Königin meldete, strahlte Sangay vor Freude, doch dann bemerkte sie den düsteren Ausdruck ihrer Herrscherin und fragte rasch: »Was ist geschehen?«

»Ich bringe dir Nachrichten von deinem Mann«, antwortete die Königin aufrichtig.

»Gute und schlechte. Die gute: Er ist am Leben. Die schlechte: Er hat beschlossen, mit einer kleinen Truppe tiefer ins Land der Araucanos vorzustoßen.«

»Mögen die Götter mir beistehen!«

»Dir oder ihm?«

»Wenn sie mir beistehen, beschützen sie auch ihn, und wenn sie ihm beistehen, beschützen sie mich. Seit dem Tag, an dem wir unsere Hochzeit feierten, sind wir eins, auch wenn wir in verschiedenen Körpern wohnen.«

»Ich weiß, und ich verstehe, was du meinst, denn mir geht es genauso mit dem Inka.« Sie strich ihr zärtlich über die Wange und sagte: »Mein Herr schickt dir seine besten Wünsche.«

»Ich nehme sie in Ehrfurcht an.«

»Er und ich schätzen euch sehr, und ich bin überzeugt, dass er alles in seiner Macht Stehende unternehmen wird, um dafür zu sorgen, dass Cayambe sicher und wohlbehalten nach Hause zurückkehrt. Allerdings kann er in Wahrheit nicht mehr tun, als die Götter zu bitten, ihm den Weg zu weisen und ihn zu beschützen.«

»Wenn ein Gott zum anderen spricht, hört der andere auf ihn«, sagte Sangay zuversichtlich.

»Sei dir dessen nicht so sicher«, entgegnete die Königin offen. »Seit Jahren bittet der Inka die Götter darum, uns einen Sohn zu schenken, und wie du siehst, war all sein Flehen vergebens.«

»Früher oder später werden sie ihn erhören, und ich weiß, dass es auch in meinem Fall so sein wird. Ich könnte niemals akzeptieren, dass mein Glück so kurz gewesen sein sollte. Außerdem braucht seine Tochter ihren Vater.«

»Wie geht es ihr?«

»Tunguragua? Sie ist eine einzige Freude. Möchtest du sie sehen?«

»Wenn es dir keine Mühe macht.«

»Wie kann die Ehre Mühe machen, die du mir als Königin erweist, wenn du meine Tochter sehen willst?«, gab Prinzessin Sangay respektvoll zurück.

»Komm mit!«

Sie traten in ein angrenzendes Gemach, wo eine Amme die Kleine in den Armen wiegte.

Sie sah aus wie eine kleine Blume, obwohl sie das Gesicht verzog.

»Was hat sie denn?«, fragte die Königin.

»Vermutlich bekommt sie gerade wieder Hunger«, erklärte Sangay verlegen. »Macht es dir etwas aus, wenn ich ihr die Brust gebe?«

»Ich bitte dich!«

Die Mutter setzte sich auf ein paar Kissen und gab der Amme ein Zeichen, ihr das Kind zu reichen. Dann öffnete sie ihr Kleid und begann, die Kleine zu stillen, worauf sich deren Gesichtsausdruck augenblicklich erhellte.

Die beiden Frauen schwiegen, bis die Dienerin diskret das Gemach verlassen hatte.

Erst dann nahm auch die Königin neben Prinzessin Sangay Platz und fragte schüchtern: »Wie fühlt sich das an?«

»Unendlich friedvoll.«

»So als hätte man alles erreicht, was man sich im Leben wünscht?«

»Nein«, widersprach Prinzessin Sangay. »So, als stünde man auf der ersten Sprosse einer sehr langen Leiter und es ginge einem auf, dass die richtige Arbeit erst noch bevorsteht. Ein Kind zu bekommen, ist nicht das Ende, sondern der Anfang, und ich fürchte, Mutter zu sein, ist eine Aufgabe, die nie endet. Ich werde ihr helfen müssen heranzuwachsen, die ersten Schritte zu tun, zur Frau und vermutlich eines Tages ebenfalls Mutter zu werden.«

»Eine große Verantwortung.«

»Ja, das stimmt. Und in deinem Fall wäre diese Verantwortung noch größer, weil du deinen Sohn zum Herrscher erziehen müsstest.«

»Das ist etwas, das für mich in immer weitere Ferne rückt, glaub mir, langsam verzweifle ich. Manche Leute behaupten, dass das Blut sich immer wieder vermischen und erneuern muss, damit gesunde und starke Kinder zur Welt kommen.«

»Das ist doch nur Gerede!«

»Mag sein, aber es lässt mir keine Ruhe. Manchmal denke ich, dass vielleicht tatsächlich die Zeit gekommen ist, um unserer Dynastie neuen Lebenssaft zu schenken, auch wenn er nicht direkt vom Gott der Sonne stammt.«

»Das würde alles nur schwieriger machen, das weißt du doch. Das Volk respektiert und betet euch an, weil es davon überzeugt ist, dass ihr direkt von Manco Cápac und Mama Ocllo abstammt, also direkte Nachkommen des Schöpfergottes Viracocha seid.«

»Mir wäre es lieber, sie respektierten uns wegen unserer Verdienste und weil der Inka sich als ein gutherziger und gerechter Herrscher erwiesen hat, der sich hingebungsvoll um sein Volk kümmert.«

»Ich kenne viele gute und gerechte Männer, aber niemanden, in dessen Adern göttliches Blut fließt«, antwortete Prinzessin Sangay entschieden.

»Um Herrscher zu sein, muss man als Herrscher geboren werden.«

»Heißt das, dass du dasselbe empfinden würdest, wenn wir ungerecht und niederträchtig wären?«

»Das könntet ihr niemals sein!«

»Sei dir da nicht so sicher«, lautete die merkwürdige Antwort. »Jene, die der Inka besiegte und bestrafte, halten ihn für ungerecht und niederträchtig, obwohl er nur versucht, sie auf den Weg der Wahrheit zu führen. Es ist schwer zu begreifen, aber sie beten lieber ihre Götzen an und leben wie die Tiere. Das zwingt sie, uns zu hassen und unsere göttliche Abstammung zu leugnen.«

»Was kann man von solchen Wilden schon anderes erwarten?«

»Du sagst es! Was kann man von denen erwarten, die nicht glauben, dass unser Blut seit dem Tag, an dem die Sintflut endete, rein geblieben ist? Für sie sind wir keine Götter, und deshalb haben wir auch nicht das Recht, das Reich zu regieren und ihnen vorzuschreiben, wann sie arbeiten und wann sie sich ausruhen sollen.«

Königin Alia schüttelte ein ums andere Mal den Kopf, als versuchte sie, die bösen Gedanken zu vertreiben, ehe sie im gleichen Tonfall fortfuhr: »Hast du an unserer göttlichen Abstammung niemals gezweifelt?«

»Nein.«

»Warum nicht?«

»Weil ich ebenso wenig daran zweifle, dass der Tag Tag ist und die Nacht Nacht, dass die Berge Berge sind oder der

Fluss ein Fluss ist. Das Licht, die Farben, die Gerüche, sie sind alle da und genauso wirklich wie eure Göttlichkeit.«

»Und was wirst du an dem Tag denken, an dem der Inka stirbt, ohne einen Erben zu hinterlassen?«

»Dass das Ende der Welt gekommen ist.«

»Es wird nicht das Ende der Welt bedeuten, Sangay«, sagte die Königin leise und schüttelte den Kopf. »Die Welt wird nicht einmal dann zu Ende gehen, wenn die Götter sterben. Es wird das Ende einer Art sein, die Welt zu verstehen, aber die Welt selbst wird niemals enden.«

Sie deutete auf die Kleine, die freidlich an der Brust ihrer Mutter lag.

»Deine Tochter wird heranwachsen und zur Frau werden, und sie wird einen neuen Herrscher brauchen, dem sie vertrauen kann, aber ich bezweifle, dass sie ihn bekommt, denn bis dahin ist unsere Dynastie ausgestorben.«

Sie erhob sich, trat an das große Fenster zum Garten und blickte auf die ferne Silhouette der Steinfestung hoch über der Stadt.

Lange Zeit stand sie schweigend da, und die Prinzessin beobachtete sie ebenso schweigend, legte nur ihre Tochter an die andere Brust.

Dann fuhr die Königin, ohne sich umzudrehen, mit ihrem merkwürdigen Monolog fort: »Mein Vater hat mir beigebracht, dass das Inkareich nur so mächtig und groß wurde, weil es ihm gelang, immer neue Völker zu unterwerfen und neue Gebiete zu erobern, ohne seine Kräfte mit inneren Machtkämpfen zu vergeuden. Innere Machtkämpfe zermürben die Vornehmen, machen sie zu Tieren und ruinieren das Volk. Wenn ich vor irgendetwas Angst habe, dann davor, dass ich dem Inka keinen Sohn schenken kann und wir alles, was wir so mühevoll aufgebaut haben, für immer verlieren.«

»Der Inka wird noch viele Jahre leben.«

»Wie viele Jahre ein einzelner Mensch auch lebt, im Vergleich zur Geschichte eines Volkes sind sie nichts als ein

Seufzer. Als Mädchen brachte man mir bei, den Mann zu lieben, neben dem ich leben und sterben will, aber auch, dass das Schicksal des Inkareichs höher wiegt als das seiner Person.«

»Ich kann mir denken, dass es unglaublich schwer ist, Frau und Göttin zugleich zu sein«, gab Sangay zu, deren Ratlosigkeit von Augenblick zu Augenblick wuchs.

»Ich muss mit der Angst leben, dass ich meinen Mann vielleicht niemals wiedersehe und weiß nicht, wie ich meine Tochter allein erziehen soll, doch das sind Probleme, mit denen viele Frauen zu kämpfen haben. Du hingegen hast es viel schwerer!«, sagte sie.

»Deine Last könnte ich nicht ertragen. Die Vorstellung, dass man allein für das Schicksal der Söhne der Sonne und eines ganzen Volkes verantwortlich ist! Ich würde den Verstand verlieren.«

»Meinst du, mir geht es anders?«, antwortete die Königin, setzte sich wieder neben sie und streichelte zärtlich der kleinen Tunguragua über die Wange, die ihr daraufhin ein strahlendes Lächeln schenkte. »Wie oft ertappe ich mich dabei, dass ich Wiegenlieder für ein Kind singe, das nicht geboren werden will!«

»Es macht mich traurig, das zu hören.«

»Und mich, dass du es hören musst, aber du bist wahrscheinlich der einzige Mensch, mit dem ich offen darüber sprechen kann. Wie klein sie ist!«, sagte sie und nahm Tunguraguas Hand zwischen ihre beiden Finger. »Wie klein und wie süß!«

Dann stand sie plötzlich auf und verließ den Raum, ohne sich zu verabschieden, als hätte die sachte Berührung einen unerträglichen Schmerz ausgelöst.

Sangay blieb noch einen Augenblick reglos sitzen, als spüre sie ihren Schmerz, doch dann sah sie die Kleine, die sie mit ihren leuchtenden Augen anstarrte, ohne den Mund von ihrer Brustwarze zu nehmen.

»Was nützt es ihr, Königin zu sein?«, fragte sie, als könne das Kind ihr antworten. »Was nützt ihr all ihr Reichtum und die Macht, die sie über Leben und Tod hat? Was nützt es ihr, dass das Blut der Sonne in ihren Adern fließt? Nichts von alldem lässt sich mit dem Gefühl vergleichen, wenn meine Milch von meiner Brust in deinen Mund fließt, und zu wissen, dass wir dir, wenn dein Vater zurückkehrt – und ich weiß, dass er das tun wird –, einen kleinen Bruder schenken, mit dem du spielen kannst. Von diesem Tag an wird sich kein Reich auf dieser Welt mit uns messen können.«

10

Im Süden, jenseits der Wüste, verwandelte sich das Land der Araucanos in eine paradiesische Landschaft mit wasserreichen Flüssen, kristallklaren Seen, verschneiten Berggipfeln, dichten Wäldern und weiten, fruchtbaren Ebenen, die offenbar niemand bebauen wollte.

An der Spitze seiner Männer durchquerte Cayambe dieses Land und lieferte sich ab und an kleine Scharmützel, aus denen er manchmal siegreich, manchmal geschlagen hervorging, was aber weder seiner Zuversicht noch Entschiedenheit Abbruch tat, denn sehr bald gelangte er zu dem Schluss, dass seine Feinde, die weit über das Land verstreut lebten, es nie schaffen würden, sich zu vereinen, um seiner kleinen, aber kampferprobten Truppe von Kriegern gefährlich zu werden.

Seine Männer tauchten unvermutet einmal hier, einmal dort auf und verschwanden ebenso schnell, wie sie gekommen waren. Manchmal marschierten sie tagelang, um sich anschließend in irgendwelchen Felsspalten zu verstecken und auf der Lauer zu liegen, ohne dass die kleinste Bewegung sie verriet. Man hätte meinen können, dass sie sich in ein kleines Heer von Geistern verwandelt hatten, das an drei verschiedenen Orten gleichzeitig auftauchen konnte oder aber verschwand wie vom Erdboden verschluckt.

Die rauen Berge, die unberührten dichten Wälder und ihre Fähigkeit, sich praktisch in Luft aufzulösen, ermöglichten es ihnen, monatelang durch feindliches Gebiet zu ziehen und nicht mehr als ein halbes Dutzend Krieger zu verlieren. Cayambe hatte daher keine Gelegenheit, seine Fähigkeiten als Feldherr in die Waagschale zu werfen, aber er konnte beweisen, dass in seiner Seele ein Krieger wohnte, den seine Feinde nicht zu fassen bekamen und auf den die Bezeichnung Heuschrecke zutraf.

Auf den Tag genau ein Jahr, nachdem sie Cuzco verlassen hatten, versammelte er seine Männer und teilte ihnen endlich mit, worauf sie so sehnsüchtig gewartet hatten: »Wir haben gesehen, was wir sehen mussten«, verkündete er. »Jetzt ist es an der Zeit, nach Hause zurückzukehren.«

Die Männer fielen sich vor Freude in die Arme.

Die ganze Zeit war nicht ein Wort der Klage über ihre Lippen gekommen, doch ihre Erschöpfung war so offensichtlich wie ihre Sehnsucht, wieder zu ihren Familien zurückzukehren.

»Welchen Weg werden wir nehmen?«, fragte Pachamú. »Über die Berge oder an der Küste entlang?«

»Weder – noch«, lautete die feste Antwort. »Wir kehren über das Meer zurück.«

»Über das Meer?«, riefen einige Krieger entsetzt. »Wie soll das gehen, wenn wir nicht einmal mehr Boote haben?«

»Wir werden sie bauen.«

»Und woher willst das *totóra* nehmen?«

»Dieses Mal werden sie nicht aus Schilf sein«, entgegnete ihr Anführer selbstsicher. »Ich habe die Nase voll von diesem Schilfzeug! Dieses Mal bauen wir Flöße aus Baumstämmen und lassen uns dann von derselben Strömung, gegen die wir auf dem Hinweg ankämpfen mussten, nach Norden treiben.«

»Woher willst du wissen, ob die Strömung noch da ist?«

»Wenn das Meer noch da ist, wird auch die Strömung da sein.«

»Bist du sicher?«, fragte einer der Krieger.

»Nein, aber wir werden bestimmt Gelegenheit haben, es festzustellen.«

»Wenigstens bist du ehrlich«, lächelte Pachamú anerkennend. »Du bist dir nicht sicher, und trotzdem willst du es versuchen.«

Er zuckte die Schultern.

»Nun gut! Schließlich ist es egal, welchen Weg wir nehmen. Das Risiko ist überall das gleiche. Ich verabscheue das Meer, aber es wird gemacht, wie du befiehlst.«

Und so geschah es.

Sie suchten einen ruhigen Fluss, dessen Ufer von dicken Bäumen aus widerstandsfähigem Holz gesäumt war, bauten vier solide Flöße, banden sie mit dicken Tauen aneinander und ließen sich flussabwärts treiben, bis sie das graue, aufgewühlte Meer erreichten, das sie sofort aufnahm und sanft gen Norden trieb.

Es war eine lange, beschwerliche und tragische Reise. In einer stürmischen Nacht riss sich eines der Flöße los und verschwand samt seiner sechsköpfigen Besatzung, doch dafür tauchte eines Tages im dichten Dunst der Küste die kleine Bucht auf, von der sie vor so langer Zeit aufgebrochen waren. Die zurückgebliebenen Krieger, die dort auf sie warteten und auf ein Wunder hofften, an das jedoch niemand mehr so recht glauben mochte, trauten ihren Augen nicht, als sie sahen, wie ein Haufen ausgemergelter, zerlumpter Männer sich lachend und weinend vor Glück in den Sand fallen ließ und den Göttern dankte.

»Schick den schnellsten deiner Stafettenläufer nach Cuzco!«, befahl Cayambe dem Offizier, der das Kommando führte. »Er soll dem Inka verkünden, dass General Saltamontes und vierzehn seiner Krieger das Land der Araucanos erkundet haben und auf dem Heimweg sind.«

Prinzessin Sangay nahm die gute Botschaft so selbstverständlich auf, als hätte sie keinen Augenblick daran gezweifelt, dass es so käme. Wenn sie vor Freude weinte, dann nicht, weil sie erfahren hatte, dass ihr Mann noch lebte, sondern weil sie ihn in ihrer Nähe wusste.

Ihr Herz hatte sie niemals belogen, und während des ganzen letzten Jahres hatte es ihr ständig eingeflüstert, dass Cayambe jede Nacht, wenn er die Augen schloss, an sie und ihre kleine Tochter Tunguragua dachte.

Und wenn er nachts die Augen schloss, dann musste er am Leben sein.

Und wenn er am Leben war, würde er es schaffen, wieder nach Hause zu kommen.

Und jetzt kam er.

Er hatte die Grenzen des Reiches erweitert, er war viel weiter in das Land der Wilden vorgedrungen als irgendein Untertan des Inka jemals zuvor, er hielt sein Versprechen und kehrte zurück.

Sie nahm ihre Tochter an der Hand und kniete vor dem kleinen Altar nieder, der am Ende des Gartens den Schutzgöttern des Hauses gewidmet war. Doch kaum tat sie das, hörte sie bereits die lauten Freudengesänge der begeisterten Menschen auf den Straßen.

Da kommt sie! Da kommt sie!
Tochter der Sonne,
Gattin der Sonne,
Mutter der Sonne!
Da kommt sie! Da kommt sie!
Das Licht, das uns erhellt,
die Luft, die wir atmen,
die Wärme, die uns Leben schenkt.

Sie eilte hinaus, um die Königin willkommen zu heißen, die ihr einen solchen Beweis ihrer Freundschaft entgegenbrachte, indem sie kam, um ihr Glück mit ihr zu teilen. Sie spürte, wie herzlich die Königin sie an sich drückte, und hatte das Gefühl, dass niemand auf der Welt glücklicher sein konnte als sie in diesem Augenblick.

»Der Inka hat mir aufgetragen, dieses Haus und alle seine Bewohner zu segnen«, lauteten die ersten Worte der Herrscherin. »Niemand, niemand außer mir natürlich, hat ihm jemals so viel Freude bereitet wie du und dein Mann.«

»Mir wird schwindelig, Herrin.«

»Das freut mich«, antwortete die Königin mit einem strahlenden Lächeln. »Und ich würde mich noch mehr freuen, wenn ihr mir noch viele Gelegenheiten gebt, euch mit meiner Zuneigung und Dankbarkeit in Schwindel zu versetzen. Wir haben bereits verfügt, dass an dem Tag, an dem Cayambe in Cuzco eintrifft, das ganze Volk feiern soll. Das Fest wird fünf Tage und fünf Nächte dauern, und alle Untertanen des Inka werden *chicha* trinken und *coca* kauen dürfen. Das ist seinen Verdiensten angemessen!«

Doch das prächtige Fest sollte nie stattfinden.

An demselben Tag, als ein *chasqui* die gute Nachricht brachte, dass General Saltamontes und seine Männer nur noch einen Tagesmarsch von Cuzco entfernt waren, kniete der Befehlshaber der königlichen Garde vor dem Inka nieder.

Nachdem er lange Zeit geschwiegen hatte, als wollten ihm die Worte nicht über die Lippen kommen, sagte er mit zitternder Stimme: »Ich flehe um Erbarmen, Herr!«

»Erbarmen? Weshalb?«

»Erbarmen, weil ich eine schreckliche Nachricht überbringen muss.«

»Hast du Schuld auf dich geladen?«

»Nein, Herr!«

»Wenn die schreckliche Nachricht nichts mit dir zu tun hat, soll dir verziehen sein! Und nun sag, was du zu sagen hast.«

Der Mann zögerte. Kalter Schweiß lief ihm über die Stirn, und er zitterte am ganzen Leib. Schließlich sagte er, den Blick so tief gesenkt, dass man hätte meinen können, er wolle den Boden küssen: »Prinzessin Ima hat einen Liebhaber.«

Es war, als sei plötzlich die Nacht hereingebrochen oder als hörte die Erde auf, sich zu drehen. Der Inka setzte zu einer Bewegung an, doch dann verharrte seine Hand in der Luft und sein Blick starrte ins Leere, als wäre er plötzlich zu Stein geworden oder als sträubte sich sein Gehirn, auch nur einen einzigen Befehl an den Körper weiterzuleiten.

Der Befehlshaber der königlichen Garde wagte es nicht einmal zu atmen.

Der Sauerstoff erreichte die Lunge des Inka nicht mehr.

Er war wie in Trance, weit entfernt von dieser Welt. So kamen ihm einige Sekunden seines Lebens abhanden, die er niemals wiederfinden würde.

Nach einer Zeit, die ihm wie eine Ewigkeit erschien, stotterte er: »Was hast du da gesagt?«

»Deine Schwester Ima hat einen Liebhaber, Herr.«

»Woher weißt du das?«

»Zwei meiner Männer hörten Seufzer im Pavillon des Gartens, sie sahen nach und fanden die Prinzessin nackt beim Liebesspiel.«

»Und es besteht kein Zweifel daran, dass es die Prinzessin war?«

»Leider nicht, Herr! Sie versuchte, meine Männer mit allen möglichen Versprechen und Geschenken zu bestechen, damit sie schwiegen, aber du weißt, dass sie dir bis in den Tod treu ergeben sind.«

»Wer ist der Mann?«

Wieder betroffenes Schweigen, bis der Befehlshaber der königlichen Garde mit zitternder Stimme hervorbrachte: »Ein Sklave, Herr.«

»Ein Sklave?«, entsetzte sich der Inka, als bräche in diesem Augenblick seine ganze Welt zusammen.

»So ist es, Herr. Ein Auca-Sklave.«

»Ein Auca-Sklave!«, wiederholte der Inka, der offensichtlich nicht wahrhaben wollte, was er hörte. »Ein Wilder aus dem Wald im Osten? Eine der Bestien, die näher mit Affen verwandt sind als mit Menschen? Ich kann es nicht glauben.«

»Wenn der Herrscher es nicht glauben kann, dann wird es nicht wahr sein, Herr!«

»Ja. Recht hast du. Wenn der Inka bestimmt, dass es etwas nicht gibt, dann gibt es das nicht, so will es das Gesetz. Trotzdem behaupten deine Männer, es gesehen zu haben.«

»Sie haben sich geirrt, Herr, und werden mit dem Leben dafür büßen.«

»Dann trifft es auch nicht zu, dass die Prinzessin versucht hat, sie zu kaufen?«

»Wenn der Inka sagt, dass es nicht stimmt, kann es nicht stimmen, Herr.«

»Das hat der Inka niemals behauptet«, sagte der Herrscher. »Mit blutendem Herzen nimmt er zur Kenntnis, dass seine unwürdige Schwester das schreckliche Sakrileg begangen hat, das Blut unseres Sonnenvaters mit einem Tier aus den finstersten Sümpfen des Dschungels zu vermischen.«

»Wenn der Gottkönig sagt, dass es so war, dann muss es wahr sein, Herr.«

»Dein Herr wäre froh, wenn er wenigstens in diesem Fall das Recht hätte, sich zu irren, aber das hat er nicht. Dieses Privileg steht mir nicht zu, und daher hat meine Verpflichtung als Herrscher des Reiches Vorrang vor jeder anderen Überlegung.« Er hielt inne und fragte dann mit gebrochener Stimme: »Welche Strafe ist für ein so schändliches Verbrechen vorgesehen?«

»Der Tod, Herr!«

»Richtig, der Tod«, wiederholte der Herrscher müde. »Der langsamste und schrecklichste Tod, zu dem die Henker in der Lage sind.«

»So will es das Gesetz, Herr.«

»Das weiß ich, aber ich weiß auch, dass ich das lebendige Gesetz bin und es nach meinem Willen formen kann.«

Er überlegte einen Augenblick und befahl: »Werft den Sklaven vom Gipfel des Apurímac hinunter in den Fluss, damit er seine Leiche so weit wie möglich fortträgt.«

»So soll es sein, Herr.«

»Der Prinzessin bietest du den Giftbecher an und lässt ihr bis zum Morgengrauen Zeit. Sollte sie noch leben, wenn mein Vater, der Sonnengott, am Horizont erscheint, dann erwürge sie eigenhändig.«

»O Herr, was soll aus mir werden, wenn ich diese gewaltige Last bis in den Tod tragen soll?«

»Verlasst Cuzco, du und deine beiden Männer. Geht weit weg von hier. Und wenn ihr auch nur ein Wort verlauten lasst, könnt ihr sicher sein, dass mein Zorn euch bis in die ewige Finsternis verfolgen wird. Und jetzt geh! Ich will allein sein.«

Der Befehlshaber der Garde verließ gesenkten Hauptes rückwärts den Saal, gebeugt von der Last seines Unglücks. Der Herrscher aber blieb wie versteinert auf seinem Thron sitzen, in dem Bewusstsein, dass seine letzte Möglichkeit, einen Erben zu zeugen, sich gerade wie Salz im Wasser aufgelöst hatte.

Sein Verstand, der vom ersten Tag seines Denkens an für die Erfüllung seiner Aufgaben ausgebildet wurde, wollte einfach nicht begreifen, dass jemand, der inmitten seiner eigenen Familie geboren und dazu erzogen worden war, das göttliche Blut, das in seinen Adern floss, unter allen Umständen rein zu erhalten, gegen diesen obersten Grundsatz verstoßen und seine Herkunft verleugnet hatte.

Dass jemand wegen eines flüchtigen körperlichen Vergnügens auf seine göttliche Abstammung verzichtete, war ihm unbegreiflich, und als er daran dachte, dass das Objekt der Begierde ein Wilder gewesen war, den man nicht einmal als Menschen betrachten konnte, schüttelte er fassungslos den Kopf.

Verweigerte der Kondor den Flug, mied ein Fisch das Wasser oder verschwände der Mond auf immer hinter den Bergen, gäbe es vielleicht eine Erklärung dafür, die sein Verstand hätte begreifen können.

Dass aber eine direkte Nachfahrin der Sonne auf ihre Unsterblichkeit verzichtete und das Vertrauen verriet, das ihr Generationen von Vorfahren geschenkt hatten, die das mächtigste Reich auf der ganzen Erde aufbauten, dafür gab es keine Erklärung.

Und dass es überhaupt geschehen konnte, ließ ihn zweifeln. Zweifeln an sich selbst, an seiner göttlichen Abstammung und an der Reinheit des Blutes, das in seinen Adern floss.

An seinen Vorfahren und an seinen Göttern.

Sogar an seiner Macht, da er nicht in der Lage gewesen war, zu verhindern, dass dieses Sakrileg unter seinem eigenen Dach geschah.

Im Gartenpavillon!

Diesen idyllischen Ort, an dem die Königin ehrfurchtsvoll jeden Morgen auf die ersten Sonnenstrahlen wartete und ihren Vater, den Sonnengott, um Beistand bat, sodass sie endlich einen Sohn gebären konnte, hatten sich diese elenden Würmer ausgesucht, um mit ihrem Schleim den Altar zu besudeln, vor dem die Königin kniete.

Verflucht seien sie!

Tausendmal verflucht!

Vielleicht hatte er sich geirrt, vielleicht reichte der Tod nicht aus.

Vielleicht hätte er dem Gesetz Genüge tun und zulassen sollen, dass die Henker sie tagelang folterten.

Vielleicht war ein Augenblick des Schreckens nicht genug, um für das Unheil zu bezahlen, das sie angerichtet hatten.

Wer würde ihm nun einen Sohn schenken?

Was, wenn die Königin versagte?

»Willst du wirklich, dass ich das trinke?«

Er hob das Gesicht und sah sie. Stolz und herausfordernd stand sie vor ihm und hielt einen großen goldenen Becher in der Hand.

»Soll ich so sterben?«, fragte sie.

»Wer hat dir erlaubt, mir unter die Augen zu treten?«

»Der Tod«, antwortete Prinzessin Ima erstaunlich gelassen. »Er wartet in meinen Gemächern auf mich und hat mir bis zum Morgengrauen Zeit gelassen, und da ich jetzt weiß, dass er mein einziger Gebieter ist, muss ich nur ihn fragen, was ich tun darf oder nicht.«

Sie machte eine kurze Pause und fügte hinzu: »Bis zum Morgengrauen.«

»Geh!«

»Nicht, ehe du mir geantwortet hast. Willst du das wirklich?«

»Ja.«

»Du Glücklicher, du hast immer gewusst, was du willst! Ich hatte dieses Glück nicht. Ich wurde im selben Bauch gezeugt, vom selben Vater, ich schlief in derselben Wiege wie du, aber ich hatte niemals einen Platz auf dieser Welt.«

»Man hat ihn dir tausendmal zugewiesen, aber du wolltest nicht hören.«

»Tausendmal, oh ja, viel zu oft. Aber vom ersten Tag an widersetzte ich mich, ohne zu wissen, was ich tat.«

Plötzlich zog sie ein scharfes kleines Messer aus dem Ärmel ihres Gewandes und ritzte sich rasch und tief ins Handgelenk, sodass ihr das Blut über die Hand strömte und zu Boden tropfte.

»Schau, mein Blut!«, rief sie. »Sieh es dir genau an, denn es ist dasselbe, das in deinen Adern fließt, nur fürchte ich, dass es auch dasselbe ist wie in den Adern von Abermillionen anderer Frauen und Männer. Dasselbe wie das des Mannes, den ich liebe.« Sie schüttelte heftig den Kopf: »Es ist nicht das Blut der Götter! Es ist bloß Blut!«

»Schweig! Genug der Götterlästerung! Deine Verbrechen sind schlimm genug!«

»Verbrechen sagst du?«, erwiderte sie ungläubig. »Ist es ein Verbrechen, jemanden zu lieben, der mir wegen seiner Schönheit und Zärtlichkeit wie ein Halbgott erscheint? Ist es ein Verbrechen, wenn ich wie unsere Vorfahren Frau und Mutter sein will? Ist es ein Verbrechen, wenn ich nicht will, dass du mich eines Tages benutzt und wieder wegwirfst, so wie du deine Kleider benutzt und dann verbrennen lässt? Wenn das meine Verbrechen sind, so sterbe ich gern dafür.«

»Geh und stirb woanders.«

»Keine Angst, das habe ich vor. Wenn ich den Inhalt dieses Bechers trinke, will ich dein Gesicht nicht sehen, auf dem sich nur Hass oder Gleichgültigkeit spiegeln. Ich will weder deine Stimme hören noch deine Anwesenheit spüren. Ich werde die Augen schließen und an das Gesicht des Mannes denken, den ich liebe, ich will seine Stimme hören, seinen Geruch einatmen und seine Haut fühlen. Ich will in Frieden sterben, aber an dem Ort, an dem du weilst, wird niemals Frieden sein.«

»Der Friede erwächst aus meiner Brust, seit vielen Jahren schon«, entgegnete ihr Bruder ohne Groll oder Verbitterung. »Ich weiß es, weil er die Liebe zu meiner Frau speist. Dass du ihn nicht sehen kannst, liegt nicht an mir. Niemals habe ich dir einen Blick des Hasses oder der Gleichgültigkeit zugeworfen, du täuschst dich. Vielleicht der Unsicherheit, das gebe ich zu. Vielleicht fragte ich mich, warum du stets eine Bedrohung für ein Glück dargestellt hast, das sonst keine Wolke zu trüben vermag. Deine ständige Anwesenheit erinnerte mich daran, dass ich eines Tages vielleicht gezwungen wäre, dir gegenüber Liebe zu heucheln, obwohl ich weiß, dass ich in diesem Leben nur deine Schwester lieben kann.«

»Und warum musste ich das ertragen?«

»Weil du dazu bestimmt warst.«

»Wer hat es bestimmt?«

»Dein Blut.«

»Dann verzichte ich darauf.«

»Zu spät. Aber dein Blut verzichtet nun auf dich, und du kannst sicher sein, dass unser Vater, der Sonnengott, dich nicht zu sich nehmen wird. Du wirst die Ewigkeit im ewigen Eis verbringen, dort, wo die Herzen erstarren und die Menschen durch das Nichts irren. Uns wurde die einzigartige Gabe geschenkt, mit dem Licht und der Wärme des Tages Leben zu zeugen, du aber hast dich für die Kälte und die Finsternis der Nacht entschieden ...«

»Wahre Liebe unterscheidet nicht zwischen Tag und Nacht. Im Übrigen bezweifle ich, dass du darüber zu befinden hast, wo ich die Ewigkeit verbringe. Sobald ich diesen Becher austrinke, wirst du keine Macht mehr über mich besitzen. Ich weiß, dass du kein Gott bist, sondern auch nur ein Mensch. Und weißt du, woher? Weil mir von Anfang an klar war, dass auch ich nur eine armselige Frau bin, obwohl ich als deine Schwester ein Leben lang wie eine Göttin behandelt wurde. Vergiss das nicht! Du bist wie jeder andere, und wie jeder andere wirst auch du sterben, und dein Vater, den du so anbetest, wird nur deine Haut austrocknen und deine Knochen bleichen.«

Sie trat aus dem Saal, wie sie gekommen war, ein lautloser Schatten, und ließ ihren Bruder und Gebieter als gebrochenen Mann zurück.

11

Prinzessin Imas plötzlicher ungeklärter Tod stürzte das Inkareich in große Verunsicherung.

Auf die Trauer folgte Ratlosigkeit und später Entsetzen darüber, dass mit ihrem Tod die letzte Möglichkeit vertan schien, einen Erben für den Thron des Reiches zu zeugen. Es war kein Geheimnis, dass die Rolle der Verstorbenen allein darin bestanden hatte, auf den Tag zu warten, an dem sie vielleicht ihre Funktion als Mutter des zukünftigen Inka zu erfüllen hätte.

Daher trauerte in Wahrheit kaum jemand um die Prinzessin, sondern vielmehr um ihren Sohn, der nun niemals das Licht der Welt erblicken würde.

Ein Volk, das nicht länger von einem direkten Nachfahren der Sonne regiert wurde, war verloren und unweigerlich dem Untergang geweiht.

Zumindest hatte man die Menschen im Inkareich seit Generationen in diesem Glauben gehalten.

Nicht wenige hofften, dass ein Sohn, der vom Inka und der allseits bewunderten Prinzessin Sangay gezeugt würde, die Mindestanforderungen erfüllen könnte, die an einen zukünftigen Herrscher des Reiches gestellt wurden. Doch diese letzte Hoffnung hatte sich bereits in Luft aufgelöst, denn Prinzessin Sangay war keine Jungfrau mehr und konnte daher niemals Königin werden.

Die Schlinge zog sich immer enger zu.

Die Möglichkeiten schwanden mit beunruhigendem Tempo.

Wenn die Königin nicht schwanger wurde oder, was noch schlimmer wäre, erneut eine Fehlgeburt hätte, würde Chaos über das mächtige Reich hereinbrechen, das mehr als dreihundert Jahre lang das Schicksal der bekannten Welt bestimmt hatte.

Königin Alia war zutiefst entsetzt über den schrecklichen Tod ihrer Schwester.

Sie kannte die Wahrheit.

Als sie ihre Schwester im Bett fand, ihr bleiches, friedliches Gesicht und das Blut auf ihrer Hand und auf der Tunika entdeckte, wusste sie, was geschehen war.

Zwar hatte ihr Bruder, Gatte und Gebieter zuerst versucht, sie zu täuschen, doch sie kannte ihn zu gut, um nicht zu ahnen, dass er für das, was sich dort zugetragen hatte, die alleinige Verantwortung trug.

»Warum?«, fragte sie.

»Weil sie einen Liebhaber hatte.«

Ihre Reaktion war merkwürdig und verwirrend, denn nach kurzem Nachdenken fragte sie vorwurfsvoll: »Warum musstest du auch deine ganze Liebe mir schenken? Warum hast du ihr nicht ein Plätzchen in deinem Herzen gelassen? Nur ein kleines Plätzchen in deinem Bett, damit sie sich nicht so verstoßen fühlte? Sie hätte dir mit Leichtigkeit einen Sohn schenken können, diesen Erben, von dem wir alle träumen und der mir von den Göttern verwehrt wird.«

Sie schwieg einen Moment.

»Herr, o Herr!«, klagte sie sodann. »Wie ungerecht du sein kannst! Selbst wenn du beschließt, Glück mit vollen Händen zu verteilen! Ich brauchte nicht so viel! Ich habe nie so viel gebraucht.«

»Ihr Liebhaber war ein Wilder, ein Auca!«

»Du stehst vor der Leiche deiner Schwester, die du selbst hast umbringen lassen, und bezeichnest andere als Wilde?«, entgegnete sie scharf. »Selbst ein Raubtier respektiert das Leben seiner Artgenossen, ganz zu schweigen von einem Wilden.«

Sie schüttelte heftig den Kopf und fügte dann leise hinzu:

»Zu welch schrecklichen Taten hat uns diese verrückte Besessenheit getrieben, um jeden Preis unser Blut rein zu erhalten! Wozu sind wir noch fähig, um unsere Machtgier zu befriedigen?«

»Es ist nicht Machtgier.«

»Nein? Was ist es dann?«

Die Königin sah ihren Bruder herausfordernd an.

»Die Befolgung des göttlichen Willens«, entgegnete dieser mit harter Stimme.

»Haben die Götter dir befohlen, unsere Schwester umzubringen? Haben sie dir befohlen, ein armes Wesen zu töten, das sich nur nach Liebe und Zärtlichkeit sehnte? Ich kann das nicht glauben!«

»Es wird dir gar nichts anderes übrig bleiben, denn es ist das Gesetz, und du selbst hast mir das Gesetz beigebracht, als ich kaum laufen konnte. Du hast mich zu dem erzogen, was ich bin, und du hast nicht das Recht, mich jetzt dafür anzuklagen, dass ich dieses Gesetz, das nicht ich gemacht habe, respektiere und befolge.«

Er deutete auf die blasse Leiche.

»Glaubst du etwa, ich wäre glücklich? Glaubst du, mein Herz wäre nicht in tausend Stücke zersprungen? Meine Augen brennen, weil ich keine Tränen vergießen kann, denn du hast mir beigebracht, dass ein Herrscher niemals weint. Mein Hals schmerzt, weil ich nicht schreien kann, denn du hast mir beigebracht, dass ein Herrscher niemals schreit. Und mein Herz blutet, weil ich keine Reue empfinden kann, denn du hast mir beigebracht, dass ein Herrscher seine Taten niemals bereuen darf.«

»Es tut mir leid.«

»Was tut dir leid? Das, was geschehen ist, oder dass du mich zu dem gemacht hast, was ich bin?«

»Dass ich dich zu dem gemacht habe, was du bist, denn sonst wäre das, was geschehen ist, niemals passiert. Ich wollte nie, dass es so weit kommt«, erklärte sie. »Auch Ima habe ich nach der Geburt als Erste in die Arme genommen. Und das Blut, das du siehst, ist dasselbe, das in unseren Adern fließt. Das Blut der Sonne, wie du immer sagst.«

»Nein«, widersprach sie. »Wie du es mir immer sagst!«

»Wie auch immer!«, lautete die müde Antwort.

Lange hielten sie schweigend die Totenwache, verwirrt und ratlos. Wie alle Trauernden konnten sie nicht verstehen, dass jemand, der nur einen Tag zuvor noch geatmet und gesprochen hatte, plötzlich nur starres kaltes Fleisch war.

Schließlich sagte die Herrscherin mit gebrochener Stimme: »Sobald sie bestattet worden ist, werde ich mich in den Tempel der Jungfrauen zurückziehen. Ich muss über alles, was geschehen ist, nachdenken. Vor allem über unser Leben, denn sonst würde ich unter dieser Belastung zusammenbrechen.«

»Und was wird aus mir?«

»Das weiß ich nicht. Ich glaube, dass wir endlich lernen müssen, ohne den anderen zu leben.« Sie sah ihm in die Augen. »Hast du dir nie klar gemacht, dass wir in unserem ganzen Leben nicht einen Tag getrennt waren? Nicht einen einzigen Tag!«

»Ich habe auch nicht einen Tag aufgehört zu atmen. Oder zu essen, zu trinken und zu schlafen. Und ich weiß, dass ich leben könnte, ohne zu essen, zu trinken und zu schlafen. Vielleicht sogar ohne zu atmen! Aber niemals, ohne dich zu sehen!«

»Dann wird es Zeit, dass du es lernst«, entgegnete sie und verließ den Saal.

Die kommenden Monate waren eine einzige Qual. Es kam ihnen vor, als hätte der gefürchtete schwarze Kondor seine riesigen düsteren Schwingen über das ganze Reich gebreitet.

Wie ein Umnachteter irrte der Inka durch die kalten Säle des Palastes auf der Suche nach seiner Geliebten oder saß stundenlang im Garten der Sonne im Westflügel des Palastes, wo es nichts Natürliches gab, denn von den Bäumen bis zu den Blumen und unzähligen Nachbildungen der Tiere bestand alles aus feinstem, sorgfältig gearbeitetem Gold, in dem sich die Strahlen der Abendsonne tausendfach spiegelten.

Dieser einzigartige Garten, für dessen Anlage Hunderte von Goldschmieden fast ein halbes Jahrhundert gebraucht hatten, war in der ganzen Menschheitsgeschichte sicher die gewaltigste Zurschaustellung von Reichtum und Macht eines Herrschers.

Für den Inka jedoch, der in seiner Kindheit zwischen den goldenen Sträuchern Verstecken gespielt oder mit seiner Schleuder auf die smaragdäugigen Vögel im Blattwerk geschossen hatte, war er nur einer von vielen Orten, an denen er nun allzu oft seinen wehmütigen Erinnerungen nachhing.

In diesem Garten hatte er an der Hand seiner großen Schwester die ersten Schritte gemacht.

In diesem Garten hatte er zum ersten Mal die festen Brüste seiner Schwester bewundert.

In diesem Garten hatte er im Mondschein warmer Sommernächte seine Schwester unzählige Male geliebt.

Seine Schwester, seine Lehrerin, seine Freundin, seine Gemahlin, seine Beraterin, seine Geliebte ...

Jetzt hatten ihn alle sechs auf einmal verlassen.

Daran gewöhnt, je nach Tageszeit oder Gemütsverfassung die eine oder andere aufzusuchen, kam er sich vor wie ein Waisenkind. Sein Leben war über Nacht öde geworden, so einsam und unwirtlich wie die Wüste von Atacama.

Was blieb ihm noch, abgesehen vom Garten der Sonne, zehn Palästen, zwanzig Städten, mehr als zweitausend Dörfern und vier Millionen Untertanen?

Was nutzten ihm seine Heere, seine Festungen oder die unzähligen Tempel, wenn er die Stimme, nach der er sich so sehnte, nicht mehr hören konnte?

Was sollte er mit den riesigen Lama-, Alpaka- und Vikunyaherden anfangen, wenn ihr strahlender Blick nicht mehr auf ihm ruhte?

Was nützte es ihm, als Sohn der Sonne geboren worden zu sein, wenn in der Nacht das Licht des Mondes den Körper, nach dem er sich sehnte, nicht länger überflutete?

Es war eine entsetzliche Zeit.

Mit dem Inka litt das ganze Reich.

Mit dem Inka stöhnte das Reich.

Und obwohl kein einziger Ton der Klage über seine Lippen kam, wusste jeder im ganzen Land, dass sein Herz vor Schmerzen schrie.

»Was können wir für ihn tun?«, fragte Cayambe, als fast ein halbes Jahr später deutlich wurde, dass es keine Hoffnung auf eine Besserung der Lage gab.

»Nichts«, antwortete seine Frau mit fester Stimme. »Das Einzige, was man dem Inka verweigern muss, ist Mitleid. Diejenigen, die es am gebührenden Respekt mangeln lassen, die ihn kränken oder verraten, lässt er entweder zu *runantinyas* verarbeiten, oder er verzeiht ihnen und schickt sie ins Exil, wenn sie Glück haben. Aber wer ihm Mitleid entgegenbringt, ist verloren, für den gibt es keine Gnade.«

»Warum?«

»Weil das, was er tut, die Rolle der Mächtigen und der Götter ist. Mitleid mit ihnen zu haben hieße, sie von ihrem hohen Podest zu stürzen, da kennen sie kein Pardon. Das Beste, was wir im Augenblick tun können, ist, ihn in Ruhe zu lassen.«

»Er ist dabei, sich selbst zu zerstören.«

»Ich weiß, aber die Einzige, die ihn aus seinem Stumpfsinn retten kann, ist die Königin. Ich will versuchen, mit ihr zu sprechen.«

Königin Alia erklärte sich bereit, ihre alte Freundin im Tempel der Jungfrauen, in den sie sich zurückgezogen hatte, zu empfangen. Auf dem kalten Boden ihrer winzigen Zelle lagen nur eine Decke und eine ärmliche Schale, in der man ihr zweimal am Tag nichts als einen schlichten Maisbrei zu essen gab.

»Warum tust du das?«, fragte Prinzessin Sangay entsetzt, als sie neben ihr Platz nahm. »Warum setzt du deine Gesundheit und mit ihr das Glück des Reiches und die Zukunft von Millionen Menschen aufs Spiel, die dich verehren und lieben?«

»Weil ich meinen Geist stärken muss«, antwortete die Königin gelassen.

»Und auch meinen Körper«, fügte sie dann lächelnd hinzu. «Mein Leben in Luxus, Wohlstand und Überfluss hat keine Früchte getragen. Vielleicht bin ich wie ein Kaktus, dessen Wurzeln verfaulen, wenn er zu oft gewässert wird. Die Mehrzahl der Frauen in den Dörfern hat gerade genug zu essen, um nicht zu sterben; sie schlafen auf dem Boden, und sie frieren, und doch bringen sie unzählige Kinder zur Welt. Warum sollte es bei mir anders sein?«

»Weil du die Königin bist.«

»Da täuschst du dich. Ich bin keine Königin, höchstens eine Bienenkönigin. Millionen von Bienen schuften von morgens bis abends unter der sengenden Sonne, um mich zu füttern, in der Hoffnung, dass ich für die Aufrechterhaltung des Reiches sorge, doch ich versage.«

»Du marterst dich zu sehr, und das ist nicht gut! Weder für dich noch für den Inka. Er geistert wie ein düsterer Schatten durch den Palast ... Wenn du mir erlaubst, dass ich mit dir spreche wie mit einer Freundin, nicht wie mit einer Königin, so sage ich dir, dass dein Platz an der Seite deines Mannes ist. Es ist deine Pflicht, ihn jede Nacht leidenschaftlich zu lieben und dann in Ruhe abzuwarten, dass die Natur für den Rest sorgt.«

»Leicht gesagt, immerhin hast du neun Monate nach deiner Heirat ein Kind geboren«, erwiderte die Königin und konnte sich ein Lächeln nicht verkneifen. »Ich bin überrascht, dass du noch nicht wieder schwanger bist.«

»Ich werde nicht eher schwanger, ehe du einen Sohn in dir trägst.«

»Was willst du damit sagen?«

»Dass die Frauen von Cuzco einen Schwur abgelegt haben. Wir werden nicht schwanger werden, bis der neue Inka geboren ist.«

»Was für ein Unsinn!«, protestierte die Königin beunruhigt. »Wer ist denn auf diese Idee gekommen?«

»Alle und niemand«, erklärte Sangay gelassen. »Wir wollen den Göttern nur ein bisschen Druck machen.«

»Die Götter lassen sich nicht unter Druck setzen«, widersprach die Königin. »Ich muss es wissen, denn ich lebte mit zweien, meinem Vater und meinem Mann.«

»Ich meinte nicht diese Art von Göttern. Ich dachte an die launischen Götter der Fruchtbarkeit, die zulassen, dass ein einfaches Mädchen, das in den weißen Sandalen der Jungfräulichkeit heiraten wollte, noch vor der Hochzeitsnacht schwanger wird, auf der anderen Seite aber das Flehen derjenigen, die es sich seit Jahren inbrünstig wünschen, gleichgültig überhören.«

»Das Ganze ist kindisch, und ich befehle, dass diesem Unsinn sofort ein Ende gemacht wird! Das Reich braucht Männer, die es groß und stark machen. Es ist sehr wahrscheinlich, dass ich keinen Sohn mehr gebären werde, und wenn sich die Frauen an diesen Schwur hielten, ginge dem Inkareich eine ganze Generation verloren. Sein Überleben wäre dann gefährdet.«

»Wenn du hierbleibst, wirst du nicht einmal einen Sohn empfangen können«, sagte die Prinzessin leise und sah sich in der kleinen Zelle um. »Der Tempel der Jungfrauen, in den seit zweihundert Jahren kein Mann einen Fuß gesetzt hat, ist meines Erachtens nicht gerade der geeignete Ort, um schwanger zu werden ... Geh zu deinem Gatten zurück, wärme ihm das Bett, erfreue sein Herz und bring Glück über dein Volk.«

»Noch bin ich nicht so weit.«

»Warum nicht?«

»Imas Tod ist noch zu nah. Und obwohl ich es nie zeigen konnte, habe ich sie geliebt.«

»Ich weiß.«

»Du ja, aber ich fürchte, sie nicht.«

»Warum glaubst du das?«

»Weil sie so starb, wie sie starb. Hätte ich nicht meine ganze Seele und meinen Körper dem Inka gewidmet, hätte ich ihr vielleicht das bisschen Liebe geben können, das sie so sehr brauchte.«

»Bestrafst du dich jetzt dafür?«, fragte Prinzessin Sangay ernst. »In diesem Fall reihst du nur einen Fehler an den anderen, denn mit deinem Verhalten bestrafst du zugleich Millionen unschuldiger Menschen, die sich von dir im Stich gelassen fühlen. Das Volk braucht einen Spiegel, in dem es sich wiedererkennen kann: den seiner Herrscher, die es lenken und beschützen. Doch nun, da sich die Königin in einen Tempel zurückgezogen hat und der Herrscher die Orientierung zu verlieren scheint, weiß das Volk nicht, wohin es sich wenden soll, denn es hat niemals gelernt, eigenständig zu existieren.«

Sie drückte ihr fest die Hände.

»Wenn du wirklich glaubst, dass du einen Fehler begangen hast, dann tu Buße, aber lass bitte nicht dein Volk dafür leiden.«

»Glaubst du, dass das die richtige Art ist, mit deiner Königin zu sprechen?«

»Nein, Herrin! Aber mit einer Freundin, und hier in dieser spartanischen Zelle sehe ich nicht die Königin, sondern die Freundin, die Hilfe braucht.«

»Würde ich dich nicht so sehr lieben, ließe ich dich auspeitschen!«

»Das kannst du tun, aber es wird mich nicht hindern, dir das zu sagen, was ich denke.«

»Das brauchst du nicht zu beweisen. Ich weiß, dass dich nichts daran hindern könnte, deine Meinung zu sagen, nicht einmal, wenn man dir die Lippen zunähen würde. Schon gut!«, schloss sie.

»Ich werde gründlich über das nachdenken, was du mir gesagt hast.«

»Wie lange?«

»Das weiß ich noch nicht. Lass mir noch etwas Zeit!«

12

»Wird sie zurückkehren?«, fragte Cayambe ungeduldig, als seine Frau die große Terrasse betrat, wo er seiner Tochter Tunguragua zeigte, wie man mit großen bunten Kreiseln spielt.

»Ja!«

»Wann?«

»Das kann ich dir nicht sagen«, antwortete Sangay achselzuckend. »Sie ist sehr verwirrt, und wie ich vermutete, hat der plötzliche Tod von Prinzessin Ima irgendeinen dunklen Hintergrund. Wäre sie wirklich eines natürlichen Todes gestorben, würde die Königin trauern, aber sie hätte keinen Grund, sich schuldig zu fühlen.«

»Schuldig?«, wiederholte Cayambe erstaunt. »Schuldig woran?«

»Woher soll ich das wissen?«, entgegnete sie. »Schuldgefühle sind etwas sehr Persönliches. Ich habe gehört, dass die Bergstämme nichts dabei empfinden, wenn sie junge Mädchen vergewaltigen, morden und ganze Dörfer niederbrennen. Es könnte auch daran liegen, dass die Königin mit der Last ihrer Verantwortung nicht fertig wird.«

»Das würde mich nicht wundern«, erklärte ihr Gatte. »Einer meiner Männer ist gerade aus Cajamarca zurückgekommen. Er berichtete mir, dass der dortige Gouverneur sich mit seinen Kaziken beraten hat, ob sie sich vom Inkaherrscher lossagen sollten, falls die Thronfolge nicht bald geklärt wird. Und wenn sich erst einmal eine Provinz losgesagt hat, werden andere ihrem Beispiel sicher folgen.«

»Das würde den langsamen Niedergang des Reiches nach sich ziehen, Chaos und wahrscheinlich einen Bürgerkrieg mit ungeahnten Folgen«, sagte die Prinzessin. »Die Königin ist sich dessen bewusst. Sie weiß, dass die Neider, die seit Jahrhunderten auf den richtigen Augenblick warten, in kürzester Zeit zur Stelle sein werden.«

»Was können wir tun?«

»Beten.«

»Ist das alles?«, antwortete Cayambe entsetzt. »Dem Inkareich droht der Untergang, und wir können nichts tun, als zu beten? Das will ich nicht akzeptieren!«

»Fällt dir etwas Besseres ein?«, erwiderte seine Frau und nahm die müde gewordene Kleine auf den Arm. »Wenn der Kriegsgott erwachte und unsere ärgsten Feinde, die Chancas, uns überfielen, würdest du dich ihnen entgegenstellen, und ich weiß, dass du sie schlagen könntest. Wenn der Gott Pachacamac, ›der Erderschütterer‹, erneut den Boden unter unseren Füßen erzittern ließe und Tempel, Festungen und Paläste zum Einsturz brächte, würden wir zusammenhalten und sie wieder aufbauen, so wie wir es schon immer getan haben.«

Sie streichelte die Wange von Tunguragua, die, das Köpfchen an ihre Brust geschmiegt, eingeschlafen war, und schloss: »Wenn aber die Götter der Fruchtbarkeit sich weigern, die Königin zu segnen, können wir nichts anderes tun als zu versuchen, sie mit unseren Gebeten umzustimmen.« Sie zeigte auf die Kleine und sagte: »Ich bringe sie ins Bett.«

Während Prinzessin Sangay mit Tunguragua auf dem Arm im benachbarten Zimmer verschwand, ließen ihre Worte Cayambe noch verwirrter als sonst zurück. Gedankenverloren, fast ohne es zu merken, sammelte er die Kreisel auf, die überall auf der Terrasse verstreut lagen. Schließlich stützte er sich auf die Brüstung und blickte auf die Berge im fernen Westen, wo die Sonne gerade unterging.

Es war die schönste Stunde des Tages. Von dieser Stelle aus konnte er das ganze Goldene Viertel überblicken mit seinen prächtigen Tempeln, die der Sonne, dem Mond, den Sternen und dem Regen geweiht waren, und der herrlichen Anlage Inti-Pampa, auch Sonnenplatz genannt, in dessen Mitte ein riesiger vergoldeter Monolith aus schwarzem Stein stand. Aus Gold waren auch die Alpakas, Lamas und Vikunyas, die lebensgroß auf den heiligen Weiden der Götter grasten.

Wenn die Strahlen der untergehenden Sonne schräg auf die Tempel, Paläste und Häuser im unteren Teil von Cuzco fielen, wo die Herrscher und die Vornehmen lebten, entlockten sie ihren Giebeldächern die unglaublichsten Lichteffekte.

Diese Dächer waren scheinbar mit demselben »Stroh« gedeckt wie die der armen Bevölkerungsschichten im oberen Teil von Cuzco. Der einzige Unterschied bestand darin, dass sie kostspielige »Imitationen« aus feinem Blattgold waren, von geschickten Goldschmieden so gearbeitet, dass sie echtem Stroh zum Verwechseln ähnlich sahen.

Zu jener Zeit waren im Goldenen Viertel von Cuzco mehr Gold und Silber vorhanden als Stein und Holz. Cayambe ließ zum x-ten Mal den Blick über die einzigartige Harmonie der Stadt schweifen und empfand einen ungeheuren Stolz auf seine Wurzeln.

Auf seinen Reisen und Expeditionen war er weiter herumgekommen als irgendeiner seiner Zeitgenossen. Er hatte die Gelegenheit gehabt, Sitten und Gebräuche anderer Völker kennenzulernen und sich mit eigenen Augen davon zu überzeugen, wie wenig entwickelt die primitiven Stämme außerhalb der Reichsgrenzen waren. Daher fiel ihm der abgrundtiefe Unterschied, der zwischen der Hochkultur der Inkas und der Rückständigkeit ihrer Nachbarn herrschte, umso stärker auf.

Unter den Dächern, die er gerade betrachtete, egal ob aus Gold oder Stroh, wohnten Ärzte, Lehrer, Baumeister, Brückenbauer, Goldschmiede, Astronomen, Chronisten, Generäle, Priester und Staatsdiener, die den größten Teil ihrer Zeit mit Herz und Seele daran arbeiteten, das Reich des Inka voranzubringen und den Wohlstand seiner Untertanen zu mehren.

Es war eine harmonisch aufgebaute Welt, in der jeder Mensch und jeder Gegenstand seinen Platz hatte.

Und weil es diesen Platz gab, herrschte die Ordnung und formte das Gegenteil von Anarchie und Chaos, die dort begannen, wo man die letzte Grenzbefestigung des Reiches hinter sich ließ.

Warum?

Wie konnte es eine solch unüberwindliche Kluft zwischen einem Volk und seinen Nachbarn geben?

Warum war das Inkareich inmitten eines dunklen Ozeans aus Rückständigkeit und Barbarei zu einer Insel des Fortschritts geworden, auf der Gerechtigkeit und Wohlstand herrschten?

Die Antworten, die er auf diese Fragen erhalten hatte, waren immer die gleichen gewesen. Die Inkas seien das von den Göttern auserwählte Volk, und der beste Beweis für diese Behauptung sei, dass sie ihnen als Herrscher einen Gottkönig zugestanden hätten.

Wenn er von der Terrasse seines prächtigen Palastes auf Cuzco hinabblickte, musste er zugeben, dass es tatsächlich ein Wunder war.

Ein übernatürliches Phänomen, das man nur dem direkten Eingreifen der Götter zuschreiben konnte. Es kam nicht darauf an, ob sie Viracocha, Sonne, Mond oder Pachacamac hießen.

Hier, von genau dem Punkt, an dem er sich befand, mitten im Herzen des Goldenen Viertels, hatte etwas seinen Ausgang genommen, das sich unterschied von allem, was vorher dort existierte und in den kommenden Zeiten existieren würde.

Warum?

Woher war es gekommen?

Als Prinzessin Sangay Tunguragua zu Bett gebracht hatte

und beim Zurückkommen Cayambes Gesichtsausdruck sah, schreckte sie zusammen.

»Was ist los?«, fragte sie besorgt.

»Nichts.«

»Du siehst so nachdenklich aus.«

»Ich weiß nicht. Aber vielleicht hast du recht! Ich fragte mich gerade, wie es sein kann, dass es eine solch vollkommene Stadt gibt.«

»Das haben wir Viracocha zu verdanken«, erklärte seine Frau spontan.

»Das habe ich schon millionenfach gehört«, entgegnete Cayambe verdrießlich. »Aber ich meine etwas anderes. Warum hat dieser Gott ausgerechnet unser Volk und diesen Ort gewählt?«

»Es war kein Gott.«

»Was sagst du da?«, fragte Cayambe jetzt vollends verwirrt.

»Dass Viracocha, der Schöpfergott, gar kein Gott war«, erklärte Prinzessin Sangay überraschend gelassen.

»Nein? Was war er dann?«

»Ein Mensch.«

»Ein Mensch?«

»Ja, ein gewöhnlicher Mensch, der von weither kam.«

»Wie kannst du es wagen, so etwas zu behaupten? Das ist Ketzerei!«

»Nein, das ist die Wahrheit.«

»Woher willst du das wissen?«

»Es ist nur eine Geschichte, die in meiner Familie seit Generationen überliefert wurde. Meine Vorfahren kannten Viracocha schon, bevor die Inkas ihm begegneten.«

»Wovon redest du eigentlich?«

»Davon, woher Viracocha in Wirklichkeit stammte und wie er hierher kam. Willst du es wissen?«

»Natürlich«, entgegnete Cayambe selbstbewusst, obwohl er ein seltsam mulmiges Gefühl dabei hatte.

»Bist du wirklich bereit, etwas zu hören, dass allem widerspricht, was man dir bislang beigebracht hat?«

»Die Wahrheit hat noch niemandem geschadet.«

»Wenn du dich da nicht gewaltig täuschst«, sagte sie fast unhörbar. »Die Wahrheit tut weh, weil sich der Schaden, den sie anrichtet, nicht mehr beheben lässt. Wenn eine Lüge einen verletzt, kann die Wunde heilen, wenn man feststellt, dass es sich um eine von vielen Lügen handelte. Wahrheit aber existiert immer nur einmal, und es gibt kein Mittel, um diesen Schmerz zu lindern.«

»Trotzdem«, beharrte ihr Mann.

»Na schön«, erklärte sie, setzte sich auf eine Steinbank, die sich über die gesamte Länge der Brüstung erstreckte, und forderte ihn mit einer Geste auf, neben ihr auf der Bank Platz zu nehmen.

»Vor unsäglichen Zeiten«, begann sie, »tat sich der Himmel auf, und es regnete und regnete, tagelang, monatelang, es blitzte und donnerte, und es stürmte so heftig, dass man hätte meinen können, das Ende der Welt stünde bevor.«

Sie seufzte so tief, als hätte sie diese Katastrophe selbst miterlebt.

»Mein Volk, das seit Anbeginn der Zeit an der Küste lebte, hatte noch nie etwas Vergleichbares erlebt.«

»Die große Sintflut«, nickte Cayambe, als wäre das etwas, an dem es keinen Zweifel gab. »Schon als kleiner Junge habe ich davon gehört.«

»Meine Vorfahren erzählen, während dieses gewaltigen Unwetters sei ein seltsames Boot an der Küste gestrandet. Es sei hundertmal größer als die größten Boote im Titicacasee und ganz aus Holz gewesen.«

»Aus Holz? So wie ein Floß?«

»Nein! Eher so etwas wie ein riesiges Holzhaus mit drei Stockwerken. Meine Vorfahren sahen verblüfft mit an, wie das Boot von den riesigen Wellen gegen das Riff geschleudert wurde und anschließend sank. Dutzende von Männern sprangen über Bord und wurden vom tosenden Meer verschluckt. Nur einem Einzigen gelang es, an Land zu schwimmen.«

»Viracocha?«

»Ja.«

»Er war nur ein ganz gewöhnlicher Seefahrer?«, fragte Cayambe bestürzt. »Ein armseliger Schiffbrüchiger?«

»So ist es. Ein Schiffbrüchiger, sehr groß, sehr weiß, mit goldenem Haar auf dem Kopf und rotem Haar auf Wangen und Kinn!«

»Wie ist das möglich?«, fragte Cayambe verdutzt. »Er hatte Haare im Gesicht?«

»Ja, und sie reichten ihm bis an die Brust. Er sah aus wie ein böser Geist, denn er hatte obendrein strahlend blaue Augen.«

»Das glaube ich nicht!«

»Es ist die Wahrheit.«

»Ein gestrandeter Mann mit goldenem Haar auf dem Kopf, rotem Haar im Gesicht und blauen Augen! Meine Güte!«, rief Cayambe.

»Du kannst dir vorstellen, dass meine armen Vorfahren in ihm einen bösen Hexenmeister aus einem fernen Land sahen, der ihnen Sturm und Verderben gebracht hatte. Sie weigerten sich, ihn aufzunehmen und verjagten ihn mit Steinen aus ihren Dörfern.«

»Verständlich, wenn er so schrecklich aussah.«

»Verständlich schon, aber auch tragisch, denn als er fortgejagt wurde, verfluchte er sie, weil sie einem armen Teufel in Not die Hilfe verweigert hatten. Und sein Fluch wurde wahr, denn von diesem Tag an war mein Volk dem Untergang geweiht.«

»Kaum zu glauben!«

»Ja, aber so geschah es. Zu jener Zeit waren die Städte an der Küste reich und mächtig und betrachteten die Stämme aus dem Hochland als halbwilde Bauern und Hirten.«

»Und dass dies alles anders wurde, lag an Viracochas Fluch?« Als sie nur stumm nickte, fragte er: »Warum?«

»Weil ihm nichts anderes übrig blieb, als in die Berge zu flüchten, als man ihn mit Steinen davonjagte. Übers aufgewühlte Meer konnte er nicht mehr zurück.«

»Und so kam er hierher?«

»Und noch viel weiter. Während seiner langen Odyssee entdeckte er nicht nur dieses herrliche Tal, sondern reiste weiter, weil er davon überzeugt war, dass er es leichter hätte, wieder nach Hause zu kommen, wenn er die Kordilleren überwinden würde.«

»Doch es gelang ihm nicht.«

»Nein, denn schon bald darauf stieß er auf eine Gruppe von Frauen und Männern, die vom nahe gelegenen Titicacasee stammten und ebenfalls auf der Flucht waren. Starke Überschwemmungen hatten ihre Felder und Häuser zerstört. Es war der kleine Stamm der Inkas, der auf der Suche nach einem Ort, an dem er seine Siedlung wieder aufbauen konnte, ziellos umherirrte. Die Inkas erzählten ihm, dass es auf der anderen Seite der Berge nur den endlosen Dschungel gab. Und Viracocha erzählte ihnen von dem herrlichen Tal, das er entdeckt hatte. Er brachte sie hierher und stieß genau dort, wo sich der Monolith von Inti-Pampa befindet, sein Schwert in die Erde, um ihnen zu zeigen, wie fruchtbar sie war. Im gleichen Augenblick tauchte nach monatelangen Regenfällen die Sonne zwischen den Wolken hervor. Ein Strahl fiel auf die große Gestalt und das im Wind flatternde goldene Haar des Fremden. Es war wie ein Wunder. So kamen die Inkas zu dem Schluss, dass es sich um den Sohn der Sonne handeln musste, einen Gott, den sie zu ehren und respektieren hatten. Sofort machten sie sich daran, an diesem Ort ihre Hauptstadt zu gründen, und nannten sie Cuzco, den Nabel der Welt.«

»Ich glaubte immer, die Gründer von Cuzco seien Manco Cápac und Mama Ocllo gewesen.«

»So war es auch, aber sie wurden von diesem Fremden dazu inspiriert, der beschlossen hatte, bei ihnen zu bleiben und mit ihnen zu leben, als ihm bewusst wurde, dass er niemals wieder nach Hause zurückkehren konnte.«

»Und du bist ganz sicher, dass Viracocha kein Gott war?«

»Ganz sicher kann ich nicht sein, aber ich bin davon überzeugt, dass es sich bloß um einen sehr klugen Menschen gehandelt haben muss. Er lehrte die Inkas, Häuser aus Stein zu bauen, das Gold zu bearbeiten, die Ernten mit ausgeklügelten Bewässerungssystemen zu steigern, Brücken zu bauen, feine Tücher zu weben, Krieg zu führen und sogar mit Hilfe der *quipus* festzuhalten, wie viele Tiere und wie viele Einwohner das Reich hatte oder wie viele Gefäße mit *chicha* oder Mais in den königlichen Silos aufbewahrt wurden.«

»All das beherrschte er?«

»Das und noch vieles mehr, er konnte auch Kranke heilen, gerechte Entscheidungen treffen, und er verstand die Sprache der Sterne.«

»Also war er ein Gott!«

Sie schüttelte energisch den Kopf.

»Er war nur ein Mensch, aber so gerecht, gütig und klug, dass man ihn für einen Gott halten konnte. Es heißt, er habe fast dreißig Jahre lang bei den Inkas gelebt, sei aber anschließend mit einigen Dienern wieder an die Küste zurückgekehrt, als er alt und müde war. Dort baute er mit ihrer Hilfe ein großes Boot aus Holz und machte sich auf den Weg, um in seiner alten Heimat zu sterben.«

»Dann wird Viracocha niemals zurückkehren, obwohl er es versprochen hat?«

Sangay nickte mehrmals.

»Möglich, dass seine Nachfahren kommen, wenn er jemals welche hatte, oder andere Mitglieder seines Stammes, aber nicht Viracocha selbst. Viracocha starb, genau wie zuvor seine Gefährten, als sie von den Wellen gegen die Felsen geschleudert wurden.«

Cayambe schwieg betroffen, während er darüber nachdachte, was er gerade gehört hatte. Es stellte seine ganze bisher bekannte Welt auf den Kopf, und es kostete ihn einige Mühe, diese Tatsache zu verdauen.

Die Sonne war schon hinter den Bergen verschwunden, und nun bemächtigten sich in Windeseile die Schatten der Nacht ihrer Stadt, deren Dächer erst vor wenigen Minuten ihren Glanz verloren hatten.

Er sah auf den Monolithen von Inti-Pampa, der nur noch ein dunkler Fleck unter vielen war, und fragte sich, ob es tatsächlich wahr sein konnte, dass vor Urzeiten ein Fremder mit goldenem Haar sein Schwert an jener Stelle in die Erde gestoßen hatte, um dort die unvergleichliche Stadt Cuzco zu gründen.

Wenn es so gewesen war, wie seine Frau ihm eben erzählt hatte, wenn Viracocha kein Gott gewesen war, dann konnte der Inka auch kein direkter Nachfahre der Sonne sein. Das Fundament, auf dem sich das Inkareich gründete, bestand nicht aus kostbarem schwarzem Gestein, sondern aus ganz gewöhnlichem Lehm.

Und falls diese Geschichte auch nur annähernd der Wahrheit entsprach, hatte Sangay völlig recht, wenn sie behauptete, die Wahrheit sei wie eine Wunde, die niemals heilt.

Als er seine Gefühle einer nüchternen Analyse unterwarf, musste er gestehen, dass er im Grunde seines Herzens eher geneigt war, Sangays Geschichte von einem menschlichen Viracocha zu glauben, der großherzig, gerecht und weise gewesen war, als der Legende von einem Viracocha, in dessen Adern das Blut des unerbittlichen Sterns floss, der ihm die Haut verbrannt und fast das Augenlicht geraubt hatte, als er versucht hatte, die unwirtliche Wüste von Atacama zu durchqueren.

»Und was machen wir nun?«, fragte er schließlich ratlos.

»Nichts, es hat sich ja nichts verändert«, antwortete die Prinzessin gelassen, ergriff seine Hand und führte sie zärtlich zu ihren Lippen. »Der Inka ist immer noch die Seele des Reiches, und wir müssen sein Werk verteidigen, koste es, was es wolle.«

»Aber wie sollen wir es verteidigen, ohne etwas zu unternehmen?«

»Indem wir nicht an falsche Götter wie Viracocha glauben, sondern an jene, die in Wahrheit das Schicksal der Völker bestimmen.«

Sie deutete auf die vielen Feuer, die mittlerweile im Goldenen Viertel angezündet wurden und sich auf gespenstische Art in den Statuen aus Gold und Silber spiegelten.

»Sieh dir nur dieses Wunder an! Es kam nicht zufällig hierher! Es kam, weil die Götter es so wollten, und wenn wir an sie glauben, werden wir es bis in alle Ewigkeit bewahren können.«

»Du sagtest doch eben, dass ...«

»Ich weiß! Dass Viracocha kein Gott war. Ich bin fest davon überzeugt, dass er keiner war, aber ebenso fest glaube ich, dass er von Göttern gesandt wurde, die sich nicht mit den Menschen vermischen können.«

»Manchmal verstehe ich kein Wort mehr von dem, was du sagst.«

»Das ist auch gar nicht nötig«, lachte sie und zwickte ihn in die Wange. »Du musst mir nur vertrauen und tun, was der Inka dir befiehlt. Schließlich ist ein guter Mensch mehr wert als ein schlechter Gott.«

13

Da kommt sie! Da kommt sie!
Tochter der Sonne,
Gattin der Sonne,
Mutter der Sonne!

Da kommt sie! Da kommt sie!
Das Licht, das uns erhellt,
die Luft, die wir atmen,
die Wärme, die uns Leben schenkt.

Da geht sie! Da geht sie!
Der höchste Berg,
der tiefste See,
der mächtigste Fluss.

Da geht sie! Da geht sie!
Unsere Schwester,
unsere Königin,
unser Glück …

Alle bis auf den letzten der fast hunderttausend Einwohner von Cuzco und sogar die Kranken liefen auf die Straße, als die Gesänge verkündeten, dass Königin Alia ihre lange Phase der Zurückgezogenheit im Tempel der Jungfrauen beendet hatte und in den königlichen Palast zurückkehrte, wo ihr Gebieter, ihr Bruder und Gemahl auf sie wartete.

Nicht einmal der Inka Pachacuti war so respektvoll und begeistert empfangen worden, als er von seinem siegreichen Feldzug gegen die Chancas mit Tausenden von Sklaven im

Schlepptau in Cuzco einzog. An diesem strahlendsten und wärmsten Vormittag seit langer Zeit hatte sich die ganze Stadt herausgeputzt, um ihrer Königin zu huldigen, und selbst die Schmetterlinge flatterten zu Tausenden durch die Straßen, als wollten auch sie mit ihren bunten Farben zum Fest beitragen, das bis tief in die Nacht dauerte.

Aller Augen waren auf die Fenster des königlichen Palastes gerichtet.

Aller Hoffnungen beruhten auf dem, was sich hinter seinen wehrhaften Mauern abspielen würde.

Jene, die es gewagt hatten, einen Blick auf die Königin zu werfen, behaupteten, sie sei jünger, kräftiger und schöner als je zuvor gewesen.

Wie eine Braut am Tag ihrer Hochzeit.

Wie eine auf die Erde herabgestiegene Göttin.

Eine vollkommene Mutter.

Die verlorenen Illusionen eines ganzen Volkes waren auf den Rücken von zwanzig Trägern zurückgekehrt.

Der zukünftige Herrscher hatte seinen triumphalen Einzug in die Stadt gehalten, obwohl er noch gar nicht geboren war.

Zweifellos lächelten die Götter.

Es folgte eine wunderbare Zeit.

Eine Zeit der Einkehr, des Friedens und des Vertrauens in eine Zukunft, die sie unmöglich enttäuschen konnte.

Alle Astrologen, Hexenmeister und Seher bis hin zum letzten Waschweib waren einhellig der Meinung, dass die Sterne günstig standen und die Königin einen kräftigen, klugen, gerechten und mutigen Sohn zur Welt bringen würde.

Den neuen Inka. Den Ersehnten!

Schließlich brach der große Tag an.

Das ganze Volk versammelte sich in Inti-Pampa um den vergoldeten Monolithen aus schwarzem Stein, an der Stelle, an der Manco Cápac beschlossen hatte, die Stadt zu gründen. Als am Mittag vier Hohepriester dreimal um den Stein schritten, um sich davon zu vergewissern, dass er nicht den kleinsten Schatten warf, wurde feierlich die Ankunft der Tag-und-Nacht-Gleiche verkündet.

Wenig später hob der Zeremonienmeister die Arme und rief mit tiefer Stimme, die vor Genugtuung beinahe zitterte: »Königin Alia erwartet ein Kind! Möge der Himmel sie segnen!«

Lauter Jubel breitete sich im ganzen Tal aus und hallte von den umliegenden Bergen wider.

Die Frauen weinten.

Die Männer umarmten sich.

Die Kinder lachten.

Die Götter, die dem Inkareich scheinbar den Rücken zugekehrt hatten, schickten ihnen den neuen Gott, der sie von allem Übel erlösen würde.

Wenn er das Licht der Welt erblickte, schien die Zukunft ihrer Kinder und Kindeskinder gesichert.

Sie waren immer noch das auserwählte Volk.

Chicha floss in großen Mengen, säckeweise wurden Kokablätter verteilt.

An diesem ganz besonderen Tag hatten sämtliche Bewohner von Cuzco ohne Ausnahme das Recht, bis zum Umfallen *chicha* zu trinken oder Kokablätter zu kauen, während überall in den Straßen der Stadt die Trommeln, die *quenas* und unzählige Klappern aus den Kieferknochen der Lamas die Menschen begleiteten, die sich lachend zum Tanz des Kondors, der Hirsche oder Vikunyas drehten.

Chasquis waren in alle Himmelsrichtungen des Reiches entsandt worden, denn es war der ausdrückliche Wunsch des Herrschers, dass die gute Neuigkeit bis in die entferntesten und einsamsten Winkel von Tihuntinsuyo und allen »Vier Teilen der Welt« getragen wurde, damit auch der letzte Hirte an seinem großen Glück teilhaben konnte.

Er saß am Bett seiner Gemahlin und massierte ihr stundenlang zärtlich die Füße, da er wusste, dass es sie entspannte und sie so besser einschlafen konnte.

»Schlaf«, sagte er leise. »Du brauchst jetzt viel Ruhe.« – »Nein«, widersprach sie ebenso leise. »Was ich in Wahrheit brauche, ist nicht Ruhe, sondern im Gegenteil, das Gefühl, dass die Zeit wie im Flug vergeht, so schnell wie eine Sternschnuppe. Das Warten ist so zermürbend! Ich will dir endlich deinen Sohn schenken.«

»Hab Geduld!«

»Auf welchem Baum wächst die Frucht der Geduld, Liebster? Welche Pflanze produziert sie, in welchem See kann man sie fangen? Schick deine besten Männer aus, sie sollen danach suchen, oder bitte unseren Vater, er möge die Natur beschleunigen. Mit jedem Tag, den ich warten muss, wächst meine Angst.«

»Genau sie musst du um jeden Preis vermeiden: Die Angst und die Besessenheit. Sei gewiss, alles wird gut, und unser Sohn kommt zur rechten Zeit auf die Welt.«

»Sagt das der Herrscher?«

»Das sagt dein Mann, denn in diesem Fall müssen wir bescheiden sein und den Göttern nicht im Namen allmächtiger Herrscher, sondern als ganz gewöhnliche dankbare Eltern ihre Opfer bringen.«

Die Zeit verstrich.

Im Schneckentempo verging ein Tag nach dem anderen.

Tage der Sehnsucht und Nächte der Hoffnung.

Aber wie langsam schleppten sie sich dahin!

Prinzessin Sangay kam fast jeden Nachmittag, um ihre Freundin und Herrin zu besuchen, und gelegentlich musste sie sie auch beruhigen, wenn sie wieder einmal nervös und ungeduldig wurde.

»Lass die Natur in Ruhe ihre Arbeit verrichten«, riet sie ihr jedes Mal. »Lass ihr die Zeit, die sie benötigt.«

»Ich habe solche Angst.«

»Die Angst einer Mutter ist der ärgste Feind des Kindes«, entgegnete Sangay. »Das Kind lebt in dir; es spürt, was du fühlst, und wenn du Angst hast, wird auch das Kind mit

Angst geboren. Zeig ihm, wie stark du bist! Gib ihm zu verstehen, dass dein Bauch eine uneinnehmbare Festung ist.«

»Ist er das wirklich?«

»Ja, denn dein ganzes Volk und alle Götter deines Volkes stehen dir bei.«

Doch ein Gott, nur ein einziger, dachte gar nicht daran, dieser Festung beizustehen.

Pachacamac, »der Erderschütterer«, Herr über das Erdbeben, der jahrelang in den tiefsten Kratern der höchsten Vulkane geschlummert hatte, wachte eines kalten Morgens auf, entdeckte, dass man ihn nicht davon unterrichtet hatte, dass die Königin ein Kind erwartete, vergewisserte sich, dass niemand daran gedacht hatte, ihm ein Opfer darzubringen, bekam einen Wutanfall und stöhnte ein einziges Mal auf, aber so laut, dass man ihn bis in die entlegensten Winkel des Reiches hörte.

Die Paläste bebten, die Tempel erzitterten, Häuser stürzten ein, der Schnee in den Bergen rutschte in die Täler, zehn Seen traten über die Ufer, und die Flüsse schienen so verwirrt, dass sie ihre uralten Betten nicht wiederfanden und sich neue Wege suchten.

Es gab Tote, Verletzte, Schmerz und Wehklagen.

Schrecken und Angst.

Aber es gab noch etwas Schlimmeres.

Die Königin verlor Blut.

Blut der Königin, Blut der Sonne.

Nur wenige Tropfen, wahrscheinlich aufgrund des Schrecks oder der Panik in diesem einen kurzen Augenblick, aber es war Blut.

Von irgendeinem hohen Gipfel der Mittleren Kordilleren hatte sich der schwarze Kondor erhoben, und wenn er seine Schwingen ganz ausbreitete, würde das Unglück erneut über das Reich hereinbrechen.

Wie konnten sie Pachacamac vergessen?

Warum hatten sie ihm keine Opfer gebracht?

Der Gottkönig rief den Großen Rat zusammen und die Versammlung aller Priester, die dem Erderschütterer geweiht waren, obwohl er für sie nicht sehr viel Sympathie empfand, da sie seit uralter Zeit unter den Knaben ausgewählt wurden, die eindeutig dem eigenen Geschlecht zuneigten, und er nie wusste, wie er sie behandeln sollte.

Die Diener des Pachacamac waren geschminkt, frech und laut, und nicht selten ließen sie es an dem gebührenden Respekt fehlen, so dass sie innerhalb der Mauern des strengen Palastes wie ein Fremdkörper wirkten. Allein die Tatsache, dass sie es strikt ablehnten, vor ihm auf die Knie zu fallen, und ihm unverfroren in die Augen blickten, erweckte ein Unbehagen in ihm, an das er sich nie richtig hatte gewöhnen können.

Doch er musste ihre Unverschämtheiten ertragen, da es ein uralter, fest im Volk verwurzelter Brauch war, dessen Ursprung sich im Dunkel der Zeiten verlor. Sie durften sich diese Freiheiten herausnehmen, weil sie die Einzigen waren, die mit ihrer eintönigen, schmachtenden Musik und ihren sinnlichen, fast betörenden Tänzen dafür sorgen konnten, dass der Erderschütterer schlief.

Ohne ihre Unterstützung, ohne dass sie über den Schlaf des Gottes wachten, hätte die Erde jeden Tag gebebt.

Daher nahmen sie eine besondere Stellung unter den Mitgliedern des Gefolges ein und übten zugleich großen Einfluss auf das einfache Volk aus, sodass der Herrscher keine andere Wahl hatte, als zu akzeptieren, dass sie sich nicht der Länge lang vor ihm auf den Boden warfen und sich erdreisteten, ihm direkt in die Augen zu blicken.

»Was verlangt euer Herr?«, fragte der Inka ihren Hohepriester Tupa-Gala, der das Amt seit sechs Jahren bekleidete. »Worüber beklagt er sich?«

»Er verlangt Respekt«, lautete die eiskalte Antwort. »Er beklagt, dass ihr ihm diesen Respekt verweigert habt.«

»Ich habe ihn stets respektiert.«

»In diesem Fall nicht. Gerade jetzt, da das Schicksal des ganzen Reiches an einem seidenen Faden hängt ... Mein Herr braucht nur einmal die Hand zu erheben, und all deine Hoffnungen werden zunichte.«

»Das weiß ich«, räumte der Inka demütig ein. »Ich habe es nie vergessen.«

»Wenn du das weißt, warum hast du dann diesen erbärmlichen Fruchtbarkeitsgöttern, die in Wahrheit nichts anderes sind als ein Haufen Alpakaköttel, so viele Opfergaben dargebracht und ihn geschmäht?«

»Weil ich mir nicht vorstellen konnte, dass der Erderschütterer sich für Dinge interessiert, die nur Frauen betreffen.«

»Nur Frauen betreffen?«, entgegnete der schlaue Tupa-Gala scheinbar bestürzt, dessen ewig in Rot, Schwarz und Silber geschminktes Gesicht starr wie eine Maske war. »Bis auf den letzten Fischer am Titicacasee warten alle Untertanen des Reiches auf die Geburt des zukünftigen Herrschers, und du behauptest, das sei etwas, das nur Frauen betreffe?«

Er schüttelte energisch den Kopf.

»Mein Herr hat mehr als einen Grund, sich gekränkt zu fühlen.«

»Ich hatte nicht die Absicht, ihn zu kränken«, entschuldigte sich der Inka zerknirscht. »Jeder weiß, dass Pachacamac ein mächtiger Gott ist. Als Beweis für die Ehrfurcht und den Respekt, die ich ihm entgegenbringe, ließ ich ihm zu Ehren sechs Tempel errichten, und euch, seinen Dienern und Getreuen, habe ich stets alles gegeben, worum ihr mich gebeten habt.«

»Das ist wahr«, gab der Hohepriester zu und lächelte unmerklich. »Wir haben keinen Grund zur Klage, doch du musst auch eingestehen, dass wir im Gegenzug dafür gesorgt haben, dass unser Herr ruhig schlief und sein Zorn nicht Tod und Verderben über euch brachte.«

Er breitete die Hände aus, als wollte er das Offensichtliche unterstreichen.

»Doch jetzt ...! Welche Respektlosigkeit ... Dieser schreckliche Fehler hat ihn aus dem Schlaf geschreckt und wachgerüttelt.«

Der Inka, Herr über Tod und Leben von Millionen von Menschen, hätte seiner Leibgarde am liebsten mit einem Wimpernschlag befohlen, dem unverschämten Intriganten, der allem Anschein nach versuchte, aus der prekären Lage des Reiches Profit zu ziehen, den Kopf abzuschlagen, doch dann dachte er an den noch ungeborenen Sohn und nahm sich zusammen.

Tupa-Gala war ein äußerst gefährlicher Mann, das wusste der Inka, gebildet, intelligent, ehrgeizig und zu allem entschlossen. Als ältester Spross einer uralten Adelsfamilie aus Cuzco wäre er für die höchsten Ämter im Staat prädestiniert gewesen, die er zweifellos mit Bravour gemeistert hätte, hätte sich nicht vom Augenblick seiner Geburt an seine Bestimmung zum Dienst am Gott Pachacamac gezeigt.

Diese Aufgabe galt bei den Inkas weder als Strafe noch als Schande; es war völlig normal, dass es Frauen und Männer gab, die sich anders verhielten als die Mehrheit. So tief verwurzelt war diese Tradition, dass Eltern sich nichts dabei dachten, wenn sie entdeckten, dass ihre Kinder andere sexuelle Neigungen entwickelten als sie selbst.

Trotzdem hatte der Inka stets das Gefühl gehabt, dass Tupa-Gala es vorgezogen hätte, nicht den Dienern des Gottes Pachacamac übergeben worden zu sein, als er noch ein schüchterner Knabe gewesen war.

»Was will dein Herr von mir?«, fragte der Inka schließlich und versuchte, eine Ruhe auszustrahlen, die er im Augenblick nicht besaß.

»Drei neue Tempel.«

»Er soll sie haben.«

»Sechs Herden Alpakas und Vikunyas.«

»Er soll sie haben.«

»Hundert Säcke Kokablätter.«

»Er soll sie haben.« – »Und ein großes Opfer.« – »Ein Opfer?«, wiederholte der Inka alarmiert. Er wusste, dass die Opfer, die der Erderschütterer verlangte, nicht unblutig waren. »Was für eines?«

»Ein *capac-cocha.*«

»Ein *capac-cocha?*«, rief der Inka entsetzt. »Warum ein Opfer, das allen gesitteten Menschen zuwider ist und das bereits der Vater meines Vaters nicht mehr praktizieren wollte?«

»Je größer die Beleidigung, desto größer das Opfer. Je ernster die Krankheit, umso kostspieliger das Heilmittel. Du willst, dass dein ungeborener Sohn ohne größere Erschütterungen lebt, bis die kleinen Fruchtbarkeitsgötter ihn ans Licht holen. Gut. Ich verspreche dir, dass Pachacamac so lange schlafen wird, aber dann musst du ihm ein Opfer bringen, das ihn vollauf zufriedenstellt.«

»Wie viele Kinder sollen geopfert werden?«

»Nur eins.«

»Gibst du mir dein Wort darauf?«

»Ein einziges«, lautete die eiskalte Antwort. »Ein einziges Kind nur. Allerdings werde ich selbst es auswählen, denn es muss ein ganz besonderes sein.«

14

Die Nachricht verbreitete sich wie ein Lauffeuer in ganz Cuzco.

Viele konnten es nicht glauben. Nachdem im Inkareich seit Urzeiten keine Menschenopfer mehr dargebracht worden waren, sollten nun die Götter mit einem *capac-cocha,* einem längst vergessenen Ritual, gütlich gestimmt werden, damit sie die Geburt des zukünftigen Herrschers des Reiches ermöglichten.

Und was der schlaue Tupa-Gala behauptete, leuchtete jedem ein: Wenn das, worum man die Götter bat, so wichtig war, musste auch die Gegenleistung etwas Besonderes sein. Nichts erschien wichtiger als die Geburt eines zukünftigen Herrschers, auf den das Volk seit Jahrzehnten sehnsüchtig wartete.

Noch nie zuvor war das Schicksal des Inkareiches in Gefahr geraten, weil es keinen direkten Erben des Sonnengottes vorweisen konnte, und viele, die aus moralischen Gründen dieses grausame Ritual vehement abgelehnt hätten, weil sie es eines zivilisierten Volkes für unwürdig hielten, mussten schließlich einsehen, dass es in diesem speziellen Fall vielleicht unumgänglich war, eine Ausnahme zu machen.

Trotzdem weckte die Vorstellung, dass ein Kind sterben musste, damit ein anderes geboren werden konnte, sogar bei den Priestern des Tempels von Pachacamac Unmut, weil sie die wahren Gründe, die ihren geistlichen Führer zu diesem drastischen Entschluss bewogen hatten, nicht verstanden.

Ihrer Meinung nach hätten fünf Guanacoherzen und das eines Kondors genügt, um den Gott zu besänftigen, der sich offensichtlich schon wieder beruhigt hatte. Die alten Weisen wussten aus Erfahrung, dass die Erde nicht so schnell erneut beben würde.

Solange die Vulkane keinen Rauch ausspuckten, die Flüsse nicht nach Schwefel stanken und die Chinchillas sich seelenruhig in den Tempeln paarten, konnte man mit an Sicherheit grenzender Wahrscheinlichkeit davon ausgehen, dass Pachacamac sich in den kommenden Monaten nicht in seinem Bett hin und her wälzen würde.

Wozu dann ein solch grausames Opfer?

Wem nutzte es, ein uraltes, längst in Vergessenheit geratenes, blutiges Ritual wieder zum Leben zu erwecken?

Jene, die Tupa-Gala gut kannten, führten seine Forderung auf die grenzenlose Geltungssucht eines ehrgeizigen und herrschsüchtigen Mannes zurück, der in diesem kritischen Augenblick, den das Reich durchmachte, der Öffentlichkeit unbedingt zeigen musste, dass er engere Beziehungen zu den Göttern pflegte als der Inka, auch wenn dieser ein direkter Nachfahre des Sonnengottes war.

Er hatte gewagt, den Inka vor aller Augen in Angst und Schrecken zu versetzen, als er damit drohte, dass der zukünftige Herrscher des Reiches das Licht der Welt nicht erblicken würde, falls der jetzige seine Forderungen nicht erfüllte. Er war sich völlig im Klaren darüber, dass in diesem Fall nicht einmal der Gottkönig sich das Risiko leisten konnte, einen falschen Schritt zu tun.

Jeder wusste, dass die Zahl der grausamen, neidischen und rachsüchtigen Götter die der gütigen, versöhnlichen und gerechten bei weitem übertraf, und dass vor allem der Erderschütterer zu Recht den Ruf genoss, besonders heimtückisch, aufbrausend und blutrünstig zu sein.

Nur wenige Familien hatten noch nie einen der ihren bei einem der vielen Erdbeben verloren, und an kaum einem Haus im Reich suchte man vergeblich nach alten Spuren von Naturkatastrophen – egal, ob sie sich in der Nähe oder weit entfernt abgespielt hatten.

Tupa-Gala konnte in der Tat auf einen mächtigen Verbündeten zählen, und nicht einmal der Irrste unter den Irren hätte es gewagt, sich seinem Diktat zu widersetzen. Es sah so aus, als bliebe dem Inka nichts anderes übrig, als auf seine Forderungen einzugehen.

Doch als Tupa-Gala nach einer Woche in den Palast kam, um dem Inka mitzuteilen, wen er zu opfern gedachte, lief dem zu Stein erstarrten König ein kalter Schauer über den Rücken.

»Tunguragua?«, wiederholte er ungläubig. »Die Tochter von General Saltamontes und Prinzessin Sangay?«

»Ja.«

»Warum ausgerechnet sie?«

»Weil man Pachacamac keinen Bauernsohn opfern kann, um ihn zu bitten, das Leben des zukünftigen Herrschers des Reiches zu verschonen«, entgegnete der Hohepriester mit eisiger Stimme.

»Wer behauptet das?«

»Ich, der Hohepriester seines Tempels, der darüber zu entscheiden hat, wer vor meinen Herrn treten darf und wer nicht.« Mit weit ausholender Gebärde zeigte er auf alles, was ihn umgab. »Oder glaubst du, dass dein Zeremonienmeister einem verlausten Hirten erlauben würde, in den Palast zu kommen, damit er mit seinen dreckigen Füßen über deine Teppiche geht, vor dir auf die Knie fällt und dich bittet, das Leben eines Königs zu verschonen?«

»Wohl kaum.«

»Siehst du. Einen Vornehmen würdest du empfangen, nicht aber einen Hirten, und deshalb solltest du von einem Gott nicht etwas verlangen, wozu du selbst niemals bereit wärest.«

Trotz der unbestreitbaren Logik in seiner Argumentation durchschaute der Inka augenblicklich die Beweggründe des Hohepriesters. Tupa-Galas grausame Entscheidung war darauf zurückzuführen, dass er sich von Anfang an vehement der Verbindung eines einfachen Mannes aus dem Volk mit einer adligen Prinzessin aus der Königsfamilie widersetzt hatte. Seiner Meinung nach stellte diese Ehe eine unverzeihliche Beleidigung für alle dar, die sich wie er aufgrund der Tatsache, dass adliges Blut in ihren Adern floss, für etwas Besonderes hielten.

»Tunguragua ist ihr einziges Kind«, entgegnete der Inka in seiner Verzweiflung. »Wäre es nicht gerechter, eine Familie auszusuchen, die mehrere Kinder hat?«

»Ich wüsste nicht, warum. Was hat das mit meinem Herrn zu tun?«, widersprach der Hohepriester. »Die Prinzessin und der General sind jung, sie werden noch viele Kinder bekommen.«

»Ja, aber ...«

»Glaubst du vielleicht, sie empfänden es nicht als große Ehre, dass ausgerechnet ihre Tochter für diese so wichtige Mission auserwählt wurde?«, wagte es Tupa-Gala, den Inka zu unterbrechen.

»Was kann man Pachacamac für ein besseres Opfer bringen als die erste Frucht einer Vereinigung zwischen einem Mann aus dem einfachen Volk und einer Prinzessin des Herrscherhauses, wenn das Schicksal des Reiches auf dem Spiel steht? Wären sie unglücklich über meine Wahl oder äußerten auch nur den leisesten Einwand, so hieße es, dass sie der besonderen Gunst nicht würdig wären, mit der sie von der Königin und dir bedacht wurden.«

»Du hast offensichtlich niemals Vatergefühle gehabt«, sagte der Inka leise.

»Genauso wenig wie du, Herr«, erwiderte der Hohepriester überheblich. »Und ich fürchte, dass du sie auch niemals haben wirst, wenn du meinen Gott nicht versöhnlich stimmst.«

Königin Alia wurde von einem Schwindel gepackt, als sie von ihrem Mann erfuhr, welches Opfer der Hohepriester forderte.

»Sag mir, dass es nicht wahr ist«, flehte sie ihn beinahe schluchzend an.

»Doch, leider«, sagte er, half ihr, sich auf einen Schemel zu setzen und strich ihr sanft über das Haar, als wollte er ihr Mut machen. »Und ich fürchte, dass diese hinterhältige Schlange nicht nur für sich spricht, sondern auch für all diejenigen, die gekränkt und verärgert sind, weil ich dieser Verbindung zwischen Cayambe und Sangay meinen Segen gab. Weil ich einen einfachen Mann aus dem Volk zum General beförderte. Weil du sie besucht hast, um ihnen zur Geburt ihres Kindes zu gratulieren oder sie im Tempel der Jungfrauen als Einzige empfangen hast. Das alles sind in den Augen der Vornehmen unverzeihliche Sünden, die wir, ihre Herrscher, begangen haben.«

»Aber welche Schuld hat das arme Kind daran? Tungurahua hat niemandem etwas getan!«

»Gar keine«, gab der Inka zu. »Mit diesem Opfer will Tupa-Gala uns treffen.«

»Und wirst du das zulassen?«, entgegnete seine Gemahlin in einem Ton, der ihren Zorn nicht verhehlen konnte. »Wirst du zulassen, dass ein neidischer, rachsüchtiger Mann dir seinen Willen aufzwingt?«

»Was kann ich machen?«

»Es ablehnen!«

»Ist dir klar, was es für Folgen haben könnte, wenn ich mich Pachacamacs Forderungen widersetze?«, gab ihr Mann zurück.

»Sein Zorn würde unsere Häuser zerstören und ihre Bewohner darunter begraben. Ein einziger Seufzer genügt, um dir unseren Sohn zu nehmen.«

»Glaubst du das wirklich?«

»Was meinst du damit?«

»Glaubst du, dass der Erderschütterer tatsächlich ein Gott ist, der im Krater eines Vulkans schläft, und dass die Erde bebt, wenn er sich umdreht?«

»Wer sollte er sonst sein?«, entgegnete ihr Bruder überrascht.

»Wie soll ich das wissen?«, antwortete die Königin. »Vielleicht bebt die Erde aus demselben Grund, aus dem es kalt ist, regnet oder die Felder blühen.«

»Wenn es regnet, kalt ist oder das Getreide wächst, dann weil die Götter es so bestimmt haben«, sagte ihr Bruder entschieden. »Nichts geschieht ohne Billigung des Himmels, und wir können nicht wissen, wer da oben die Fäden zieht. Wenn uns diese Götter aus dem Morast holten, in dem unsere Vorfahren lebten, dann dürfen wir sie nicht vor den Kopf stoßen, wenn sie etwas von uns fordern, das uns nicht gefällt. Es wäre nicht gerecht!«

»Es sind aber nicht die Götter, die dieses Opfer fordern«, widersprach sie. »Es ist ein verachtenswerter Mensch, der nie akzeptieren wollte, dass seine Vorliebe für Knaben ihm die Tore zum Großen Rat versperrt. Er hält sich für klüger und edler als alle anderen in seiner Umgebung, und es sind allein seine Rachegelüste, die ihn verleitet haben, eine solch grausame Forderung zu stellen.«

»Glaubst du, das wüsste ich nicht?«, fragte der Inka gekränkt. »Ich weiß noch genau, wie sehr er damals gegen seine Neigungen angekämpft hat, weil er es verabscheute, mit denen zusammenleben zu müssen, die er seiner nicht für würdig hält. Er ist ein ausgezeichneter Astronom, ein hervorragender Mathematiker, der beste *quipu-camayoc* des Reiches und ein gerissener Stratege. Er hätte es wirklich verdient, dem Großen Rat anzugehören, doch ein altes Gesetz verbietet ihm, an Debatten teilzunehmen, die die Sicherheit des Reiches betreffen.«

»Warum?«

»Weil vor langer Zeit einer der Seinen Staatsgeheimnisse an einen jungen Soldaten der Chancas verriet.«

»Aber was hat das mit ihm zu tun?«

»Nichts. Trotzdem ist es so. Und ich kann nichts tun, um

es zu ändern. Das oberste Gebot eines Herrschers gebietet, dafür zu sorgen, dass die Gesetze eingehalten werden. Wenn wir sie nach Gutdünken veränderten, kehrten wir schnell wieder in die alten Zeiten zurück, als auch in unserem Volk Chaos und Anarchie herrschten.«

»Aber in welchem Gesetz steht, dass ausgerechnet die kleine Tunguragua sterben muss?«

»In keinem natürlich!«, entgegnete der Inka wütend. »Aber was soll ich machen? Soll ich mit der Begründung ablehnen, dass uns das Leben dieses Kindes besonders am Herzen liegt, nicht aber das eines anderen? Wer würde meine Entscheidungen dann noch für gerecht halten?«

»Ich verstehe, was du meinst«, antwortete die Königin. »Ich weiß, dass du das nicht tun kannst, aber ich sehe nicht ein, weshalb mein Mutterglück auf dem Tod eines Kindes und dem Unglück meiner besten Freundin gründen soll.«

»Ich fürchte, dass wir in eine hinterhältige Falle getappt sind«, knirschte der Inka ohnmächtig vor Zorn. »Eine hinterhältige, grausame Falle, aber du kannst gewiss sein, dass Tupa-Gala für seine schmutzigen Machenschaften noch einen hohen Preis zahlen wird.«

»Wann?«

»Sobald sich die erste Gelegenheit bietet.«

»Warum nicht sofort?«

»Wenn ich ihn jetzt töten ließe, und die Erde würde beben oder unser Sohn nicht geboren werden, trüge ich die ganze Verantwortung. Kann sein, dass Pachacamac gekränkt ist – kann sein, dass er es nicht ist. Aber eines ist sicher: Wenn ich den Hohepriester seines Tempels ohne triftigen Grund töten ließe, entlüde sich sein ganzer Zorn über mich und das Volk der Inkas.«

»Willst du nicht wenigstens versuchen, ihn davon abzubringen?«

»Natürlich werde ich es versuchen.«

Am nächsten Morgen, kurz nachdem die Sonne am östlichen Horizont aufgegangen war, befahl der Inka den Hohepriester zu sich.

Als dieser vor ihm stand, erklärte er: »Ich habe über deine Forderung nachgedacht und entschieden, die kleine Prinzessin Tunguragua deinem Gott zu opfern.«

»Du hast die richtige Entscheidung getroffen.«

»Mag sein«, antwortete der Inka knapp. »Aber merk dir eins: Wenn mein Sohn nicht das Licht der Welt erblickt oder Pachacamac am Tag seiner Geburt das leiseste Lebenszeichen von sich gibt und die Erde erbeben lässt, werde ich eine *runantinya* aus dir machen lassen. Deine Leiche wird dem Kondor zum Fraß vorgeworfen werden, sodass du niemals ins Paradies einziehen kannst. Und ich selbst werde jeden Abend deine Trommel schlagen!«

Die bunt bemalte Gesichtsmaske des Hohepriesters zuckte vor Schreck zusammen, und seine geschminkten Augen blitzten für einen kurzen Augenblick auf.

Schließlich sagte Tupa-Gala, und es klang, als spucke er jedes Wort einzeln aus: »Du wagst es, meinem Gott zu drohen?«

»Mitnichten«, erwiderte der Inka und versuchte, die Ruhe zu bewahren. »Ich würde es niemals wagen, einem Gott zu drohen. Götter dürfen sich nicht untereinander streiten, und ich gehe davon aus, dass du meine göttliche Abstammung nicht anzweifelst.«

»Nichts liegt mir ferner, Herr!«

»Dann müsstest du wissen, dass der Sohn der Sonne diese Warnung ausspricht und sie nicht gegen einen Gott gerichtet ist, sondern gegen einen Sterblichen. Vergiss das nicht! Die kleinste Bewegung der Erde, und du bist ein toter Mann! Hast du das verstanden?«

»Jawohl.«

»Und dennoch willst du auf deiner Forderung bestehen?«

Tupa-Gala dachte lange nach.

Er wusste, dass er die schlimmsten Gefühle geweckt hatte,

zu denen der Inka fähig war, und sein Leben nun an einem seidenen Faden hing. Der Herrscher hatte ihm mit einem fürchterlichen Schicksal gedroht. Allein die Vorstellung, bei lebendigem Leib gehäutet zu werden, war entsetzlich, das Schlimmste aber schien ihm zu sein, dass die Seele eines Menschen, dessen Fleisch dem Kondor zum Fraß vorgeworfen wurde und dessen Haut zum Trocknen in die Sonne gelegt wurde, jede Aussicht auf ein neues Leben im paradiesischen Jenseits verspielt hatte.

Selbst die Dämonen in der Tiefe der eiskalten Gebirgsseen ergriffen die Flucht, wenn sie einer Seele begegneten, die vom Trommelschlag ihrer *runantinya* verfolgt wurde, denn sie wussten, dass derjenige, der diese schreckliche Strafe hatte erleiden müssen, nicht einmal der Gesellschaft der verschlagenen Anakondas aus den düsteren Sümpfen würdig war.

Er wäre eine getriebene Seele, dazu verdammt, ewig auf der Erde umherzuirren und arme Bauern zu erschrecken, die ihn mit Flüchen davonjagten.

Schließlich fragte der Herrscher ungehalten: »Es warten wichtige Staatsangelegenheiten auf mich, und ich bin nicht gewillt, den ganzen Tag mit dir zu verschwenden. Entscheide dich!«

Es war ein sehr hoher Einsatz, vielleicht der höchste, den je ein Mensch bei einer Wette gewagt hatte. Tupa-Gala überlegte. Und da die Vulkane im Augenblick keinen Rauch ausspuckten, die Flüsse nicht nach Schwefel stanken und die Chinchillas sich wie immer ungerührt in den Tempeln paarten, nahm er all seinen Mut zusammen, um die Angst in seinem Innern vor dem Inka zu verbergen und antwortete:

»Ich habe blindes Vertrauen in meinen Herrn Pachacamac. Er hat mir versprochen, dass er lange ruhen wird, wenn man ihm ein Menschenopfer darbringt.«

»Dann hoffe ich für dich, dass es tatsächlich so kommt, ansonsten werde ich in der ersten Reihe sitzen, wenn du gehäutet wirst.«

Wie in Trance verließ der Hohepriester des Erderschütterers den königlichen Palast, trat durch das gewaltige Tor und setzte sich auf die erstbeste Steinbank, an der er vorbeikam.

Er bebte am ganzen Körper.

Beine und Hände zitterten wie Espenlaub, und seine Zähne klapperten, ohne dass er etwas dagegen tun konnte. Es war nicht nur die Vorstellung, dass man ihn bei lebendigem Leib häutete und eine *runantinya* aus ihm machte, die ihm den Angstschweiß auf die Stirn trieb, sondern auch die Erkenntnis, dass er sich den Zorn des mächtigsten Menschen auf der Erde zugezogen hatte. Eines Halbgottes, der in seinem Fall kein Erbarmen kennen würde.

Damit hatte sein eigenes Todesurteil gesprochen.

Früher oder später – früher, wenn der Boden unter seinen Füßen bebte, oder später, wenn der Thronfolger das Licht der Welt erblickt hatte und seine Dienste nicht länger gefragt waren – würde der Sohn der Sonne einem seiner berüchtigten Häscher den schnörkellosen Befehl erteilen, ihn in einer Nacht, in der er es am wenigsten erwartete, in seinem eigenen Bett zu erdrosseln.

Und Xulca, jener hinreißende Jüngling, der ihm in den letzten Jahren so viel Lust und Vergnügen geschenkt hatte, würde wegen Mordes an seinem Herrn angeklagt und hingerichtet werden.

Er verfluchte sich.

Er verfluchte seine Überheblichkeit und den Hochmut, die ihn blind gemacht und auf einen Weg gebracht hatten, der schnurgerade in den Untergang führte. Wie konnte er so dumm gewesen sein, seine Macht maßlos zu überschätzen, als er den Menschen herausforderte, der das Schicksal der Welt in den Händen hielt?

Sein alter Hass war ihm zum Verhängnis geworden.

Fast ein Leben lang hatte er gehofft, der Herrscher würde eines Tages seine wahren Fähigkeiten erkennen und einsehen, dass er auf seine weisen Ratschläge nicht verzichten konnte, denn er verstand vom Regieren mehr als jeder andere im Reich.

Doch dumme Vorurteile und ungerechte archaische Gesetze hatten ihn daran gehindert, den Platz einzunehmen, der ihm aufgrund seiner eigenen Verdienste zugestanden hätte.

Er hätte den Herrscher darauf hingewiesen, dass man zuallererst die Hängebrücke von Pallaca hätte zerstören müssen, um Tiki Mancka in der Schlacht von Aguas Rojas ein für alle Mal zu vernichten.

Er hätte dem Herrscher sagen können, dass die Taue aus *cabuya*, aus denen die Schilfboote gebaut waren, von Sonne und Salzwasser im Nu zerstört würden.

Er hätte gewusst, wie man die zahllosen Probleme lösen konnte, mit denen der Herrscher zu kämpfen hatte, doch statt dem Großen Rat anzugehören, war er in diesem Tempel eingeschlossen und musste an endlosen Tänzen und eintönigen Gesängen teilnehmen, während ein Haufen unfähiger Stümper die Geschäfte des Staates führen durfte.

Es erschien ihm so ungerecht.

Ungerecht, dass ein Emporkömmling, Sohn eines armseligen Feldarbeiters, über Nacht zum General des Reiches befördert wurde, der zehntausend Krieger befehligen und in einem prächtigen Palast in der Nähe des Inka wohnen durfte, während er, ein Angehöriger der königlichen Familie, dazu verurteilt war, sein Leben in einer winzigen Zelle zu fristen und so gut wie keine Privatsphäre besaß.

Es war einfach nicht gerecht!

Ausgerechnet jetzt, wo er die Möglichkeit besessen hätte, unter Beweis zu stellen, was er wirklich wert war, wandte sich das Glück derart gegen ihn, dass er sein eigenes Todesurteil besiegelte.

Lange blieb er reglos wie eine Steinstatue sitzen, und als er schließlich das Zittern in den Beinen wieder unter Kontrolle hatte und mit Müh und Not den nahe gelegenen Tempel erreichte, fand er dort seinen Geliebten Xulca. Dieser war in Tränen aufgelöst, am Rande eines Nervenzusammenbruchs.

»Was hast du bloß angerichtet?«, schrie ihn der junge Mann an, kaum dass er ihn erblickte. »Warum musstest du uns ins Unglück stürzen?«

»Wovon redest du?«, fragte Tupa-Gala überrumpelt.

»Wovon wohl?«, gab Xulca zurück. »Ich rede davon, was mittlerweile in der ganzen Stadt bekannt ist. Oder wusstest du nicht, dass die Wände im Palast des Inka Ohren haben? Du hast es gewagt, den Herrscher herauszufordern, das hat noch niemand ungestraft getan. Jetzt bist nicht nur du verloren, sondern auch alle in deiner Umgebung. Du hast uns auf dem Gewissen! Uns alle!«

»Ich habe nur meine Pflicht getan, schließlich bin ich der Hohepriester im Tempel von Pachacamac.«

»Deine Pflicht?«, rief der Junge außer sich vor Wut. »Deine Pflicht wäre es gewesen, uns zu beschützen und vorauszusagen, wann die Erde beben würde, stattdessen hast du uns verraten und dafür gesorgt, dass sich der Himmel auftut! Was soll nun aus mir werden? Wo kann ich mich vor den Häschern des Königs in Sicherheit bringen?«

»Ich werde dich beschützen.«

»Du?«, erwiderte der Junge verächtlich. »Und wie? Du wirst genug damit zu tun haben, deine eigene Haut zu retten. Ich bin ganz sicher, dass der Inka seine Wut an mir auslassen wird. Er wird sich an mir rächen, weil er dir im Augenblick kein Haar krümmen kann. Ich muss hier weg, so rasch es geht!«

»Du willst fort?«, fragte Tupa-Gala, der diesen weiteren Tiefschlag nicht akzeptieren wollte. »Du kannst nicht einfach gehen. Ich brauche dich an meiner Seite!«

»Wenn ich bleibe, bin ich ein toter Mann«, sagte Xulca leise und schnäuzte sich die Nase.

»Wo willst du hin?«

»Ich werde mich als Mann verkleiden und in den Norden

gehen, wo meine Familie lebt. Vielleicht nehmen sie mich bei sich auf, bis alles vorbei ist.«

»Aber, mein Liebster!«

»Liebster?«, wiederholte der aufgebrachte Junge bitter. »Was weißt du schon von der Liebe? Du liebst nur dich. Du bist so sehr von dir selbst überzeugt, dass du mich lediglich als Objekt betrachtet hast, gut genug, dir Vergnügen zu bereiten. Das ist keine Liebe, das ist nur Lust.«

»Das ist nicht wahr!«

»Doch, es ist wahr. Gib dir keine Mühe, mich einzuschüchtern, ich habe keine Angst mehr vor dir. Endlich hast du dein wahres Gesicht gezeigt, und es widert mich an. Du hast dir in den Kopf gesetzt, deinem Gott dieses arme Kind zu opfern, also tu es, denn danach bist du so gut wie tot.«

Tupa-Gala saß den ganzen Tag und die folgende Nacht schlaflos auf dem Boden seiner kleinen Zelle, den Rücken an die Wand gelehnt, und starrte unentwegt auf das Bett, das er zuvor mit so vielen hübschen Knaben geteilt hatte. Obwohl er sich noch jung und kräftig genug fühlte, um viele solcher Nächte hemmungsloser Leidenschaft zu genießen, machte er sich keine Illusionen. Er wusste nur zu gut, dass das süße Leben von einst endgültig der Vergangenheit angehörte und niemals zurückkehren würde.

In dieser Zelle, der größten im Tempel, die seit Urzeiten dem Hohepriester vorbehalten war, hatte ihn sein Vorgesetzter in einer lauen Sommernacht, als er noch ein Knabe gewesen war, zum ersten Mal missbraucht. Und mittlerweile wusste er nicht mehr, wie viele Knaben er selbst seit jener Nacht in dieser Zelle in die Liebe eingeweiht hatte.

Es war schon immer eine Welt für sich gewesen, eine geschlossene und privilegierte Gemeinschaft, um die die Bewohner von Cuzco einen respektvollen Bogen machten. Jetzt hatte ihr oberster Vertreter, der Hohepriester selbst, der sie um jeden Preis hätte verteidigen müssen, sie in tödliche Gefahr gebracht.

Erneut verfluchte er sich, doch als der Hahn im Morgengrauen krähte, hatte er eine Entscheidung getroffen. Da alles verloren schien, blieb ihm nichts anderes übrig, als die Flucht nach vorn zu ergreifen, das Mädchen zu opfern und darauf zu vertrauen, dass sein Herr, der Gott Pachacamac, ihn nicht im Stich ließ.

Wenn die Erde still hielt und der neue Thronfolger gesund zur Welt kam, bestand noch die Hoffnung, dass der Herrscher zu dem Schluss gelangte, er habe wirklich nur das Wohl der Dynastie im Auge gehabt, und das Menschenopfer sei tatsächlich notwendig gewesen, um das Inkareich vor dem unausweichlichen Untergang zu retten.

15

Als ein halbes Dutzend Krieger in den Palast eindrangen und ihr die kleine Tunguragua aus den Armen rissen, verlor die Prinzessin Sangay den Verstand.

Nicht ein Schrei kam über ihre Lippen.

Nicht eine Träne rollte über die Wangen.

Sie brach zusammen und versank im Stumpfsinn, bis ihr vor Wut schäumender Mann das Gemach betrat und damit drohte, allen den Kopf abzuschlagen, die gewagt hatten, seine angebetete Turteltaube anzurühren.

»Beruhige dich«, ermahnte sie ihn mit leiser, kaum vernehmbarer Stimme. »Du würdest nichts erreichen, wenn du irgendwem den Kopf abschlägst. Der schwarze Kondor hat seine Schwingen über dieses Haus gebreitet, und gegen dieses Unglück kann niemand etwas tun.«

»Was soll das heißen: kann niemand etwas tun?«, erwiderte Cayambe zornig. »Ich jedenfalls werde das nicht hinnehmen. Ich werde meine Krieger zusammentrommeln und ...«

»Deine Männer bewundern dich, gewiss«, fiel sie ihm ins Wort. »Aber nicht einmal hunderttausend Krieger würden Tunguragua aus den Fängen der Götter befreien. Wir können nichts gegen sie ausrichten, im Gegenteil, sie lachen über uns Menschen, weil sie wissen, dass wir am Ende alle den Kürzeren ziehen.«

»Was meinst du?«

»Wir werden unsere Tochter verlieren, Tupa-Gala wird sein Leben verlieren, der Herrscher wird den Glauben an seine Macht und die Königin ihr Gesicht verlieren ... Niemand gewinnt in diesem Spiel, denn letztlich ist es dem Erderschütterer, wenn es ihn tatsächlich geben sollte, völlig egal, ob ein Kind mehr oder weniger auf der Welt das Leben verliert. Jedes Mal, wenn er sich in seinem Bett hin und her wälzt, begräbt er Hunderte von Kindern unter sich.«

»Willst du dich damit abfinden?«

»Was bleibt uns anderes übrig?«

»Wir müssen kämpfen!«

»Gegen wen oder gegen was?«, fragte sie. »Wir wurden in diese Welt geboren, und wir glaubten, wir seien privilegiert, weil die Götter uns Reichtum im Überfluss, Glück, Sklaven, Liebe und großes Ansehen schenkten.«

Sie seufzte tief.

»Und zu guter Letzt dieses wunderbare kleine Mädchen! Doch plötzlich, als uns das Glück hold war wie nie zuvor, fordern die Götter ihren Tribut und stoßen uns wieder in die Wirklichkeit zurück, indem sie uns das nehmen, was uns am wertvollsten ist.«

»Findest du das nicht ungerecht?«

»Natürlich, aber haben ausgerechnet wir das Recht, zu verzweifeln?«

»Natürlich!«, entgegnete Cayambe entschieden. »Wir haben alles Recht der Welt. Ich kann auf diesen Palast, seinen Luxus und die Sklaven verzichten! Und auch auf gesellschaftliche Anerkennung oder meinen Rang als General! Ich bin bereit, wieder in der ärmlichen Hütte meiner Eltern zu wohnen und als einfacher Soldat im Heer des Inka zu dienen, aber ich werde mich nicht damit abfinden, Tunguragua zu verlieren.«

»Wir haben sie bereits verloren«, erinnerte ihn Sangay verzagt. »Du musst dich damit abfinden, dass der Tod sie uns genommen hat, und gegen den Tod ist ebenso wenig ein Kraut gewachsen wie gegen die Launen der Götter.«

»Noch ist sie nicht tot«, erinnerte sie ihr Mann.

»Ich weiß, und das macht mir am meisten zu schaffen, wenn ich mir vorstelle, wie sie verängstigt und einsam nach ihren Eltern ruft. Sie müssen sie auf den Gipfel eines weit entfernten Berges bringen, und die ganze Zeit wird sie glauben, dass wir sie im Stich gelassen haben.«

»O Herr!«, rief Cayambe. »Warum hat sich dein Zorn über uns entladen?«

»Wahrscheinlich, weil ich so achtlos gegen unsere heiligen Gesetze verstoßen habe«, erklärte Prinzessin Sangay. »Ich war so einfältig zu glauben, mir stünde das Recht zu, den Mann zu erwählen, für den sich mein Herz entschieden hatte. Jetzt stelle ich fest, dass ich für diese Verwegenheit büßen muss.«

»Der Inka selbst hat unsere Verbindung gutgeheißen.«

»Das stimmt, aber der Inka ist kein Gott, auch wenn er es selbst gern glauben will. Wenn er nicht einmal die Macht besitzt, das Schicksal seiner eigenen Kinder zu lenken, die sich hartnäckig gegen das Licht der Welt zur Wehr setzen, wie soll er dann die Macht haben, über Tunguraguas Schicksal zu wachen? Ich bin sicher, dass die Götter sie ihm aus den Händen reißen würden, genauso, wie sie es bei uns getan haben.«

»Wenn er wollte ...«

»Er will ja, aber er kann nicht!«

»Ein einziger Befehl von ihm genügte!«

»Dieser Befehl könnte das Ende des Inkareiches bedeuten, und das weiß er«, erklärte Prinzessin Sangay, die mittlerweile ihre Fassung wiedergewonnen hatte. »Noch ist die zukünftige Thronfolge nicht geregelt; es ist nicht sicher, ob es einen Sohn geben wird. Wenn es dem Herrscherpaar erneut nicht gelingen sollte, einen Thronfolger zu zeugen, könnte man dem Inka vorwerfen, er habe die uralten Bräuche und Gesetze unseres Landes missachtet. Seine Widersacher hätten noch mehr Gründe, ihn in Verruf zu bringen, und er würde weiter an Autorität und Macht verlieren.«

»Du sprichst wie eine Prinzessin aus dem Herrscherhaus! Mir will einfach nicht in den Kopf, wie du alles so gelassen hinnehmen kannst.«

»Ich bin tatsächlich eine Prinzessin, und ich gehöre dem Herrscherhaus an, aber gelassen bin ich nicht, nur resigniert«, widersprach sie. »Meine Seele schmerzt, und mein Herz kocht vor Zorn, aber am meisten macht mir diese Ohnmacht zu schaffen. Ich will nur sterben, ich würde nicht eine Sekunde zögern, mein Leben für das von Tunguragua zu geben, doch ich weiß, dass der Hohepriester dieses Opfer nicht annehmen würde.«

Sie sah ihm in die Augen.

»Was bleibt uns anderes übrig, als den Himmel darum zu bitten, uns mit der Gabe der Demut zu segnen?«

»Das sagte ich doch schon: Wir müssen kämpfen!«

»Kämpfen?«, wiederholte Sangay müde. »Aber gegen wen oder was? Nicht einmal der Große Rat würde es wagen, Pachacamacs Zorn herauszufordern. Seit Menschengedenken ist er eine Geißel des Inkareichs gewesen. Erinnere dich an das Erdbeben vor zwölf Jahren. Die Felder waren mit Leichen übersät, und der Zeremonienmeister verlor drei seiner Söhne. Glaubst du wirklich, die Menschen hätten das vergessen? Glaubst du, dass sie nicht ständig mit der Angst leben, die Katastrophe könnte sich wiederholen? Wenn Tupa-Gala auch nur damit droht, seinen Herrn zu wecken, werden die Mitglieder des Rates zittern wie Espenlaub.«

»Ich werde ihn töten!«

»Und ich wäre dir dankbar dafür, aber jetzt ist nicht der richtige Zeitpunkt. Warte, bis der neue Inka geboren ist, und wenn ihn dann der Herrscher nicht töten lässt, reiß ihm das Herz aus dem Leib und wirf es in die Tiefe des Titicacasees, damit seine Seele in alle Ewigkeit vergebens danach suchen muss.«

»Herrin!«

Prinzessin Sangay wandte sich unwirsch der Dienerin zu, die soeben das Gemach betreten hatte.

»Was ist?«, fragte sie ungeduldig.

»Komm und sieh dir das an, Herrin!«

Sie traten auf die große Terrasse hinaus, wo Cayambe jeden Nachmittag so selbstvergessen mit seiner Tochter gespielt hatte.

Es war bereits tiefe Nacht, trotzdem war alles hell erleuchtet, und als sie auf die Balustrade zugingen und auf das Goldene Viertel hinabsahen, das sich vor ihnen ausbreitete, entdeckten sie auf dem heiligen Sonnenplatz Tausende von Frauen, Männern und Kindern, und alle hielten kleine Öllampen in den Händen.

Es herrschte respektvolle Stille, während die Menschen nun ihre Trauer teilten, nachdem sie zuvor an ihrer Freude teilgehabt hatten.

Prinzessin Sangay riss sich zusammen und versuchte, sich nichts anmerken zu lassen, doch dann liefen ihr dicke Tränen über die Wangen, und ihr Mann musste sie festhalten, damit sie nicht zusammenbrach.

Dort unten, zu ihren Füßen, hatte sich das ganze Volk versammelt – ihr Volk –, und versuchte, den untröstlichen Eltern Trost zu spenden. Jeder der Anwesenden wusste, dass niemand etwas gegen das grausame Schicksal ausrichten konnte, das sie getroffen hatte.

Lange Zeit blieben sie auf der Terrasse stehen und starrten wie hypnotisiert auf das Meer der winzigen flackernden Lichter, bis sie sich schließlich in Tunguraguas Zimmer zurückzogen, sich beim Anblick ihrer Lieblingspuppe umarmten und ihrer unbeschreiblichen Trauer überließen.

Vom großen Fenster ihres Schlafgemachs aus beobachtete Königin Alia die Menschenmenge, die sich nicht von der Stelle rührte, dann ging sie in das kleine Gemach, das ihr Bruder aufsuchte, wenn er unruhig war oder nachdenken musste.

»Hast du gesehen, was draußen los ist?«, fragte sie, und als er stumm nickte, fügte sie schneidend hinzu: »Ich habe dich so erzogen, dass du stets Herr über dein Schicksal bleibst, und bislang war ich stolz auf mein Werk, nun aber merke ich, dass du zum ersten Mal die Kontrolle verloren hast. Die Menschen da draußen versuchen, dir etwas mitzuteilen. Es ist dein Volk, aber du hörst ihm nicht zu.«

»Ich höre zu!«, widersprach der Inka. »Natürlich höre ich ihm zu. Doch was soll ich antworten? Oder kann mir ein Einziger unter ihnen garantieren, dass die Erde nicht mehr bebt? Kannst du, die Mutter, mir unumstößlich versichern, dass unser Sohn geboren wird?«

Er streckte den Arm aus und legte ihr die Hand auf den Bauch, der sich bereits leicht wölbte.

»Da drin ist er«, sagte er. »Nur ein Finger trennt mich von ihm, und trotzdem ist er noch unglaublich weit von uns entfernt.«

Er schüttelte betrübt den Kopf.

»Wenn er doch nur sprechen könnte! Wenn er mir sagen könnte, dass er kräftig, sicher und entschlossen ist und kein Erdbeben der Welt ihn daran hindern wird, das Licht seines Vaters, des Sonnengottes, zu erblicken, dann würde ich keinen Augenblick zögern, denjenigen häuten zu lassen, der uns so viel Kummer bereitet, ich schwöre es!«

Erneut schüttelte er den Kopf.

»Doch noch spricht er nicht zu mir; er gibt mir nicht einmal ein Zeichen, dass er am Leben ist.«

»Er ist am Leben.«

»Woher weißt du das?«

»Er ist ein Teil von mir, und wenn er tot wäre, dann würde ich auch sterben«, lautete die entschiedene Antwort. »Er lebt, er wächst und wird von Tag zu Tag kräftiger. Und ich will, dass er morgen genauso stolz auf dich ist wie ich.« Sie umfasste sein Gesicht mit den Händen, zwang ihn, ihr direkt in die Augen zu blicken und flehte ihn an: »Verhindere dieses Menschenopfer!«

Der Inka dachte einen Augenblick nach und läutete dann eine kleine Glocke. Als die Palastwache kam, gab er mit leiser Stimme seine Befehle.

»Sagt dem *quipu-camayoc,* dass er das große *quipu* des Pachacamac in den Thronsaal bringen soll. Sofort!«

Wenig später half er der Königin Alia auf den goldenen, mit Edelsteinen geschmückten Thron und nahm zu ihren Füßen Platz. Geduldig warteten sie, bis ein alter Mann erschien. Er trug ein Stirnband mit dem Zeichen des Halbmondes, was ihn als Experten im Lesen von *quipus* auswies. Ihm folgten zwei Sklaven mit einer Tragbahre aus Holz, auf der ein großer Korb stand.

Als sie auf die Knie fallen wollten, um sich, wie es das Protokoll forderte, kriechend dem Herrscher zu nähern, hielt er sie mit einer ungeduldigen Geste davon ab.

»Kommen wir zur Sache!«, befahl er. »Beschränke dich darauf, der Königin zu erzählen, was in diesem *quipu* geschrieben steht.«

Hastig griff der Greis in den Korb und nahm vorsichtig einen dicken Strick aus *cabuya* heraus, an dem einer seiner Sklaven so lange zog, bis er lang genug war, um ihn an einem Haken zu befestigen, der allem Anschein nach eigens für diesen Zweck an der Wand angebracht worden war.

Dieser Strick, der so dick wie das Handgelenk eines jungen Mannes war, diente als Halterung für weitere Schnüre von unterschiedlicher Dicke, Länge und Farbe, in die unterschiedliche Knoten gemacht worden waren.

Als er den sieben Meter langen Strick straff zog, bildeten die vielen anderen Schnüre, die daran hingen, eine dichte Wand, sodass man kaum noch sehen konnte, was sich dahinter befand.

Die Sklaven befestigten das andere Ende des Stricks an der gegenüberliegenden Wand, und nachdem der Greis mit dem Stirnband die übrigen Schnüre heftig geschüttelt hatte, damit sie frei herab hingen, wandte er sich mit folgenden Worten an seine Herrscherin: »Dies ist das älteste, längste und vollständigste *quipu* im gesamten Inkareich, o Herrin. Es wurde auf Anweisung Sinchirocas begonnen, des Erstgeborenen unseres ersten Herrschers Manco Cápac, und soll an die Taten von Pachacamac erinnern.«

»Nur an die seinen?«, fragte Königin Alia verblüfft.

»Nur an jene Vulkanausbrüche und Erdbeben, die beträchtliche Opfer und Zerstörungen verursachten, Herrin«, erklärte der alte Mann.

»Aber wie ...?«

»Ganz einfach, Herrin. Diese ersten grünen Knoten hier stellen das große Erdbeben dar, das sich während der Regenzeit im siebten Herrschaftsjahr des dritten Inkaherrschers, Lloque Yupanqui, ereignete und das, wie genau festgehalten wurde, etwas mehr als zweihunderttausend Menschenleben forderte.«

Der Inka blickte zu seiner Gemahlin auf, um zu sehen, welchen Eindruck die Zahl der Opfer auf sie machte, und bedeutete dem Greis mit einer Geste, fortzufahren.

Der alte Mann nickte, bückte sich und hob eine andere Schnur an. Nach einigen Sekunden, in denen er sie studierte, fuhr er fort: »Dieser hier beschreibt bis ins kleinste Detail den Ausbruch des ›Giftspeienden‹, eines kleinen Vulkans inmitten der Kordilleren, dessen giftige Gase alles tierische und menschliche Leben in einem Umkreis von zwei Tagesmärschen auslöschten. Der Ausbruch dauerte während des gesamten vierten Jahres der Herrschaft des mutigen Mayta Cápac an.«

Der *quipu-camayoc* machte eine Pause und holte tief Luft. Dann griff er nach einer schwarzen Schnur, die in Wirklichkeit nur aus einer Unzahl unverbundener Knoten bestand und für ihn anscheinend eine besondere Bedeutung hatte, und erklärte mit ernster Stimme: »Was ich dir nun zeige, Herrin, ist eine der schrecklichsten Katastrophen, die unser Reich jemals erlebt hat. Sie ereignete sich während der Herrschaft des Inka Yahuar. Es heißt, in der Gegend von Cajamarca habe es eine wohlhabende Stadt gegeben, deren Felder von einem herrlichen See gespeist wurden. Eines Nachts sei Pachacamac wütend aus dem Schlaf erwacht, die Erde habe gebebt und der Schnee der Berge sich in den See ergossen. Riesige Wellen hätten daraufhin die Stadt überflutet und die Menschen im Schlaf überrascht. Niemand überlebte die Katastrophe, und die Stadt blieb unter einer meterdicken Schicht von Schlamm und Geröll begraben, die die Sonne später zu Stein erstarren ließ. Wir wissen nicht einmal mehr, wo sich diese Stadt einst befunden hat.«

Die Königin schwieg eine Weile, dann legte sie ihrem Mann, der zu ihren Füßen saß, zärtlich die Hand auf die Schulter.

»Was bezweckst du damit?«, fragte sie.

»Das müsste dir eigentlich klar geworden sein. Ich will dir zu verstehen geben, dass wir es mit dem schrecklichsten aller Feinde zu tun haben, einem, den nicht einmal meine göttlichen Vorfahren besiegen konnten.«

Er wandte seinen Blick dem alten Mann zu.

»Wie viele Tote sind in diesem *quipu* verzeichnet?«

»Insgesamt?«, fragte der Mann beunruhigt.

»Ungefähr ...«

Der *quipu-camayoc* versuchte, sich nicht anmerken zu lassen, dass es schier unmöglich war, eine genaue Zahl zu nennen. Er überflog die vielen Schnüre, die von dem merkwürdigen Strick aus *cabuya* hingen und nicht nur die Anzahl der Opfer, sondern auch Datum und Namen verzeichneten, und sagte schließlich nicht besonders überzeugt: »Um eine genaue Zahl nennen zu können, Herr, bräuchte ich Tage, aber ich möchte meinen, dass es etwa zwei Millionen Opfer sein müssten.«

»Zwei Millionen?«, wiederholte Königin Alia entsetzt. »Zwanzigmal so viele Einwohner wie Cuzco im Augenblick hat?«

»Noch etwas mehr, Herrin. Nächste Woche kann ich euch die exakte Anzahl ...«

»Nicht nötig!«, fuhr der Inka dazwischen. »Das wird nicht

notwendig sein. Es ist gut, du kannst alles hier lassen und gehen.«

Nachdem die drei Männer den Saal verlassen hatten, stand der Inka auf, trat so nahe zu dem langen *quipu*, dass er es beinahe berührte, und kehrte anschließend zu seiner Frau zurück.

»Verstehst du mein Verhalten nun besser?«, fragte er. »Der Erderschütterer respektierte nicht einen meiner Vorfahren, er hat stets getan, was ihm in den Sinn kam. Selbst jetzt bräuchte er nur mit den Fingern zu schnippen, und der Palast stürzte ein und begrübe uns unter seinen Mauern. Glaubst du, er wäre nicht wütend, wenn ich den höchsten seiner Vertreter auf Erden töten ließe? Glaubst du, ich könnte es mir leisten, als der dümmste Inka der Geschichte in diesen *quipu* einzugehen?«

»Und die arme Tunguragua?«

»Die arme Tunguragua wird nur ein winziger Knoten an einer der kleinsten Schnüre sein«, antwortete der Inka bitter. »Zugegeben, das ist traurig, aber sicher nicht trauriger als das Schicksal dieser zwei Millionen unschuldiger Opfer.«

Mit diesem letzten Satz schien der Inka das Thema abgeschlossen zu haben und erteilte die Genehmigung, am nächsten Tag mit den Vorbereitungen für den großen Umzug zu beginnen, mit dem die kleine Turteltaube zum Gipfel des Vulkans Misti gebracht werden würde, wo laut Tupa-Gala sein Herr ruhte.

Tausend Pilger würden sie begleiten, Männer und Frauen, Krieger und Würdenträger, Musiker und Priester. Eine lange Prozession, die durchs ganze Land zog, damit die Einwohner sämtlicher Orte, an denen der Weg vorbeiführte, der kleinen Prinzessin huldigen und den Erderschütterer bitten konnten, das Opfer, das man ihm entgegenbrachte, anzunehmen und für lange, lange Zeit stillzuhalten.

Sie wählten die feinsten Stoffe aus, aus denen die geschicktesten Putzmacherinnen des Reiches hundert Gewänder anfertigen sollten, die die Kleine während ihrer langen Reise zu tragen hatte. Die Goldschmiede arbeiteten Tag und Nacht, um den prächtigen Schmuck aus Gold, Silber, Kupfer und Edelsteinen herzustellen, den Tunguragua dem Gott Pachacamac als Opfergabe darbieten würde.

Die Seher in den Tempeln deuteten aus den rituellen *quipus* jedes Detail einer uralten Zeremonie, die seit fast einem Jahrhundert nicht mehr praktiziert worden war, und der erfahrenste Parfümmeister am Hof schloss sich in seine Kammer ein, um einen neuen Duft speziell für das große Ereignis zu kreieren.

Obwohl sein Liebhaber Xulca spurlos verschwunden war und Schmerz und Angst einen so bitteren Kloß in seinem Magen gebildet hatten, dass er kaum etwas essen konnte, schien Tupa-Gala im siebten Himmel zu schweben. Unermüdlich erteilte er Befehle und entwickelte ungeahnte Kräfte, während er persönlich jedes Detail eines Rituals überwachte, das den Höhepunkt seines dem zornigen und unberechenbaren Erderschütterer geweihten Lebens zu bilden schien.

Er wusste, dass er zum meistgehassten Menschen in ganz Cuzco geworden war, doch hätte man fast meinen können, dass dieser Abscheu die seltsame Eigenschaft besaß, ihn zu beflügeln, denn er gehörte zu jenen Menschen, die Hass der Gleichgültigkeit vorzogen.

In diesen Stunden übte er eine fast tyrannische Macht über seine Umgebung aus, und allein das war in seinen Augen etwas, für das es sich lohnte, alles zu riskieren – sogar das eigene Leben.

Alles in allem war er mit seinen knapp vierzig Jahren an einem Punkt seines Daseins angelangt, von dem an er sich allmählich in eine Mumie verwandeln würde, die sich von Tag zu Tag stärker schminken musste. Am Ende wäre er nur noch ein Spielzeug in den Händen seiner jungen Liebhaber, die ihn verachten würden, so wie er damals seinen alten Meister verachtet hatte, und die sich nur deshalb damit abfanden, sein Bett zu teilen, weil es die alten Sitten und Bräuche von ihnen verlangten.

Es war zweifellos der richtige Augenblick, um alles auf eine Karte zu setzen, denn er wusste, dass die Aussicht, als *runantinya* zu enden, ungleich größer war als die, mit dem Leben davonzukommen und als bedeutende Persönlichkeit in die Geschichte seines Volkes einzugehen.

Um diesem unausweichlichen Schicksal zu entgehen, bevorzeugte er eine einfache Lösung: die Kapsel mit einem schnell wirkenden tödlichen Gift, die er um den Hals trug. Er wusste, dass es innerhalb weniger Stunden seinen Körper einschließlich der Haut zersetzen würde, so dass selbst die geschicktesten *runantinya*-Macher keine Chance hätten, sie zu trocknen und zu einer Trommel zu verarbeiten.

Er musste nur den nötigen Mut aufbringen, um sie im richtigen Augenblick zu schlucken, wenn Pachacamac ihn verriet und aufwachte.

Sollte es anders kommen und sein Herr ihn nicht im Stich lassen, bliebe dem gesamten Inkareich nichts anderes übrig als zu akzeptieren, dass er recht gehabt hatte; dann würde ihm niemand mehr den ihm zustehenden Platz im Großen Rat verweigern können. Und wenn er erst einmal dort war, würde er schon zeigen, dass keiner dieser alten Taugenichtse ihm das Wasser reichen konnte.

16

Als Prinzessin Sangay um Erlaubnis bat, ihre Tochter sehen zu dürfen, wurde ihr diese vom Hohepriester persönlich verweigert.

Tupa-Gala ließ sich lediglich zu einem Zugeständnis erweichen. Die treue Amme des Mädchens erhielt die Genehmigung, die kleine Tunguragua auf ihrer langen Reise in den Tod zu begleiten und ihr bis zum letzten Augenblick beizustehen.

Daraufhin stürzte Prinzessin Sangay in Verzweiflung und suchte Trost in etwas, das ihr anfänglich geeignet schien, ihren unsäglichen Schmerz zu lindern, sich später jedoch gegen sie wandte: Kokablätter.

Als Mitglied des königlichen Hauses hatte sie ungehinderten Zugang zu der heiligen Pflanze, und nun griff sie zu jeder Tages- und Nachtzeit danach. Mehr und mehr versank sie in einem traumgleichen Dämmerzustand, aus dem sie scheinbar niemand herausholen konnte.

In den ersten Tagen war Cayambe dankbar, denn die heilige Pflanze schien den Schmerz seiner Frau tatsächlich zu betäuben, doch bald kamen ihm Zweifel, und als er sah, wie sich Sangay, seine lebendige und energische Frau, allmählich in eine lebende Tote verwandelte, war er so beunruhigt, dass er beschloss, zu handeln.

In seiner Verzweiflung nahm er ihr den gesamten Vorrat an Kokablättern weg, doch jedesmal, wenn er ihr den Rücken zukehrte, fand sie eine Möglichkeit, sich mit Hilfe ihrer Sklaven Nachschub zu besorgen.

Schließlich gehörten Sklaven, Diener und alles andere innerhalb der Mauern des Palastes ihr, denn er hatte außer seinem Rang als General des Gottkönigs, dem zehntausend Krieger unterstanden, nichts mit in die Ehe gebracht.

Die Vorstellung, dass man seine einzige Tochter bei lebendigem Leib in einer kleinen Höhle eines verschneiten Berggipfels einmauern würde, und der Anblick seiner Frau, die allmählich den Verstand verlor, waren unerträglich für einen Mann, der gegen die glühend heiße Wüste, die aufsässigen Bergstämme, das wütende Meer und die gefürchteten Araucanos gekämpft hatte und dem nun, da das Schicksal seiner eigenen Familie auf dem Spiel stand, die Hände gebunden waren.

Pachamú erschien ihm der einzige Mensch in seiner Umgebung zu sein, den er um Rat fragen konnte, doch auch ihm, seinem langjährigen Gefährten, fiel keine Lösung ein.

»Ich könnte hundert Mann zusammentrommeln, die nicht zögern würden, ihr Leben für dich zu opfern«, erklärte er, »aber ich glaube kaum, dass wir auch nur eine Handvoll finden, die bereit wären, sich den Zorn des Inka zuzuziehen. Wir sind alle ratlos.«

»Ich würde nicht einmal im Traum daran denken, von meinen Männern zu verlangen, sich über die Befehle des Herrschers hinwegzusetzen. Als ich ins Heer des Inka eintrat, schwor ich den Eid auf ihn, und diesem Schwur werde ich treu bleiben, auch wenn ich vor Kummer sterbe.«

»Wie kann ich dir bloß helfen?«

»Du kannst mir nicht helfen, mein Freund. Niemand auf der Welt kann diesen Schmerz lindern, weder du noch sonst jemand.«

Doch vier Tage, bevor die riesige Prozession zu der anstrengenden Reise aufbrach, die sie zur der Spitze eines Vulkans namens Misti führen sollte, erschien Pachamú im Palast des Generals und fragte mit leiser Stimme, als fürchtete er, ein indiskreter Diener könne sie hören: »Kennst du einen gewissen Xulca?«

»Xulca? Nein! Wer ist das?«

»Tupa-Galas Liebhaber. Ein junger Priester, in den diese Schlange offensichtlich unsterblich verliebt ist. Er hat ihn verlassen, weil er empört darüber war, was Tupa-Gala angerichtet hat.«

»Und?«

»Soldatenführer Quisquis kennt ihn. Beide stammen aus Huaraz und waren sozusagen Nachbarn.« Er dämpfte die Stimme, bis er kaum noch zu hören war. »Quisquis ist davon überzeugt, dass er in den Norden flüchtete, aber nicht nach Huaraz, sondern nach Huanuco, wo eine Schwester seiner Mutter lebt.«

»Was willst du damit sagen?«

»Vielleicht wäre Tupa-Gala bereit, das Leben seines Geliebten für das Tunguraguas einzutauschen, wenn wir ihn zu fassen bekämen.«

»Ist dir klar, was du mir da vorschlägst?«

Sein Untergebener nickte.

»Natürlich! Ich schlage dir ein Verbrechen vor, für das die Gesetze des Reiches eine harte Strafe vorsehen. Doch wenn ich mir das Verbrechen ansehe, das man im Namen derselben Gesetze an deiner Tochter verüben will, erscheint es mir geradezu als Lappalie.«

»Das heißt nicht, dass ich mich nicht schuldig machte.«

»Das nicht, aber es würde deine Tat rechtfertigen, und ich glaube, der Herrscher wäre sehr froh und ließe die Sache auf sich beruhen, wenn der Hohepriester des Pachacamac plötzlich zu der Erkenntnis käme, dass ein Menschenopfer gar nicht nötig ist.«

»Du bist ganz schön gerissen.«

»Du hast mir beigebracht, wie man Abgründe überwindet und die Wüste besiegt«, antwortete Pachamú lächelnd. »Wenn ein Weg versperrt wird, muss man nach einem Umweg suchen, der einen ans Ziel bringt. Da wir Tupa-Gala nicht direkt angreifen können, müssen wir es hinterrücks tun und dort zuschlagen, wo er seinen schwachen Punkt hat.«

General Saltamontes dachte über den Vorschlag seines Adjutanten nach. Die Vorstellung, sich die Hände schmutzig zu machen, behagte ihm ganz und gar nicht. Doch es ging um das Leben seiner Tochter und vielleicht auch um das seiner Frau, weshalb er schließlich zustimmend nickte.

»Schick Quisquis und zwei unserer treuesten Männer nach Huanuco. Sie sollen überprüfen, ob er sich dort aufhält und mir einen *chasqui* schicken mit der Nachricht, meine Mutter sei krank geworden. Das wird mir einen Vorwand liefern, den Hof in Cuzco zu verlassen.«

Er hob die Hand.

»Das heißt nicht, dass ich deinen Vorschlag annehme. Ich muss erst gründlich darüber nachdenken, und es kann sein, dass ich mich am Ende doch dagegen entscheide. Wenn ich im Heer eines gelernt habe, dann, nach Alternativen zu suchen.«

Er seufzte tief und fragte: »Soll ich Sangay davon erzählen? Oder würde ich ihr vielleicht nur Hoffnungen machen, die sich später nicht erfüllen lassen?«

»Du kennst sie besser als jeder andere«, antwortete sein Untergebener nur. »Ich kann mir vorstellen, wie meine Frau reagieren würde, aber deine?«

»Ich will nur wissen, was du an meiner Stelle tun würdest«, bohrte der General.

»Ehrlich gesagt, ich weiß es nicht«, gab Pachamú offen zu, den die unerwartete Wende im Gespräch in Verlegenheit brachte.

»Wir kennen uns schon so lange, wir haben zusammen Hunger, Gefahren und alle möglichen Widrigkeiten gemeistert, manchmal sind wir wie Brüder, aber du lebst in einer Welt, die mir so fremd ist wie die Wüste von Atacama. Wie kann ich wissen, wie eine Prinzessin aus dem königlichen Geschlecht fühlt und denkt? Mama Quina ist eine einfache Frau, gehorsam, fleißig, eine gute Ehefrau und eine gute Mutter. Wenn man ihr eröffnen würde, dass man vorhat, einen ihrer Söhne dem Gott Pachacamac zu opfern, würde sie es genauso klaglos hinnehmen, wie sie akzeptiert hat, dass ihre Söhne am Fieber starben. So ist das Leben für sie, von Kind an hat sie es nicht anders gelernt.«

Er zuckte die Achseln zum Zeichen seiner Hilflosigkeit.

»Sangay dagegen stammt von Königen ab, sie kennt Geheimnisse, die wir einfachen Menschen niemals begreifen würden. Ich kann dir nicht raten! Nichts von dem, was ich dir sagen könnte, wäre dir eine Hilfe.«

Nach einer weiteren schlaflosen Nacht, an die sich Cayambe allmählich gewöhnte, kam er zu dem Schluss, dass es besser war, Sangay vorerst nichts von der riskanten und in gewisser Weise absurden Aktion zu erzählen, die ihm Pachamú vorgeschlagen hatte.

Zudem glaubte er nicht, dass sie verstanden hätte, was zum Teufel er ihr vorschlug, da sie die meiste Zeit im Delirium verbrachte, aus dem sie mittlerweile höchstens noch erwachte, um nach einer weiteren Handvoll Kokablätter zu verlangen und sie sich, mit etwas Kalk vermischt, in den Mund zu stopfen.

Sie schlief nicht, sie aß nicht, sie trank nicht, und in den letzten Tagen weinte sie auch nicht mehr.

Cayambe saß neben ihr und wachte über ihren Rausch. Manchmal hatte er das Gefühl, sie nicht wiederzuerkennen, denn sie hatte nichts mehr gemein mit dem leidenschaftlichen Wesen, mit dem er so viele glückliche Stunden erlebt hatte, nicht einmal mit der Frau, die sich aufgegeben hatte, als der schwarze Kondor seine stinkenden Flügel über ihr friedliches Heim breitete.

Während er beobachtete, wie seiner verwahrlosten Sangay grünlicher Speichel über das Kinn lief, wenn sie wie besessen die kleinen trockenen Blätter der heiligen Pflanze kaute und ins Leere starrte, fragte er sich, welches Verbrechen er begangen haben mochte, dass ihm zuerst der Gott Pachacamac die Tochter und dann die heilige Pflanze seine Frau raubten.

»Warum tust du mir das an?«, fragte er sie, als sie eines Morgens halbwegs bei Verstand war. »Warum bestrafst du mich so hart, obwohl du weißt, dass mein Schmerz genauso groß ist wie deiner?«

»Tunguragua«, war alles, was seine Frau darauf antwortete. »Meine kleine Turteltaube. Wo ist sie? Warum hat man sie mir weggenommen?«

Manchmal, aber nur selten, überkam Cayambe das beklemmende Gefühl, dass seine Frau ihn für das, was geschehen war, irgendwie verantwortlich machte; als müsse seine Tochter geopfert werden, weil in seinen Adern kein königliches Blut floss.

Doch in ihrem Zustand war es zwecklos, ihr klarmachen zu wollen, dass ihre Tochter ohne dieses Blut, sei es nun adlig oder nicht, niemals zur Welt gekommen wäre.

Als er schließlich einsah, dass er sie verlieren würde, wenn sie so weiter machte, ließ er sechs seiner besten Männer kommen, die ihn auf der Expedition in das Land der Araucanos begleitet hatten und denen er blind vertrauen konnte. Er befahl ihnen, sich vor den Türen zu den Gemächern der Prinzessin aufzustellen und sie unter keinen Umständen herauszulassen.

»Und sollte eine ihrer Dienerinnen auf die Idee kommen, ihr Kokablätter zu bringen, so enthauptet sie auf der Stelle! Das ist ein Befehl!«

An dem Tag, als die lange Prozession durch die Tore des Tempels von Pachacamac zog und, begleitet von lauten Flöten und Trommeln, in die Straße einbog, die nach Südwesten führte, hallten die klagenden Schreie und Flüche der Prinzessin durch die Räume des Palastes. Doch Cayambe blieb standhaft und ließ sich nicht erweichen. Seine Frau würde keine Kokablätter mehr bekommen.

Ohne ihr Flehen zu beachten, trat er auf die Terrasse und beobachtete, wie die sechs Träger die goldene Sänfte schulterten, auf der seine Tochter saß. Er empfand keine Scham, als er allein und im Stillen weinte, während die lange Schlange der Frauen und Männer, die der Sänfte folgten, sehr langsam den Garten der Sonne durchquerte.

Obwohl die Tränen ihn blendeten und er kaum etwas erkennen konnte, spürte er, dass etwas Seltsames im Gange war.

Niemand, kein einziger Mensch, der nicht dem traurigen Zug angehörte, ließ sich auf der Straße blicken.

Sämtliche Bewohner von Cuzco mieden in stummem Protest gegen den barbarischen Akt die Straßen und Plätze der Stadt. Wenn Tupa-Gala gehofft hatte, dieser Tag würde zu einem Triumphzug für ihn werden, so musste er zutiefst enttäuscht sein, wenn er feststellte, dass es in ganz Cuzco keinen einzigen Menschen gab, der bezeugen könnte, wie der Priester die Hauptstadt an der Spitze der Prozession verlassen hatte.

Zehn kräftige Sklaven in prachtvollen Kleidern trugen scheinbar mühelos die breite Sänfte, auf der er aufrecht und hocherhobenen Hauptes saß und herausfordernd um sich blickte, als wollte er die Bewohner von Cuzco einzeln auffordern, ihm all die Verachtung, die sie für ihn empfanden, ins Gesicht zu schleudern. Man hätte meinen können, dass der Hass der anderen ihn geradezu stärkte.

Die Geschehnisse der letzten Wochen hatten alle Schlechtigkeit, die in den verborgenen Winkeln seiner Seele wohnte, und von deren Existenz nicht einmal er selbst gewusst hatte, an die Oberfläche gespült. Das Absurdeste an der verzwickten Situation aber war die Tatsache, dass niemand, nicht einmal er selbst, damit rechnete, dass sie ein gutes Ende fände.

Immer wieder löst die Vielschichtigkeit des menschlichen Wesens widersprüchliche Situationen aus; bestimmte Ereignisse haben Folgen, die wiederum verschiedene Reaktionen nach sich ziehen, bis die Unvernunft solchermaßen die Oberhand gewinnt, dass ihr niemand mehr Einhalt gebieten kann.

Obwohl die Gesellschaft der Inkas auf einem festen Fundament gründete, das scheinbar keine Risse aufwies, schien sie wie andere bekannte Gesellschaftsformen auch nicht vor diesem Phänomen gefeit. So wie manche Felsen auf den Gipfeln der Kordilleren unter den gewaltigen Temperaturunterschieden plötzlich zersprangen, konnte die sorgfältig errichtete Pyramide des Reiches von einem Tag auf den anderen einstürzen wie ein Kartenhaus, ohne dass jemand hätte erklären können, wie oder warum es dazu gekommen war.

Ein leichtes Beben der Erde, das in dieser Gegend der Welt nicht selten war, ein paar harmlose Tropfen Blut, ein Volk, das um seine Zukunft bangte, und ein Mann, der seine eigenen Kräfte nicht einzuschätzen wusste, hatten schließlich zu diesen bedrohlichen Vorgängen geführt, die jeglicher Vernunft entbehrten.

Wie ein Liebender, der nicht in der Lage ist, im geeigneten Augenblick um Vergebung zu bitten, obwohl er es im Grunde seines Herzen gern getan hätte, und das gemeinsame Haus verlässt, obwohl er genau weiß, dass er sich selbst ins Verderben stürzt, ließ Tupa-Gala seine Stadt zurück. Er ging erhobenen Hauptes und blutenden Herzens, in der Gewissheit, dass er einen verheerenden Fehler beging, ohne jedoch zugeben zu können, dass er sich irrte.

Auf diese Weise haben falscher Stolz und Hochmut in der Geschichte der Menschheit mehr Opfer gefordert als unzählige Kriege.

Immer wieder hat sich gezeigt, dass der Mensch mit großen Problemen eher fertig werden kann als mit kleinen Irrtümern, die auf unerklärliche Weise allmählich immer mehr Raum einnehmen und ihm am Ende über den Kopf wachsen.

Die hunderttausend Bewohner von Cuzco wollten nicht, dass dieser Mann zu einer Reise aufbrach, von der es keine Wiederkehr gab; er selbst wollte Cuzco nicht verlassen, und trotzdem setzte sich der Zug in Bewegung.

Und mit ihm ein zu Tode erschrockenes Kind, das nicht einmal weinen konnte und dessen einziger Wunsch es war, in den Armen seiner Mutter aus diesem unerklärlichen Albtraum zu erwachen.

Cayambe blieb wie versteinert auf der Terrasse stehen, bis die Truppe von Kriegern, die die Nachhut des Zuges bildeten, am Tempel des Mondes vorbeizog, um die Ecke bog und er sie endgültig aus den Augen verlor. Eine Weile lauschte er noch der traurigen Musik der *quenas,* bis auch sie in der Ferne verstummte.

Dann betrat er das Zimmer der kleinen Tunguragua, wo er die nächsten Stunden damit verbrachte, ihr Spielzeug anzustarren.

Schließlich erbarmte sich der scheue Gott des Traumes seiner und führte ihn zurück zu den Nachmittagen auf der Terrasse, an denen er bunte Kreisel warf und seine Tochter vor Freude jauchzte.

Er schenkte ihm die Nächte der Liebe wieder, als er in Sangays Armen lag und keiner von beiden ahnte, dass das Böse seine dunkle Höhle bereits verlassen hatte und auf der Suche nach ihnen war, ja, und schließlich auch die Zeit, in der er gegen das wütende Meer gekämpft hatte.

Zwei Tage und zwei Nächte lang schlief er, und als er endlich die Augen öffnete, stand Prinzessin Sangay frisch gebadet und gekämmt vor ihm. Sie warf ihm einen ernsten Blick zu, und ihre blassen Lippen verzogen sich zu einem bitteren Lächeln.

»Ich bin so froh, dass du endlich schlafen konntest. Ich hatte mir schon Sorgen um dich gemacht«, sagte sie leise.

»Ich mir auch, aber um dich.«

»Bitte verzeih mir«, flehte sie ihn an. »Ich weiß, dass ich unrecht tat. Die heilige Pflanze lindert viele Schmerzen, aber Wunden, die so tief sind, kann sie nicht heilen.« Sie zögerte einen Augenblick und fuhr dann fort: »Heute Morgen in aller Frühe ist ein *chasqui* gekommen und hat eine Nachricht gebracht. Deine Mutter ist krank.«

Cayambe sprang auf wie von der Tarantel gestochen.

»Waren das seine Worte?«, fragte er. »Meine Mutter ist krank?«

Als seine Frau nur stumm nickte, rief Cayambe: »Gesegnet sei er!«

»Was ist mit dir los?«, fragte Sangay beunruhigt. »Du freust dich über die Nachricht, dass deine Mutter krank ist?«

Cayambe zögerte mit der Antwort.

Er blickte sie einen Augenblick an, als wollte er sich vergewissern, dass sie ihr Gleichgewicht tatsächlich wiedergewonnen hatte, und erklärte schließlich: »Meiner Mutter geht es gut. Es ist eine verschlüsselte Botschaft, um mir zu bestätigen, dass meine Männer den jungen Liebhaber von Tupa-Gala in ihre Gewalt gebracht haben.«

Prinzessin Sangay dachte einen Augenblick nach, sah ihm in die Augen und schien darin zu lesen, was ihm durch den Kopf ging.

»Willst du ihm einen Tauschhandel vorschlagen?«

»Das wäre eine Möglichkeit.«

»Darauf steht die Todesstrafe.«

»Ich weiß.«

»Und das macht dir nichts aus?«

»Wenn es dir nichts ausmacht, sollte es mir auch egal sein. Vor wenigen Tagen hast du selbst versichert, dass du bereit bist, dein Leben für das Tunguraguas zu geben. Ich bin es auch.«

»Das ist doch Wahnsinn!«

»Alles, was im Augenblick geschieht, erscheint mir wie Wahnsinn, und das einzig Vernünftige ist, dass wir versuchen sollten, das Leben unserer Tochter zu retten, egal um welchen Preis.«

»Du wirst nie wieder nach Cuzco zurückkehren dürfen.«

»Ich weiß.«

»Man wird dich zum Geächteten erklären.«

»Ich weiß.«

»Deine eigenen Krieger wären gezwungen, dich bis in den letzten Winkel des Reiches zu verfolgen.«

»Auch das weiß ich.«

»Wohin würdest du gehen?«

»Das spielt keine Rolle, solange Tunguragua bei mir ist. Hinter den großen Bergen, wo die Sonne aufgeht, fängt der endlose Dschungel an, und im Süden gibt es Wüsten und weitere Berge, wo man ein neues Leben beginnen kann. Die Welt endet nicht an den Grenzen des Inkareichs.«

»Unsere schon.«

»Ich bin mehrmals in dieser anderen Welt gewesen«, gab Cayambe selbstbewusst zurück.

»Es gibt dort zwar weder große Städte, goldene Tempel, prächtige Paläste noch den Frieden und die Harmonie, an die wir uns gewöhnt haben, aber auf all das kann ich verzichten, während mir die Vorstellung, dass man unsere Tochter in einer eisigen Höhle auf dem Gipfel eines Vulkans einmauert, unerträglich ist.«

»Worauf warten wir dann?«

Er sah sie überrascht an.

»Was willst du damit sagen?«, fragte er hoffnungsvoll.

»Na, was wohl?«, gab sie zurück. »Dass ich genauso wie du bereit bin, für Tunguragua alles aufzugeben.«

»Du bist eine Prinzessin mit königlichem Blut!«

»Und wenn schon«, erwiderte sie entschlossen. »Ich bin vor allem Mutter. Und deine Gemahlin. Wenn mein Mann bereit ist, das mächtigste Reich auf Erden herauszufordern, um unsere Tochter zu retten, werde ich mich ihm anschließen, ohne auch nur einen Gedanken an die Gefahren zu verschwenden oder auch nur ein einziges Mal zurückzuschauen.«

Cayambe machte eine ausholende Gebärde und zeigte auf alles, was ihn umgab.

»Und das hier?«

»Was meinst du?«, fragte sie. »Der Palast, der Schmuck,

die Sklaven? Was sind sie wert ohne das Lächeln meiner Turteltaube?«

»Und deine gesellschaftliche Stellung?«

»Darauf pfeife ich«, antwortete sie abschätzig, beinahe aufgebracht. »Wegen dieser Stellung hat man uns Tungura-gua weggenommen, und seit diesem Augenblick ist sie mir gleichgültig.« Dann drohte sie ihm mit dem Finger und setzte hinzu: »Wenn du glaubst, dass dein Plan auch nur die geringste Aussicht auf Erfolg hat, dann setz ihn in die Tat um. Wenn aber nicht, dann solltest du mir keine falschen Hoffnungen machen.«

Er nahm ihre Hand und sah ihr in die Augen.

»Du bist fest entschlossen, nicht wahr?«

»So fest, wie ich es noch nie im Leben war.«

»Nun gut«, sagte Cayambe. »Dann lasse ich nach Pachamú rufen.«

17

»Der Himmel verfluche mich, dass ich dir diesen Floh ins Ohr gesetzt habe«, schimpfte Pachamú am folgenden Nachmittag.

»Ich verstehe deine Gründe, und ich gebe zu, dass ich an eurer Stelle wahrscheinlich dasselbe getan hätte, aber ich kann trotzdem nicht die Augen davor verschließen, dass du das größte Verbrechen begehst, dessen man sich im Inkareich schuldig machen kann. Ihr werdet euch den Zorn des Inka zuziehen, und er wird euch bis in alle Ewigkeit verfolgen.«

»Was kann er uns für einen größeren Schmerz zufügen, als so grausam unsere Tochter zu opfern?«, entgegnete Prinzessin Sangay. »Uns töten? Uns bei lebendigem Leib häuten lassen? Ich fühle mich bereits tot und gehäutet, obwohl ich noch atme und meine Haut unversehrt ist.«

»Was ist, wenn Pachacamac aufwacht?«

»Ob Tunguragua geopfert wird oder nicht, hat nicht den geringsten Einfluss auf Pachacamacs Schlaf, das weißt du ganz genau. Wenn er rachedurstig aufwacht, dann wird das Blut in Strömen fließen.«

»Das stimmt allerdings.«

»Also? Findest du nicht, dass es nur natürlich ist, wenn wir uns dagegen wehren, dass man uns das Kostbarste nimmt, was wir besitzen, nur weil Tupa-Gala nicht verwinden kann, dass ihm aufgrund seiner Neigungen gewisse Türen im Reich verschlossen bleiben? Im Volk meiner Mutter werden Männer gesteinigt, die Männer lieben, im Inkareich dagegen respektiert man sie und gewährt ihnen ein erheblich besseres Leben als den meisten anderen Untertanen des Reiches. Sie müssen weder im Heer dienen noch irgendeine Arbeit verrichten; sie wohnen in prächtigen Tempeln, dürfen tanzen, singen und die Blätter der heiligen Pflanze kauen.«

»Das hat mit uralten Gesetzen zu tun«, erklärte Pachamú.

»Ich weiß, und ich weiß auch, dass diese Gesetze auf den Inka Mayta Cápac zurückgehen, der sie erlassen musste, weil sein Lieblingssohn dieser Neigung frönte. Ich hatte nie etwas gegen Tupa-Gala, aber wenn das die Rolle ist, die man den Männerliebhabern zugewiesen hat, wüsste ich nicht, warum er sich unbedingt dagegen auflehnen muss oder meine Tochter dafür büßen soll.«

»Beruhige dich!«, ging ihr Mann dazwischen. »Jetzt ist keine Zeit mehr für Diskussionen, die Entscheidung ist gefallen.«

Er wandte sich Pachamú zu.

»Schick Quisquis eine Nachricht. Er soll Xulca festhalten und auf weitere Anweisungen warten. Wie viele Männer würden sich mir anschließen?«

»Drei ganz sicher. Zwei von ihnen sind noch ledig und auf Abenteuer aus. Sie wollen die Welt sehen. Der dritte hat keine Kinder, und offensichtlich auch nicht das geringste Interesse an der Frau, die man ihm zuteilte. Er war mit uns im Land der Araucanos, und ich glaube, er würde überall hingehen, nur um nicht in ihrer Nähe zu sein.«

»Hast du ihnen erklärt, worauf sie sich einlassen?«

»Sie wissen Bescheid.«

»Und sie sind trotzdem bereit, das Risiko einzugehen?«

»Manchmal wirkt Gefahr wie eine Droge. Du müsstest besser als alle anderen wissen, dass die Männer, die sich deiner seltsamen Division angeschlossen haben, alle ein bisschen verrückt sind.«

Er zuckte die Achseln.

»Und die drei sind wohl die Verrücktesten von allen.«

»Na schön«, sagte Cayambe nicht gerade begeistert. »Immerhin halte ich selbst das Ganze für reinen Wahnsinn. Was zum Teufel kann ich schon mit drei Kriegern ausrichten?«

»Ich habe zwei Sklaven, denen ich blind vertraue«, mischte sich Prinzessin Sangay ein. »Meine Mutter schenkte sie mir. Wenn ich ihnen die Freiheit verspreche, würden sie alles dafür tun.«

»Na gut, dann wären wir schon sieben«, erklärte ihr Mann, drehte sich zu seinem Stellvertreter um und befahl: »Sag deinen Männern, dass wir uns Morgen um Mitternacht am Turm der Amautas treffen.«

»Das ist die Straße, die zum Titicacasee führt«, wandte Pachamú ein. »Die Prozession zieht doch zum Misti.«

»Ich weiß«, gab Cayambe zu. »Aber es ist möglich, dass sie Wachen aufgestellt haben, falls jemand auf die Idee kommen sollte, dem Zug zu folgen. Es ist klüger, wenn wir zuerst Richtung Süden gehen und anschließend nach Südwesten abbiegen. Wir sind viel schneller als die Prozession und können ihr dann zuvorkommen.«

»Du hast dich nicht geändert«, grinste sein treuer Gefährte. »Du machst immer noch Umwege.«

»Ein Krieger muss das tun, was seine Feinde am wenigsten erwarten, ansonsten kann er sich geschlagen geben, noch ehe die Schlacht beginnt.«

In der nächsten Nacht warteten die drei Männer, die Pachamú ausgewählt hatte, am Fuß des Turmes. Als ihre vier Begleiter eintrafen, brach die Gruppe auf, ohne viele Worte zu wechseln, und nahm den Pfad, der durch das Tal der Könige zum fernen Titicacasee führte.

Jedem von ihnen war klar, dass er sein Todesurteil besiegelt hatte, sobald er Cuzco verließ. Der Herrscher konnte noch so großzügig und gütig sein, über einen solchen Akt des Ungehorsams, der an Hochverrat grenzte, würde er niemals hinwegsehen.

Es war eine Reise ohne Wiederkehr, ein Abenteuer, das nur mit Verbannung oder Tod enden konnte, und trotzdem waren alle fest entschlossen, ihren Weg fortzusetzen, egal, was kommen mochte. Vor allem Prinzessin Sangay gönnte sich trotz ihrer schwachen körperlichen Verfassung keine Minute Pause oder blieb auch nur einen Meter hinter den anderen zurück, denn sie war fest davon überzeugt, dass jeder Schritt sie ihrer Tochter näher brachte.

Die Blätter der heiligen Pflanze, die sie in großen Mengen dabei hatten, waren eine große Hilfe. Doch dieses Mal benutzten sie sie nicht, um sich daran zu berauschen, sondern nur mit dem Ziel, den Hunger zu stillen und die Erschöpfung zu besiegen.

Beim Morgengrauen waren sie bereits weit genug von der Stadt entfernt, um eine kurze Rast einlegen zu können. Als die Sonne fast im Zenit stand, nahmen sie ihren Marsch wieder auf, bis sie am frühen Nachmittag in der Ferne die Mauern einer der unzähligen Festungen erkannten, die das Herz des Reiches vor den Überfällen der wilden Stämme aus dem Hochland schützten.

Obwohl die Wächter auf den Türmen eher einen Angriff aus dem Süden erwarteten, wo die wilden Bergvölker lebten, als von einer Handvoll Reisender, die aus der Hauptstadt Cuzco kamen, beschloss Cayambe mit gutem Grund, dass der Augenblick gekommen war, sich ein ruhiges Plätzchen zum Schlafen zu suchen.

Sie würden auf die schützende Dunkelheit der Nacht warten, um die hohen Grenzmauern zu überwinden, ohne dass man sie entdeckte.

Sie versteckten sich zwischen den Felsen, aßen eine Kleinigkeit, um sich zu stärken, und kauerten sich in ihre Ponchos, um die Kälte und Feuchtigkeit der Andennacht so gut es ging zu ertragen.

Der zunehmende Mond stand bereits hoch am Himmel, als die Prinzessin ihren Mann weckte.

»Es ist Zeit, aufzubrechen«, flüsterte sie ihm ins Ohr.

Cayambe öffnete die Augen, blickte sich um und schüttelte den Kopf.

»Nein, es ist noch zu früh. Die Wache hat gerade gewechselt, und am Anfang sind sie besonders aufmerksam. Wir brechen erst auf, wenn sie müde werden.«

»Mir kommt jede Minute wie eine Ewigkeit vor«, seufzte sie.

»Ich weiß. Mir geht es genauso«, beschwichtigte er sie. »Aber ein unüberlegter und übereilter Schritt kann unser Ende bedeuten.«

Er strich ihr sanft über die Wange.

»Hast du Angst?«, fragte er.

»Nur davor, dass wir zu spät kommen könnten, um sie zu retten.«

»Mach dir keine Sorgen, das wird nicht passieren.«

»Wie kannst du so sicher sein?«

»Unter den Kriegern, die den Zug begleiten, sind Freunde. Ich habe sie gebeten, dafür zu sorgen, dass sie nicht allzu schnell vorwärtskommen.«

»Dann hast du das alles schon lange geplant?«

»Nein, aber ich dachte, dass unsere Möglichkeiten, Tunguragua zu retten, umso größer wären, je länger sie bräuchten, um den Vulkan zu erreichen.«

»Weißt du was?«, flüsterte sie ihm ins Ohr. »Ich habe mich in dich verliebt, als du mit Tiki Mancka in Ketten nach Cuzco zurückgekehrt bist, aber jetzt bewundere ich dich noch mehr, weil du mir den schönsten Liebesbeweis lieferst, den ein Mann einer Frau geben kann.«

»Vergiss nicht, dass Tunguragua auch meine Tochter ist.«

»Ich weiß«, stimmte sie ihm zu. »Aber den meisten Vätern sind die Kinder nicht so wichtig wie ihren Müttern. Nicht wenige lassen sie sogar im Stich, und ich kenne keinen Fall, in dem ein Mann bereit gewesen wäre, wirklich alles, was er besitzt, aufs Spiel zu setzen, um das Leben seiner Tochter zu retten.«

»Ich verliere nicht alles, was ich besitze«, berichtigte er sie. »Alles – das hieße, auch dich zu verlieren. Und der Rest ist wertlos.« – »Mich wirst du nie verlieren.« – »Das genügt mir.«

Kurz darauf weckten sie den Rest ihrer Gefährten und schlichen wie Schatten den steilen Pfad hinauf, der sich unter den Türmen hindurchschlängelte.

Mittlerweile hatte die Aufmerksamkeit der Wächter nachgelassen.

Sie schlugen die Zeit tot, als erfüllten sie nur eine lästige Pflicht, weil dies eine der Strecken nach Cuzco war, wo niemand einen Überfall der wilden Stämme erwartete.

Die Grenzbefestigungen im Norden, wo man jederzeit mit einem Angriff der gefürchteten Chancas rechnen musste, waren streng bewacht.

Im Osten kam es gelegentlich zu Übergriffen der Aucas, die im Urwald lebten, aber das Tal der Könige führte zum Titicacasee, und weder die Urus noch die Aymará wären jemals auf die Idee gekommen, die Hauptstadt Cuzco anzugreifen.

Im Morgengrauen kamen sie am Unterstand eines *chasquis* vorbei, der allem Anschein nach fest schlief.

Seine Aufgabe bestand auch nicht darin, die Wege zu bewachen, sondern stets darauf gefasst zu sein, dass ihm ein Kollege eine Nachricht übermittelte, die er dann zum nächsten Stafettenläufer in einer langen Reihe von Posten brachte.

Das dichte Straßennetz und die schnellen Männer, die von Kindheit an darauf trainiert worden waren, stundenlang zu laufen, ohne zu ermüden, sorgten dafür, dass eine Nachricht innerhalb erstaunlich kurzer Zeit jeden Punkt des riesigen Inkareiches erreichte.

Obwohl er auf dieser Welt nur eine Pflicht zu erfüllen hatte, nämlich Wort für Wort und bis aufs Komma genau die Nachricht seines Kollegen wiederzugeben, und niemals irgendwem weitererzählt hätte, dass in dieser Nacht eine Gruppe von Fremden an seinem Posten vorbeigekommen war, zogen sie es vor, einen weiten Bogen um seinen Unterstand zu machen.

Am nächsten Tag standen sie unvermittelt vor einem Dorf,

in dem offenbar ein fremder Stamm wohnte, der nicht einmal Quechua sprach. Einem alten Brauch gemäß, der darin bestand, ein besiegtes Volk ins Innere des Reiches zu bringen und die dort lebenden Menschen in die eroberten Gebiete umzusiedeln, war er offenbar vor langer Zeit hier gelandet.

Auf diese Weise wurden die besiegten Stämme praktisch entwurzelt und mit der Zeit gezwungen, die Sitten und Bräuche der Inkas zu übernehmen. Die Grenzen des Reiches wurden immer weiter ausgedehnt und die eroberten Gebiete mit eigenen Untertanen besiedelt.

Dies hatte zur Folge, dass die Besiegten die Inkas nicht als bloße Eroberer ansahen. Deren oberstes Ziel bestand darin, die anderen Völker in ihre Kultur einzubinden, indem sie sie davon überzeugten, dass ihre Zivilisation viel logischer und praktischer war als das Leben, das sie bisher gekannt hatten.

Die Fremden gaben der kleinen Gruppe zu essen und zu trinken, und sie konnten ihren Weg fortsetzen, ohne dass irgendwer sie gefragt hätte, woher sie kämen oder wohin sie wollten.

Die Nacht verbrachten sie in einer *tambo*, einer jener vielen gemütlichen Rasthütten, die sämtliche wichtigen Straßen des Inkareichs säumten. Dort wurden Vorräte gelagert, die allen Reisenden zur Verfügung standen, unter der Bedingung, dass sie die Hütte genauso sauber und aufgeräumt hinterließen, wie sie sie vorgefunden hatten.

Hier beschloss Cayambe, die gut ausgebauten, mit Steinen gepflasterten Straßen zu verlassen, die zum Titicacasee führten, und auf den kleinen, kurvenreichen Wegen weiterzumarschieren, die einen Umweg nach Südwesten bedeuteten.

»Mittlerweile müssten sie unsere Abwesenheit längst bemerkt und sich auf den Weg gemacht haben, um uns zu suchen«, erklärte er.

Mit dieser Annahme lag er völlig richtig. Am vergangenen Nachmittag war der neue Befehlshaber der königlichen Leibgarde zum Inka gekommen und hatte ihm mitgeteilt, dass Cayambe und seine Frau, Prinzessin Sangay, Cuzco verlassen hätten.

»Wie ist das möglich?«, fragte der Inka überrascht. »Bist du dir ganz sicher?«

»Wäre ich es nicht, würde ich dich nicht damit behelligen, Herr«, antwortete der Mann. »Sie sind weder in ihrem Palast noch in der Festung. Wir haben überall nachgesehen und konnten nur erfahren, dass sie mit zwei Sklaven und drei Kriegern Cuzco klammheimlich verlassen haben.«

»Glaubst du, dass sie die Prinzessin Tunguragua befreien wollen?«

»Wer bin ich, um solche Mutmaßungen anzustellen, Herr?«

»Sag, was du glaubst. Ich befehle es dir!«

»Nun, das wäre möglich, o Herr, obwohl es schwerfällt sich vorzustellen, dass ein General deines Heeres zu einem solchen Akt des Ungehorsams fähig wäre.«

»Ich fürchte, dass es nicht der General ist, sondern der Vater, der dahintersteckt, aber das spielt keine Rolle. Man soll sie aufspüren und herbringen, tot oder lebendig!«

»Wie du befiehlst, o Herr.«

Königin Alia war nicht überrascht, als ihr Bruder sie von den neuesten Entwicklungen unterrichtete.

»Das hatte ich befürchtet«, sagte sie.

»Und trotzdem hast du mir nichts gesagt?«, warf ihr der Inka verblüfft vor. »Das kann ich nicht glauben!«

»Du müsstest Sangay gut genug kennen. Sie würde sich niemals damit abfinden, dass man ihre Tochter opfert. Ich hätte dasselbe getan.«

»Und gegen unsere heiligen Gesetze verstoßen?«

»Die Gesetze der Natur sind stärker als die der Menschen«, widersprach sie scharf. »Du kannst glauben, was du willst, aber die Staatsräson wird niemals die Gefühle einer Mutter besiegen, die sich dagegen wehrt, dass man ihre Tochter lebendig einmauert, um einen rachsüchtigen Gott zu befriedigen, selbst wenn es Pachacamac persönlich ist. Wenn mein Sohn zur Welt kommt und jemand versucht, ihn mir wegzunehmen, werde ich ihm die Augen auskratzen.«

Sie warf ihm einen herausfordernden Blick zu.

»Du etwa nicht?«, fragte sie schließlich.

Der Inka zögerte, dann nickte er widerstrebend.

»Doch, ich glaube schon!«, räumte er ein.

»Aha. Weshalb bist du dann so überrascht? Du hast einem schrecklichen Akt der Ungerechtigkeit zugestimmt, den dir ein anderer aufzwang. Jetzt kannst du nicht mehr behaupten, du wärst derjenige, der festlegt, was richtig und was falsch ist. Es war dein Fehler, deshalb darfst du dich nicht wundern, wenn jemand sich dagegen wehrt, für deinen Fehler zu büßen.«

»Du scheinst vergessen zu haben, wer in diesem Reich der Herrscher ist!«

»Und du, dass es deine Untertanen sind! Es ist deine Pflicht, für sie zu sorgen und sie zu beschützen. Für alles gibt es Grenzen, und diesmal hast du die deinen überschritten. Ich bin sicher, dass Sangay und Cayambe ihr Leben für dich geopfert hätten. Ihr eigenes, nicht aber das ihrer Tochter!«

»Ich habe nicht verlangt, dass sie etwas für mich tun, sondern für das Reich.«

»So ein Unsinn!«, widersprach seine Gemahlin. »Egal, was dieser *quipu* erzählen mag, egal wie alt er ist, die Erde wird weiterhin beben, mit oder ohne Menschenopfer. Du weißt es, ich weiß es, und Tupa-Gala weiß es auch, trotzdem hast du dieses abscheuliche Verbrechen erlaubt.«

Sie schüttelte den Kopf.

»Was mir jetzt am meisten Sorgen macht, ist die Tatsache, dass die Götter der Liebe und der Fruchtbarkeit sich beleidigt fühlen und auf Rache sinnen könnten.«

»Was willst du damit sagen?«, fragte der Herrscher beunruhigt.

»Dass wir mit dieser grausamen Zeremonie das Glück und die Freude, die sie uns mit einem Sohn geschenkt hätten, in ein düsteres, trauriges Ereignis verwandelt haben, das bittere Folgen haben könnte.«

»Gibst du mir die Schuld daran?«

»Wenn du die Wahrheit hören willst: Ja, das tue ich«, antwortete sie aufrichtig. »Ich glaube, es wäre deine Pflicht gewesen, diesen niederträchtigen Intriganten und all die finsteren Hellseher und Hexenmeister enthaupten zu lassen, die dem Volk eine Welt aus Angst und Schatten predigen. Wir sind Kinder der Sonne und des Lichts, deshalb ist es unsere Aufgabe, das Leben zu lieben, nicht aber Finsternis und Schrecken.«

»So streng bist du noch nie in meinem Leben mit mir ins Gericht gegangen.«

»Da täuschst du dich. Das habe ich schon häufiger getan, aber du hast es nicht einmal gemerkt. Ich tue es, weil ich dich liebe, und weil es mich schmerzt, zu sehen, wie du dich zwingst, gegen deine eigenen Überzeugungen zu verstoßen.«

Jetzt hob sich die Stimme der Königin.

»Wenn du nicht wolltest, dass man diese Zeremonie feiert, warum hast du sie dann genehmigt? Was bist du für ein Herrscher, wenn du andere für dich regieren lässt?«

»Ich versuche nur, mein Volk und meinen Sohn vor Pachacamacs Zorn zu schützen.«

»Ich glaube nicht an Pachacamacs Zorn! Hörst du? Ich glaube nicht, dass es einen Gott gibt, der so grausam und blutrünstig sein kann, und wenn es ihn tatsächlich gäbe und er vor mir stünde, würde ich ihm ins Gesicht spucken!«

»Möge uns der Himmel beistehen!«, rief ihr Bruder aus. »Weißt du überhaupt, was für furchtbare Ketzereien du da aussprichst?«

»Und du, weißt du denn, welche Gräueltaten du zulässt? Zwei Menschen, die dich mehr lieben als sich selbst, sahen sich gezwungen, dich zu verraten. Ein Volk, das deinen Sinn für Gerechtigkeit liebte, ist entsetzt von deiner Kälte. Deine treuesten Berater wagen es nicht, dir zu widersprechen. Und ich, die ich dich anbete, bin über alle Maßen enttäuscht.«

Sie seufzte resigniert.

»Und warum all das? Weil du Angst davor hast, dass die Erde beben könnte, obwohl sie seit Anbeginn der Welt bebt und bis ans Ende aller Zeiten beben wird.«

»Ich will nur vermeiden, dass sie vor der Geburt unseres Sohnes bebt.«

Königin Alia nahm sich Zeit, um nachzudenken, und es war nicht zu übersehen, dass sie mit sich kämpfte, doch am Ende sagte sie: »Niemand kann verhindern, dass die Erde bebt oder Vulkane ausbrechen, und wenn dein Sohn nicht stark genug ist, um ein Erdbeben zu überleben, sollte er lieber nie das Licht der Welt erblicken, denn dem Inkareich kann nichts Schrecklicheres widerfahren, als dass ihm ein schwacher Inka zum Herrscher geboren wird.«

»Du machst mir von Tag zu Tag mehr Angst mit dem, was du sagst.«

»Wahrscheinlich, weil du von dem, was du tust, so wenig überzeugt bist«, erwiderte sie. »Im Grunde genommen weißt du, dass ich der einzige Mensch auf dieser Erde bin, der dir die Wahrheit ins Gesicht sagen kann. Ich kenne dich von klein auf und weiß, wie sehr dich Menschen verunsichern, die keine Angst vor dir haben.«

»Wenn du schon keine Angst vor mir hast, dann solltest du mich wenigstens respektieren.«

»Respekt muss man sich verdienen. Du bist mein Bruder, mein Gemahl, mein Gebieter und Geliebter, aber das macht mich noch lange nicht zu deiner Sklavin.«

»Warum war ich nicht der Erstgeborene?«, schimpfte der Inka. »Ich hätte derjenige sein müssen, der dich erzieht, nicht umgekehrt.«

»Umso schlimmer wäre es gekommen«, gab die Königin zurück. »Was also gedenkst du zu tun?«

»Ich weiß es nicht«, lautete die ehrliche Antwort. »Die Flucht von Cayambe und Sangay hat all meine Pläne durchkreuzt.«

»Deine Pläne?«, wiederholte sie verwirrt. »Was für Pläne meinst du?«

»Ich hatte der Eskorte befohlen, den Zug so langsam wie möglich vorankommen zu lassen. Ich hoffte, dass die Erde vielleicht noch einmal beben könnte. Wäre es so gekommen, hatten sie den Befehl, sofort mit dem Mädchen umzukehren. Nun hat dieser Plan keinen Vorrang mehr. Jetzt geht es darum, dass General Saltamontes und Prinzessin Sangay Hochverrat begangen haben. Darauf steht die Todesstrafe, und ich kann und will ihnen ihre Untreue nicht durchgehen lassen.«

18

Tupa-Gala stand kurz vor einem Wutanfall.

Sie hatten die Hauptstadt Cuzco vor mehr als einer Woche verlassen und erst ein Viertel des Weges zurückgelegt, den sie sich vorgenommen hatten. Die Reise zum Misti schien endlos.

Von dem Augenblick an, als er den Palast des Inka verlassen hatte, war ihm klar, dass es sich um einen Wettlauf gegen die Zeit handelte.

Sobald der Morgen graute, war er auf den Beinen und schrie Befehle, um dafür zu sorgen, dass sie mit den ersten warmen Sonnenstrahlen aufbrachen. Doch immer gab es den einen oder anderen Grund, der sie aufhielt, und meistens konnten sie erst aufbrechen, wenn die Sonne bereits im Zenit stand.

Dazu kamen die unsäglichen Strapazen auf dem Weg. Es schien, als hätte der Herrscher ihm nur Hinkebeine oder Träger mitgegeben, die sich von morgens bis abends betranken, denn die schwere Sänfte schlingerte bei jeder Bewegung, als befänden sie sich mitten auf einem gewaltigen und stürmischen Ozean. Nicht selten musste er eine Pause einlegen, um den anderen das Schauspiel und sich die Peinlichkeit zu ersparen, dass er sich übergab.

Während sie zum ersten Mal an einem steilen Abgrund entlang marschierten, beschlich ihn das ungute Gefühl, die Träger hätten sich abgesprochen, um ihn in die Tiefe zu stürzen. Ein anderes Mal weigerte er sich kategorisch, eine Hängebrücke auf den Schultern seiner wenig vertrauenswürdigen Diener zu überqueren.

Obendrein waren sämtliche Dörfer, an denen sie vorbeikamen, wie ausgestorben. Kaum hörten die Dorfbewohner, dass die Prozession im Anmarsch war, verschwanden sie in den Wäldern – nicht, ohne zuvor die Vorratsspeicher zu leeren.

Allem Anschein nach wollten sie nicht Zeuge des schrecklichen Verbrechens werden und brachten mit ihrer Abwesenheit ihren Abscheu zum Ausdruck.

Der Triumphzug durch die Dörfer und Städte des Reiches, den er sich erhofft hatte, entpuppte sich mehr und mehr als Desaster.

Nicht einmal Tito Guasca, der Priester, den er wegen seines organisatorischen Talentes zu seinem Stellvertreter ernannt hatte, kam seinen Pflichten nach. Obendrein machte er keinen Hehl aus seinen Bedenken und übte sogar offene Kritik an dem gefährlichen Abenteuer.

»Du setzt nicht nur dein Leben aufs Spiel«, erklärte er eines Abends, als er sich nicht länger mit der auswegslosen Lage abfinden mochte.

»Du riskierst die Zukunft unserer ganzen Priesterschaft. Wir haben Jahrhunderte gebraucht, um uns den Respekt des Volkes zu verdienen und die Menschen dazu zu bringen, dass sie unser Anderssein akzeptieren, damit wir in Frieden und Harmonie mit unserer Umgebung leben konnten. Du aber hast es geschafft, dass sie uns über Nacht wieder verachten und hassen.«

»Weil ich als Hohepriester des Pachacamac meine Pflicht erfüllen musste!«

»Es ist nicht deine Pflicht, Kinder töten zu lassen. Ebenso wenig, das Volk in Angst und Schrecken zu versetzen, indem du ihm mit dem Erderschütterer drohst. Unsere Priesterschaft wurde ins Leben gerufen, um den Gott Pachacamac zu besänftigen, nicht um seinen Zorn zu wecken oder seine Macht auszunutzen.«

»Es ist zu spät, ich kann nicht mehr zurück.«

»Es ist noch nicht zu spät. Du könntest behaupten, Pachacamac sei dir im Traum erschienen und hätte verkündet, dass er sich mit einer Alpakaherde zufrieden gibt.«

»Glaubst du im Ernst, dass ich auf derart schändliche Art meine Ideale opfern könnte?«, empörte sich Tupa-Gala. »Was würden meine Feinde sagen?«

»Keine Ahnung. Du hast dir mittlerweile so viele gemacht, dass man überfordert wäre, wollte man sie alle nach ihrer Meinung fragen«, entgegnete sein Stellvertreter gehässig. »Es wäre viel klüger, darauf zu hören, was die wenigen Freunde meinen, die dir geblieben sind. Ich glaube, sie wären heilfroh, wenn du wieder zur Vernunft kommen würdest.«

»Was du Vernunft nennst, ist für mich eine Schande. Und vergiss nicht, dass ich Pachacamacs Stellvertreter auf Erden bin. Willst du erleben, wie man das Ansehen deines Gottes mit Füßen tritt?«

»Du übertreibst«, wandte der Priester ein. »Du hast Dinge getan, die nicht nur dazu geeignet sind, das Ansehen eines Gottes zu zerstören, sondern auch das des übelsten Dämons.«

»Was meinst du?«

»Ich meine den Tag, als ich dich dabei überraschte, wie du einen halbwüchsigen Knaben vergewaltigen wolltest. Oder als du Xulca auf Knien angefleht hast, deine schmutzigsten Fantasien zu befriedigen.«

»Mein Privatleben hat nichts damit zu tun!«

»Da irrst du dich«, widersprach Tito Guasca, der Mühe hatte, nicht die Beherrschung zu verlieren. »Dein Privatleben hat uns in diese schwierige Lage gebracht. Eines lass dir gesagt sein: Solltest du das Glück haben, mit heiler Haut aus diesem Schlamassel herauszukommen, wird die gesamte Priesterschaft des Pachacamac dich absetzen und in die Wüste schicken. So haben wir es beschlossen. Wir wollen nicht mitschuldig an deinen Verbrechen sein.«

»Du meinst, ihr lasst mich im Stich?«

»So ist es. Du bist mutterseelenallein.«

»Dann macht euch darauf gefasst, dass ich gewillt bin, es mit der ganzen Welt aufzunehmen. Ganz allein werde ich meinen Weg fortsetzen und Pachacamac dieses Menschenopfer bringen, auch wenn es die letzte Tat meines ganzen Leben sein sollte.«

»Es wird deine letzte Tat sein, darauf kannst du Gift nehmen! Und im Übrigen stell dich drauf ein, dass wir noch lange unterwegs sein werden, denn diese Menschen scheinen fest entschlossen, die Dinge lieber gemächlich anzugehen. Egal, was du tust, der Misti wird in immer weitere Ferne rücken. Was mich betrifft, ich kehre nach Cuzco zurück«, schloss er und wandte sich schon zum Gehen, als Tupa-Gala ihn warnte: »Ich habe dir nicht die Erlaubnis gegeben, dich zu entfernen. Und ich bin immer noch dein Vorgesetzter.«

»Das wärst du, wenn ich noch der Priesterschaft des Pachacamac angehörte, aber solange du ihr Hohepriester bist, weigere ich mich, seinem Tempel zu dienen.«

»Seine Rache wird dich strafen!«

Tito Guasca warf ihm einen verächtlichen Blick zu und sagte beim Verlassen des Zeltes: »Was glaubst du, wen du vor dir hast? Meinst du wirklich, du könntest mir mit deinen dummen Drohungen Angst machen? Ausgerechnet du, ein bedauernswertes Wesen, das sich sein eigenes Grab geschaufelt hat?«

Er ließ seinen Hohepriester in einer noch verzweifelteren Verfassung zurück, als er ihn angetroffen hatte, denn der war nicht dumm und wusste, dass sein alter Freund in allem recht hatte.

Die einzige Macht, die er besaß, gründete auf der Angst, die der Erderschütterer unter den Menschen verbreitete in einem Land, das von schrecklichen Erdbeben mit verheerenden Folgen heimgesucht wurde. Immer wieder rüttelten sie an den Kordilleren und forderten Tausende von Opfern. Das war eine Bedrohung, von der sich die Ostküste des Pazifiks niemals würde befreien können.

Diese Angst zu seinen Gunsten auszunutzen, erwies sich als schmutziges Geschäft. Er hätte sich nicht dazu hinreißen lassen dürfen, doch mittlerweile fühlte er sich wie ein in die Enge getriebenes Raubtier, das nur noch wild um sich schnappt.

Sein Ende stand bevor, es schien ihm bereits so nah zu sein, dass er es fast mit Händen greifen konnte, doch das bedeutete mitnichten, dass er auch zur Kapitulation bereit gewesen wäre.

In der unangenehmen Unterhaltung mit seinem einstigen Weggefährten war ihm eines klar geworden: Seine Begleiter würden dafür sorgen, dass er niemals ans Ziel gelangte. Das größte Hindernis dabei bestand darin, dass er selbst nicht wusste, wie man in diesem gewaltigen Gebirge den Weg zum Misti finden sollte.

Die Führer konnten es sich leisten, immer wieder Umwege durch steile Schluchten und unwegsames Gelände zu machen und ihn an der Nase herumzuführen, bis ihm nichts anderes übrig blieb, als vor Erschöpfung aufzugeben.

Wieder bebte sein Kinn, dieses Mal jedoch vor Wut. Er stellte sich vor, wie sich die Träger ins Fäustchen lachten, während sie ihn auf der schlingernden Sänfte von einem Ort zum anderen trugen und er sich zusammenreißen musste, um nicht alles zuvor Gegessene zu erbrechen. Nachdem er stundenlang darüber nachgegrübelt hatte, kam er zu dem Schluss, dass er bereit war, bei diesem Kampf sein Leben zu verlieren, niemals jedoch seine Würde.

Noch hatte er einen letzten Trumpf in der Hand.

Einen, mit dem niemand rechnete.

Gelassen sah er mit an, wie die Anarchie im Lager wuchs, mischte sich nicht ein, wenn alles drunter und drüber ging und der Zug nur im Schneckentempo vorwärts kam. Er achtete nicht darauf, wenn seine Männer murrten, sie wollten unterwegs nicht alt werden, denn er wusste: Wer zuletzt lacht, lacht am besten.

Schließlich gelangten sie an einem strahlend klaren Morgen zu einer großen Hochebene, die von großen gefrorenen Pfützen fast ganz bedeckt zu sein schien. Weit und breit kein einziges Lebenszeichen, weder von Tieren noch von Menschen. Nur in der Ferne sah man einen kleinen Tempel mit zwei Mauern, die ihn vor den heftigen Winden schützten. Wahrscheinlich das Grab eines vergessenen Gottes, denn es war voll von alten Opfergaben, oder einer der vielen *huacas,* die die Reisenden aus unbekannten Gründen vor langer Zeit errichtet hatten, um die lokalen Gottheiten um Schutz zu bitten.

Ähnliche *huacas* gab es an allen Wegen im ganzen Reich, die meisten dienten als Treffpunkt für die Bewohner der benachbarten Dörfer in diesem weiten, nur schwach besiedelten Land, in dem die einzelnen Hirtenclans oder Bauern manchmal monatelang keinen anderen Menschen zu Gesicht bekamen.

Er befahl den Trägern, etwa fünfzig Schritte vor dem Tempel stehen zu bleiben, dann stieg er aus seiner Sänfte, ging die letzten Meter zu Fuß und kniete vor dem Eingang nieder. Minutenlang verharrte er wie in Trance, während die Augen der fast tausend Pilger auf ihm ruhten.

Schließlich winkte er den Kommandanten des Geleitzugs zu sich, und als dieser vor ihm stand, hob er mit heiserer, tiefer Stimme an zu sprechen.

»Mein Herr, der Erderschütterer Pachacamac, ist mir erschienen und hat sich beschwert, dass ihr ihn an der Nase herumführt.«

»Wir? An der Nase herum?«, stotterte der Mann sichtlich beunruhigt.

»Das hat er gesagt. Und er fuhr fort, sein Zorn werde die Erde dermaßen erbeben lassen, dass in Cuzco kein Stein auf dem anderen bleibt, wenn er sein Opfer nicht innerhalb von drei Tagen erhält.«

»Drei Tage?«, antwortete der Mann entsetzt. »Das ist unmöglich! Der Misti liegt mindestens zehn Tagesmärsche entfernt.«

»Ich weiß«, log Tupa-Gala gelassen. »Daher hat er mein Flehen erhört und ist damit einverstanden, dass wir die Kleine auf dem verschneiten Gipfel des Berges dort drüben am Horizont opfern.«

»Dort drüben?«, fragte der Mann, dem es die Sprache verschlagen hatte.

»Genau! Wie heißt der Berg?«

»Das kann ich dir beim besten Willen nicht sagen. In dieser Gegend gibt es so viele Berge, dass sie nicht einmal alle einen Namen haben.«

»Mit oder ohne Namen, für unseren Zweck könnte er nicht geeigneter sein. Pachacamac wird schon wissen, warum er zugestimmt hat.«

»Was wird der Herrscher sagen?«

»Der Herrscher hat nichts zu sagen, wenn es um die Wünsche meines Herrn geht, zumal er mir selbst die Entscheidung darüber übergab.«

Er zeigte drohend mit dem Finger auf den Krieger.

»Und vergiss nicht! Innerhalb von drei Tagen müssen wir den Gipfel da drüben erreichen, ansonsten trägst du die Verantwortung für das, was über Cuzco hereinbricht.«

Der arme Mann war ein erfahrener Krieger, der an unzähligen Schlachten teilgenommen und seinen Mut unter Beweis gestellt hatte, doch er wusste überhaupt nicht, wie er mit einer solchen Situation fertig werden sollte.

Man hatte ihm den Befehl erteilt, den Zug bis zum fernen Misti zu eskortieren und dafür zu sorgen, dass sich die Reise so lange wie möglich verzögerte, doch niemand befand es für nötig, ihn darüber aufzuklären, welche erdrückende Verantwortung auf seinen Schultern lastete.

Wer war er, dass er die Prophezeiungen eines Hohepriesters von Pachacamac, dem gefürchtetsten aller Götter, bezweifeln durfte?

Wer war er, dass er darauf bauen sollte, dass der Erderschütterer, der die Erde so oft hatte erbeben lassen, es diesmal vergessen würde?

Mit Pachacamac spielte man nicht.

Mit den kleinen Göttern – ja, und sogar mit dem Tod, denn der besiegte nur denjenigen, der ihn offen herausforderte, von Angesicht zu Angesicht. Aber Pachacamacs Zorn zu wecken hieß, das Leben Abertausender unschuldiger Menschen aufs Spiel zu setzen.

Ratlos blieb er wie angewurzelt stehen, während der Hohepriester aufrechten Schrittes auf das große Zelt zuging, das seine Diener eilig errichtet hatten. Als der Kommandant endlich wieder zu sich fand, kniete auch er vor dem kleinen Tempel nieder, um die Götter, die dort wohnten, um Erleuchtung zu bitten, damit sie ihm einen Ausweg aus der verfahrenen Lage weisen konnten.

Sopay, der Bösartige, hatte ihn aufgesucht.

Der Übelste aller Dämonen der Finsternis tauchte auf, als er am wenigsten mit ihm rechnete, und stellte ihn vor eine unlösbare Aufgabe.

Die Anweisungen des Gottkönigs waren eindeutig gewesen: Er hatte den ausdrücklichen Befehl erhalten, den Marsch zu verzögern, und zwar mit allen ihm zur Verfügung stehenden Mitteln.

Überdies sollte er durch einen *chasqui* ständigen Kontakt mit der Hauptstadt halten und von diesem neue Anweisungen erwarten, doch nun überschlugen sich plötzlich die Ereignisse.

Wie sollte er den Marsch auf einen Berg verzögern, der direkt vor ihrer Nase lag? Zudem waren drei Tage viel zu wenig, um sich vom Herrscher in Cuzco neue Anweisungen übermitteln zu lassen.

Drei Tage!

Mochte der Himmel ihm beistehen!

Was konnte er in drei Tagen machen?

Als er schließlich in das improvisierte Zeltlager zurückkehrte, das man an der einzigen trockenen Stelle in dem sumpfigen Gelände errichtet hatte, rief er seinen schnellsten Stafettenläufer und befahl ihm, in die Hauptstadt zurückzukehren, so schnell seine Beine ihn trugen.

»Ich habe eine Botschaft für den Inka«, sagte er. »Sie ist nicht geheim. Du wirst sie in jeder Siedlung, an der du vorbeikommst, verkünden, auf dass sie in alle Winde getragen werde. Sie lautet: Tupa-Gala will das Mädchen auf dem Gipfel eines unbekannten Berges opfern, der die schwarze Hochebene etwa einen Tagesmarsch vom Fluss Apurímac entfernt überragt. Hast du dir diese Botschaft gemerkt?«

»Das habe ich.«

»Dann wiederhol sie!«

»›Tupa-Gala will das Mädchen auf dem Gipfel eines unbekannten Berges opfern, der die schwarze Hochebene etwa einen Tagesmarsch vom Fluss Apurímac entfernt überragt.‹ Du kannst dich darauf verlassen, dass der Inka morgen um die Mittagszeit deine Botschaft erhalten hat.«

»Dann lauf! Mögen die Götter dir beistehen!«

Der *chasqui* verbeugte sich leicht und lief in einem Tempo los, das sonst kaum jemand länger als ein paar Minuten durchhalten konnte.

In dieser Höhe von mehr als dreitausend Metern über dem Meeresspiegel, wo die Luft zum Atmen fast zu dünn war, war es sogar für den schnellsten Athleten unmöglich, sich mit ihm zu messen. Der Boden unter seinen Füßen fühlte sich eiskalt an, und er versank bei jedem Schritt bis auf die Knöchel im Morast.

Doch der Mann war seit seiner Kindheit für diese Aufgabe ausgebildet worden und hätte alles getan, um seinen Auftrag zu erfüllen.

Stählerne Beine, gewaltige Lungen, ein unerschütterlicher Glaube und ein Säckchen mit den Blättern der heiligen Pflanze, die er ausschließlich zu diesem Zweck kauen durfte, trieben ihn unermüdlich voran, denn instinktiv spürte er, dass die Zukunft des Inkareichs vielleicht nur von seiner Leistung abhing.

Als seine Kräfte allmählich nachließen, erreichte er den Posten, an dem der nächste *chasqui* wartete. Er sagte diesem die Botschaft zweimal auf, forderte ihn auf, sie zu wiederholen und sah dann zu, wie dieser in Richtung Norden davonlief.

Anschließend ließ er sich auf das warme Alpakafell fallen und schlief auf der Stelle ein.

Wie er versprochen hatte, warf sich, sogar noch ehe es Mittag wurde, ein erschöpfter *chasqui* dem Inka zu Füßen und gab ihm Wort für Wort die Botschaft weiter.

Der Sohn der Sonne, Halbgott und Herr über Leben und Tod von Millionen von Untertanen, war bestürzt.

Nicht, weil das Leben eines Mädchens, das er nie von Angesicht zu Angesicht gesehen hatte, in höchster Gefahr war, sondern weil er sich große Sorgen wegen der Auswirkungen machte, die diese schreckliche Nachricht auf die Königin haben würde.

Die *hampi-camayocs,* jene schmierigen Medizinmänner und Hellseher, die er im Grunde seines Herzens verachtete, die sich aber im Augenblick um seine Frau kümmerten, hatten ihn gewarnt. Jede Aufregung könne für die Königin verheerende Folgen haben.

»Sie braucht Ruhe und Entspannung«, erklärten sie. »Sehr viel Ruhe, gesundes Essen, keine Gewürze, keine Kokablätter und vor allem keine bösen Überraschungen. Die nächsten beiden Monate sind entscheidend.«

»Ich verfluche dich, Tupa-Gala!«, flüsterte er vor sich hin. »Tausendmal seist du verflucht! Nicht einmal mit deinem hundertfachen Tod könntest du für das Unheil zahlen, das du anrichtest!«

Einen Mann, der sich für praktisch allmächtig hielt, seit er als Kind begriffen hatte, dass er von einem göttlichen Herrschergeschlecht abstammte, versetzte das Gefühl, dass ihm wegen eines schmutzigen Intriganten die Hände gebunden waren, in ohnmächtigen Zorn.

Er wusste, dass er nur zwei Worte aussprechen musste: »Tötet ihn!«, und alles würde wieder zur Normalität zurückkehren, doch diese drastische Maßnahme bedeutete auch das Eingeständnis, dass er unfähig war, ein schwieriges Problem mit friedlichen Mitteln zu lösen und deshalb zu Gewalt greifen musste.

Er fragte sich, wie sich Pachacuti in diesem Fall verhalten hätte, der zu Recht als klügster Inka seit Manco Cápac galt, dem Gründer der Dynastie.

Pachacuti hatte in seiner Person die Kraft des Jaguars, die Schläue des Fuchses und den scharfen Blick des Kondors vereinigt. So war es ihm möglich gewesen, das Inkareich groß und mächtig zu machen und seine Grenzen immer weiter auszuweiten.

Pachacuti wüsste in seiner Situation jederzeit, wie man einem niederträchtigen Schurken wie diesem Priester das Handwerk legte, ohne dass einem alles aus dem Ruder lief. Wahrscheinlich hätte kein Tupa-Gala auf der Welt es gewagt, sich mit ihm anzulegen.

Und während jetzt er auf Pachacutis Thron saß, musste er sich eingestehen, dass er in seinem Eifer, ein gerechter Herrscher sein zu wollen, schließlich als unsicherer Schwächling endete.

Im Laufe der Jahre verdiente er sich die aufrichtige Zuneigung seines Volkes, das war nur allzu wahr. Zugleich aber hatte er mit seinem Verhalten dafür gesorgt, dass man ihn nicht mehr so sehr fürchtete wie seine Vorgänger auf dem Thron.

Deshalb wurden die Tupa-Galas, die ihn offen herausforderten, und die Cayambes, die es wagten, ihn zu verraten, immer zahlreicher. Deshalb hatte seine eigene Schwester sich mit einem unwürdigen Sklaven eingelassen. Deshalb drohten die Kaziken in den nördlichen Provinzen des Reiches damit, sich von ihm loszusagen, wenn er ihnen nicht bald einen Thronfolger bescherte.

Als er sich allein in das kleine Gemach zurückzog, das er stets aufsuchte, wenn er über wichtige Entscheidungen nachdenken musste, kam er zu dem Schluss, dass es höchste Zeit war, allen Untertanen deutlich vor Augen zu führen, dass er durchaus in der Lage war, Stärke zu zeigen, sobald es darauf ankam.

Seine Stimme hatte nicht gezittert, als er seine eigene Schwester Ima zum Tode verurteilte. Warum sollte sie jetzt stocken, wenn er einen seiner ärgsten Feinde zur Strecke brachte?

Bei Sonnenuntergang befahl er seiner Leibwache, den Priester Tito Guasca zu ihm zu bringen. Der Inka wusste, dass dieser nach Cuzco zurückgekehrt war, nachdem er sich mit dem Hohepriester des Pachacamac zerstritten hatte.

Als Tito Guasca vor ihm auf die Knie fiel, fragte er: »Was sagen die Gesetze der Priesterschaft des Pachacamac über ein Menschenopfer auf dem Gipfel eines unbekannten Berges?«

»Nichts, und deshalb ist dieses Opfer nicht rechtens, Herr«, antwortete der Priester selbstbewusst. »Der Erderschütterer wohnt auf dem Misti, auf dem Picchu-Picchu, auf dem Chanchani, auf dem Sara-Sara, sogar auf dem Ampato, keinesfalls aber auf einem Berg ohne Namen!«

»Bist du sicher?«

»Vollkommen, o Herr! So wie ein König nicht in einer schäbigen Bauernhütte übernachtet, so wohnt auch kein Gott monatelang auf einem unbekannten Berg; ein Opfer an einem solchen Ort entbehrt jeder Grundlage. Diese Zeremonie ist das Machwerk eines Menschen, dem die Priesterschaft des Pachacamac gleichgültig ist und der nur seine eigenen Interessen verfolgt.«

»Stimmt das? Denkt der Tempel von Pachacamac genauso wie du?«

»Ja, wir missbilligen Tupa-Galas Handeln und stellen uns geschlossen gegen ihn.«

»Können mir die Priester des Pachacamac garantieren, dass die Erde nicht bebt, wenn man dem Gott das Menschenopfer verweigert?«

»Das könnten wir niemals garantieren, o Herr!«, antwortete der Priester beunruhigt. »Wir können nur sagen, dass es im Augenblick keinerlei Hinweise darauf gibt, dass die Erde in absehbarer Zeit wieder beben wird. Ganz gleich, ob mit oder ohne Menschenopfer.«

»Seid ihr bereit, öffentlich gegen den Hohepriester Stellung zu beziehen?«

»Sobald du es uns erlaubst, Herr.«

»Nun gut«, sagte der Inka nachdenklich.

»Ab sofort übertrage ich dir die Vollmacht dazu. Morgen soll die gesamte Priesterschaft des Tempels von Pachacamac auf die Straßen von Cuzco gehen und dem Volk verkünden, dass sie sich gegen ihren Hohepriester erhoben haben. Ich werde daraufhin seine sofortige Verurteilung zum Tode veranlassen.«

»Glaubst du, dass wir die Zeremonie aufhalten können, Herr?«, fragte der Priester.

»Ich fürchte, es könnte zu spät sein, aber zumindest wird der sinnlose Tod des Mädchens deutlich machen, dass in Zukunft niemand mehr im Namen eines Gottes das Volk bedrohen kann.«

»Herr, ich hoffe sehr, dass dem Tempel von Pachacamac dein gerechter Zorn erspart bleibt. Wir waren mit Tupa-Galas Entscheidungen nicht einverstanden, doch das Gesetz zwang uns zum Gehorsam.«

»Es wäre ungerecht, Unschuldige wegen einer Verfehlung zu bestrafen, die sie nicht begangen haben. Und das erste Gebot eines Herrschers ist, gerecht zu sein. Gehe in Frieden. Ich ernenne dich hiermit zum Hohepriester des Tempels von Pachacamac.«

Nachdem der neue Hohepriester des Pachacamac den königlichen Saal verlassen hatte, ließ der Inka den *chasqui-camayoc* rufen, den ranghöchsten Stafettenläufer, und erkundigte sich, wie lange es dauern würde, dem Befehlshaber des Zugs auf der schwarzen Hochebene eine Botschaft zukommen zu lassen.

»Anderthalb Tage, Herr.«

»Warum dauert das länger, als die Nachricht brauchte, um hierher zu gelangen?«

»Weil es gleich dunkel wird, Herr. Es ist kalt, und es wird regnen. Meine Männer müssen sich diesen Bedingungen anpassen, sonst laufen sie Gefahr, in dem unwegsamen, steilen Gelände zu stürzen, und dann erreicht die Botschaft niemals ihr Ziel.«

»Das Leben eines kleinen Mädchens hängt von ihnen ab.«

»Ich weiß, Herr, und ich versichere dir, dass sie ihr Bestes geben werden, aber dir ist auch bekannt, wie gefährlich die Strecke ist.«

»Na gut. Sie sollen sofort aufbrechen!«

»Und wie lautet der Text der Botschaft?«

»Verhindert das Opfer und bringt mir Tupa-Gala in Fesseln!«

»Verhindert das Opfer und bringt mir Tupa-Gala in Fesseln«, wiederholte der *chasqui-camayoc* wie ein Papagei. »Wenn auch nur die geringste Chance besteht, dass deine Nachricht pünktlich ihr Ziel erreicht, so wird es der Fall sein, Herr.«

»Sie werden dafür belohnt werden.«

»Ihr größter Lohn, o Herr, ist, dir zu dienen.«

Eilig verließ der Mann den Saal, und kaum war er verschwunden, trat Königin Alia ein, die offenbar im Vorzimmer auf das Ende der Unterredung gewartet hatte.

»Ist es nicht etwas spät für diese Entscheidung?«, fragte sie.

»Vielleicht«, gestand ihr Mann zerknirscht. »Doch bis

heute hat mir Tupa-Gala keine Möglichkeit gegeben, gegen ihn vorzugehen. Jetzt ist es so weit, und daher ist sein Schicksal besiegelt. Er wird als *runantinya* enden.«

»Das macht weder Prinzessin Tunguragua wieder lebendig, noch tröstet es ihre Eltern.«

»Die Kleine tut mir aufrichtig leid, nicht aber ihre Eltern. Sie sind Verräter und verdienen den Tod.«

»Nur weil sie versucht haben, den grausamen Tod ihrer Tochter zu verhindern?«

»Ja. Verrat ist das schlimmste Verbrechen, das ein Untertan des Inka begehen kann. Und darauf steht die Todesstrafe.«

19

Es war keine königliche Straße. Kein Weg. Nicht einmal ein Trampelpfad der Alpakas. Nur eine von dichtem Gestrüpp überwucherte Rinne, die sich erst durch die Tiefe eines engen Tals schlängelte, das nur wenige Stunden am Tag von der Sonne aufgewärmt wurde, um dann wie eine Kletterpflanze den steilen Felsenhang zu den schwarzen Berggipfeln hinaufzuklimmen.

Von dem kleinen tosenden Fluss aus gesehen, der durch die Schlucht rauschte und das Wasser von den Bergen ringsum aufnahm, schienen die steilen Gipfel unerreichbar hoch. Sie kämpften sich Meter um Meter hinauf, immer in dem Gefühl, dass es nach dem nächsten Schritt nicht mehr weiterginge.

Und tatsächlich war es am Ende weder eine Straße noch ein Weg oder Trampelpfad, ja, nicht einmal mehr eine Rinne, sondern eine in Stein gehauene, steil nach oben führende Treppe, so schmal, dass auf einer Stufe nicht zwei Füße gleichzeitig Platz fanden.

Auf der einen Seite der Abgrund, der immer tiefer hinabstürzte. Auf der anderen Seite eine gewaltige Wand aus Stein, die immer höher hinaufwuchs.

Jeder, der die Höhenangst kannte, konnte in diesem Abschnitt der Kordilleren keinen einzigen Tag überleben. Sie aber waren Inkas, dies war ihre Welt, und sie kamen so schnell und selbstverständlich voran wie ein Beduine in der heißen Sandwüste oder ein Eskimo im Eis des Nordpols.

Und während die sechs Männer und eine Frau unzählige Pfade hinauf- und hinabkletterten, auf denen sogar Bergziegen um ihr Leben gebangt hätten, ohne dass Kälte, Regen oder Wind sie am Vorankommen zu hindern vermochten, wurde einmal mehr die bewundernswerte Fähigkeit des Menschen deutlich, sich seiner Umgebung anzupassen.

Ohne ein Wort zu wechseln, ohne zu keuchen oder zu klagen, nur hin und wieder einen Augenblick innehaltend, um sich zu orientieren, marschierten sie raschen Schrittes über die schmalen Pfade der steilen Hänge, überwanden die kalten Gebirgspässe und durchquerten die dunklen Täler, wie Wesen ohne jede Empfindung, denen weder Hunger noch Erschöpfung etwas anzuhaben schien.

Ihr Weg führte an ausgedehnten Feldern auf den nördlichen Hängen vorbei, die nur langsam anstiegen und im direkten Sonnenlicht lagen, weshalb die heilige Pflanze dort wild wuchs.

Es war eine eintönige, abweisende Gegend, in der sie nur gelegentlich auf eine kleine Hütte stießen, in der Hirten Zuflucht suchten, wenn sie sich in den wärmeren Sommermonaten mit ihren Herden in solche Höhen wagten. Sie fragten sich, warum man Hunderte von Sklaven hierher geschickt hatte, um Pfade und Treppenstufen in die steilen Felsen dieser unwirtlichen Landschaft zu schlagen, die seit Urzeiten von allen Göttern verlassen schien.

Die fanatischen Runa waren die einzigen Menschen, die sich auf diesem verlorenen Flecken Erde niedergelassen hatten. Sie waren Einsiedler, die auf alles verzichteten: auf ihren Stamm, ihre Familie und sogar ihren Namen – in der Hoffnung, durch Einsamkeit und Meditation den Weg in die Ewigkeit zu finden.

Manche kamen in diese Höhen, um für ihre Sünden zu büßen, andere suchten inneren Frieden oder wollten ihren Göttern nah sein. Doch es gab auch einige Kreaturen, die hierher geflüchtet waren, weil sie wussten, dass sie einzig an diesem Ort auf der ganzen Welt vor dem Gesetz des Inka sicher sein konnten.

Ein uralter Brauch bestimmte, dass jemand, der gegen das

Gesetz verstoßen hatte, seiner Strafe entgehen konnte, wenn er sein ganzes Leben auf einem einsamen Berggipfel verbrachte – egal, welchen Verbrechens er schuldig war.

An einem kalten Morgen, an dem von den verschneiten Berggipfeln ein eisiger Wind wehte, entdeckte die unermüdliche Gruppe von Reisenden in der Mitte einer ausgedehnten Hochebene, auf der zwei einsame Lamas grasten, die schäbige Lehm- und Strohhütte eines solchen Runa. Und als sie sich ihr näherten, winkte sie der Mann herbei und lud sie ein, sich in seinem Heim etwas aufzuwärmen.

Es war ein dunkler, übel riechender Verschlag, halb Stall, halb Hütte, der keine Fenster und nur einen offenen Eingang besaß, durch den frische Luft hereinströmte. Das einzige Mobiliar bestand aus einer zerschlissenen Strohmatte und einem alten Tonkrug. Man hätte meinen können, dass es der kärglichste Ort auf der Welt sei, an dem sich nicht einmal Schweine wohlfühlen würden. Doch den halb erfrorenen Reisenden, denen der eisige Wind ständig ins Gesicht geblasen hatte, sodass sie kaum Luft bekamen, erschien er wie die Vorhalle zum Paradies.

Der Runa schien ein alter Mann zu sein, den sie am Anfang kaum verstanden. In seiner jahrelangen Einsamkeit war ihm die Fähigkeit zu sprechen fast abhanden gekommen. Er fragte sie weder, wer sie seien, noch wohin sie gingen, doch erzählte er ihnen, dass er sie bereits erwartet habe. Der Flug des Kondors habe ihm verraten, dass sich Menschen in der Nähe befanden.

»Der Kondor hat sehr gute Augen. Sobald er Menschen entdeckt, steigt er auf und kreist über seinem Nest, denn er weiß, dass hinter jedem Menschen ein Nesträuber stecken kann. Die Bauern aus der Gegend behaupten, die Eier des großen Vogels stärkten die Manneskraft.«

»Stimmt es denn?«

»Das weiß ich nicht«, antwortete der Greis. »Zu viel Manneskraft verwirrt nur den Geist, und das war nicht gerade das, was ich suchte, als ich mich in die Einsamkeit zurückzog.«

»Aber was suchtest du an diesem gottverlassenen Ort?«, fragte Prinzessin Sangay, mehr aus Höflichkeit als aus ehrlichem Interesse.

»Ich wollte herausfinden, welche Form und welche Größe die Erde hat.«

Die Antwort überraschte die Reisenden dermaßen, dass sie nicht wussten, was sie sagen sollten. Sie sahen ihn an, als hätten sie nicht richtig verstanden oder als hielten sie ihn für leicht verwirrt.

»Welche Form und welche Größe die Erde hat?«, wiederholte Cayambe.

»So ist es. Ich bin Astronom und habe mich immer dafür interessiert, wie die Erde tatsächlich aussieht und wie groß sie ist.«

»Aber sie ist doch unendlich.«

»Nichts ist unendlich außer der Zeit«, berichtigte ihn der Greis. »Auch die Erde hat einen Anfang und ein Ende. Deshalb kam ich her, weil dies der höchste noch bewohnbare Ort im Reich ist und er die klarste Sicht über die Kordilleren bietet.«

»Der höchste Ort, gewiss, aber bewohnbar? Bei diesem Wind und dieser Eiseskälte?«

»Bislang habe ich überlebt, und wenn des Nachts der Mond erscheint, ist er so nah, dass ich ihn fast mit den Händen greifen kann. Er hat mir gezeigt, wie groß die Erde ungefähr ist.«

»Wie denn?«

»Indem ich den Schatten beobachte, den die Erde je nach ihrer Position auf den Mond wirft.« Als deutlich wurde, dass keiner der Anwesenden ihn verstand, erläuterte er: »Die Erde ist rund.«

»Rund?«

»Ja, richtig. Genauso rund wie die Sonne, der Mond, die

Sterne oder die übrigen Planeten.« Sein Blick schweifte von einem zum anderen, dann fragte er: »Warum sollte sie auch eine andere Form haben? Schließlich schwebt sie genau wie jene im Raum.«

»Die Erde schwebt im Raum?«

»Ja.«

»Mir ist noch nie aufgefallen, dass die Erde rund ist«, bemerkte einer der Krieger verwirrt.

»Das kann man auch nicht sehen, dazu ist sie viel zu groß«, erklärte der Greis. »Nicht so groß wie die Sonne, aber viel größer als der Mond.«

»Trotzdem – das verstehe ich nicht.«

Der Runa streckte den Arm aus und hob den alten Tonkrug auf, der von Ameisen bedeckt war.

»Sie orientieren sich nach dem Geruch«, sagte er und zeigte auf die kleinen Tiere. »Und wenn sie einmal um den Krug gewandert sind, stoßen sie überrascht auf ihren eigenen Geruch. Das verwirrt sie, weil sie es sich nicht erklären können. Obwohl sie geradeaus gehen, kommen sie immer wieder zu ihrem Ausgangspunkt zurück, aber beim vierten oder fünften Mal begreifen sie; dann ändern sie die Richtung und suchen nach einem anderen Ausweg.«

»Und was hat das mit der Erde zu tun?«

»Die Ameisen handeln instinktiv, ich aber bin ein Mensch und kann meinen Verstand gebrauchen. Wenn alles, was sich im Weltraum befindet, rund ist, dann muss die Erde ebenfalls rund sein.«

»Aber wieso fallen wir dann nicht herunter?«, wollte die Prinzessin wissen.

»Weil wir uns auf der oberen Hälfte einer riesigen Kugel befinden. So wie Cuzco der Mittelpunkt der Erde ist, ist die Erde der Mittelpunkt des Universums, um den es sich dreht, aber auf der unteren Hälfte kann es nichts geben, weil alles, was sich dort befand, in die Tiefe gestürzt ist.«

»Wie lange hast du gebraucht, um das herauszufinden?«

»Sehr lange, viele, viele Jahre! Ich kam mit einer Herde von dreißig Lamas her, und jetzt sind nur noch zwei übrig.« Er lächelte und zeigte ihnen seinen zahnlosen Gaumen. »Ich ernähre mich von ihrer Milch, und wenn sie mir keine mehr geben, werde ich auf den Gipfel da drüben steigen und erfrieren. Doch wenn Viracocha zurückkehrt und den ewigen Frühling mitbringt, werde ich in ein Leben zurückkehren, das immer glücklich und ebenso unendlich ist wie die Zeit.«

Als die Gruppe zwei Stunden später die schäbige Hütte wieder verließ, wusste keiner, ob sie einen ganz besonders weisen Greis oder einen bedauernswerten, verrückten alten Mann zurückließen. Auf alle Fälle war niemandem ganz wohl bei dem Gedanken, dass die Erde vielleicht wirklich so rund sein könnte wie der Mond.

Sie überquerten die vom Wind gepeitschte Hochebene, stiegen hinunter in eine tiefe Schlucht, die von riesigen, hoch aufragenden Felswänden fast erdrückt wurde, und begannen dann auf der gegenüberliegenden Seite des Hangs mit dem steilen Aufstieg, der kein Ende nehmen wollte. Nichts und niemand schien sie aufhalten zu können, bis am Nachmittag strömender Regen einsetzte, einer von Prinzessin Sangays Sklaven ausrutschte und geräuschlos in der Tiefe der Schlucht verschwand.

Sein Gefährte war wie gelähmt vor Schreck und außerstande, noch einen Schritt vor oder zurück zu machen. Obwohl er den größten Teil seines Lebens im Hochland verbracht hatte, stammte er aus der Küstengegend und war daher nicht vom Tag seiner Geburt an gegen den Schwindel gefeit wie die Bewohner der Anden.

Seine Herrin versuchte, ihm Mut zu machen, damit er den Marsch fortsetzte und nicht mehr an den Toten dachte, doch es fruchtete nichts. Offensichtlich hatte der Mann einen Höhenkoller und war wie gelähmt vor Angst. Sie sahen ein, dass ihm nichts anderes übrig bleiben würde, als abzuwarten, bis er sich beruhigte.

»Am besten verbringst du die Nacht hier und versuchst morgen früh in aller Ruhe wieder zur Küste hinabzuklettern«, befahl sie ihm. »Geh zu meiner Mutter und erzähle ihr, was passiert ist. Sie wird dir für deine Treue die Freiheit schenken.«

Sie setzten ihren Marsch fort, nachdem sie den armen Teufel auf einer Stufe kauernd und halb tot vor Angst zurückgelassen hatten. Als sie den Gipfel erreichten, entdeckten sie in einem tief gelegenen, offenbar fruchtbaren Tal unter ihnen eine kleine Ansammlung von Strohhütten.

»Morgen erreichen wir den Pfad, der zum Vulkan Misti führt«, sagte Cayambe zuversichtlich. »Ich hoffe, dass der Opferzug noch nicht vorbei ist.«

Sie schlugen ihr Lager in einer Höhle auf, zündeten ein Feuer an und rösteten einen *vizcacha,* den einer der Krieger mit einem beneidenswert geschickten Wurf seiner Schleuder erlegt hatte. Und während sie genüsslich sein dunkles Fleisch verschlangen, leckte jeder an einem Stück Steinsalz, denn die Inkas salzten ihre Speisen nicht, sondern nahmen das, was sie brauchten, getrennt auf.

In diesen Höhen gehörte ein Klumpen Salz zu den wertvollsten Besitztümern eines jeden Inkas, und alle passten darauf auf wie auf einen Schatz, weil sie wussten, dass sie krank würden, wenn sie ihre tägliche Ration Salz nicht bekamen.

Als sie das karge Abendessen beendet hatten und ihre Begleiter bereits laut schnarchten, setzten sich Cayambe und Prinzessin Sangay an den Eingang der Höhle und beobachteten, wie draußen der Regen fiel.

Die Nacht war so dunkel, dass man nicht die Hand vor Augen sah, trotzdem blieben sie dort lange Zeit reglos und stumm sitzen. Sie mussten sich nicht sehen, um zu wissen, woran der andere dachte.

»Wo sie jetzt wohl ist?«, seufzte Sangay schließlich.

»Ich weiß es nicht«, antwortete Cayambe. »Aber egal, wo sie ist, die Götter werden sie beschützen. Solange sie den Misti nicht erreicht haben, besteht keine Gefahr.«

»Glaubst du, dass Tupa-Gala auf den Tausch eingeht?« – »Nein«, antwortete Cayambe aufrichtig. »Mittlerweile glaube ich nicht mehr daran, aber das ist mir egal. Ich werde Tunguragua mitnehmen, wenn es sein muss, mit Gewalt.«

»Sie sind viele und wir nur wenige«, gab Sangay zu bedenken.

»Ich weiß. Aber wir haben den Überraschungseffekt auf unserer Seite. Wir werden uns in der Dunkelheit heranpirschen und Tunguragua entführen. Vertraust du ihrer Amme?«

»Ganz und gar.«

»Das macht alles viel leichter. Nur sie könnte mitten in der Nacht Alarm schlagen.«

»Das würde sie niemals tun.«

»Vertrauen wir darauf.«

»Und was machen wir dann?«

»Das weiß ich noch nicht.«

»Wohin werden wir gehen?«

»Was spielt das für eine Rolle? Im Augenblick haben wir andere Sorgen. Wenn wir wieder zusammen sind, ist es noch früh genug, um über unsere Zukunft nachzudenken. Ohne unser Turteltäubchen hat das überhaupt keinen Sinn.«

»Und wenn es uns nicht gelingt, sie zu befreien?«

»Das wäre schrecklich, aber noch schlimmer wäre es, wenn wir in Cuzco geblieben wären und nichts unternommen hätten.«

»Wie meinst du das?«

»Wir beide hätten uns auseinandergelebt, wenn wir nicht wenigstens den Versuch unternommen hätten, unsere Tochter zu retten.«

»Glaubst du das?«

»Ja, ich bin fest davon überzeugt«, erwiderte Cayambe. »Wir haben alles aufgegeben, und das hat uns nur noch stärker zusammengeschweißt. Außerdem sind wir als Eltern erwachsener geworden.«

»Aber was nützt uns das, wenn wir keine Tochter mehr haben?«

»Eine ganze Menge. So verdienen wir uns das Recht, Kinder zu haben, und müssen versuchen, glücklich zu sein, auch wenn Tunguragua uns immer fehlen wird.«

»Ich vermisse sie unendlich! Sie war so süß! Und so hübsch!«

»Das ist sie immer noch, aber vor allem ist sie unsere Tochter. Die Götter haben sie uns geschenkt, damit wir sie beschützen und für sie sorgen, koste es, was es wolle.«

»Manchmal denke ich, dass die Götter uns bestraft haben, weil wir gegen das Gesetz verstießen, wonach jeder nur innerhalb seiner eigenen Kaste heiraten darf«, sinnierte sie. »Und nun verlangen sie den Beweis, dass unsere Liebe stark genug ist, um auch das allergrößte Unglück zu ertragen.«

»Ich glaube nicht, dass die Götter ihre Zeit mit solch unwichtigen Dingen vergeuden«, widersprach Cayambe. »Erst recht nicht, wenn das Leben eines unschuldigen Mädchens auf dem Spiel steht. Tupa-Gala ist schuld, und er wird am schwersten dafür büßen, denn du und ich sind für immer unzertrennlich.«

»Wenn ich dich so sprechen höre, habe ich das Gefühl, dass du mich auf das Schlimmste vorbereiten willst.«

Er umfasste ihr Kinn und zwang sie, ihn anzusehen.

»Das Schlimmste haben wir bereits hinter uns«, flüsterte er. »Ungewissheit ist das Schlimmste. Wenn Tunguragua tatsächlich stirbt, wissen wir, dass sie nicht mehr leidet und irgendwo auf uns wartet, und wir können mit einem reinen Gewissen ein neues Leben anfangen.« Er schüttelte den Kopf. »Aber sich an diesen Strohhalm zu klammern, das ist für mich das Schwerste.«

Sangay lehnte sich auf der Suche nach Geborgenheit an seine Brust, er legte den Arm um sie, und kurz darauf waren beide eingeschlafen und träumten von dem Augenblick, an dem sie ihre Tochter wieder in die Arme schließen durften.

Als die Sonne aufging, brachen sie erneut auf. Zwei Stunden später begegneten sie einem Jungen, der an die zwanzig Alpakas vor sich hertrieb und sorglos auf einer kleinen Hirtenflöte spielte. Als er sie sah, blieb er wie angewurzelt stehen und fragte verdutzt: »Wie seid ihr hergekommen?«

»Über die Berge.«

»Über die Berge?«, wiederholte er ungläubig. »Ihr seid die Ersten, die diese Berge überquert haben.«

»Nun sind wir da.«

»Unglaublich.«

»Ist es noch weit zur königlichen Straße?«

Er zeigte mit der Hirtenflöte auf das weite fruchtbare Tal, aus dem er gekommen war.

»Dort am anderen Flussufer.«

»Kam ein langer Zug mit vielen Kriegern und Musikern vor kurzem hier entlang?«

Der Junge dachte kurz nach und schüttelte den Kopf.

»Die Leute sagen, dass in letzter Zeit viele *chasquis* vorbeigekommen sind, aber sonst habe ich nichts gehört oder gesehen.«

Sangay zeigte auf die Herde.

»Würdest du uns ein bisschen Milch geben?«

»So viel ihr wollt«, sagte der Junge, der sich offenbar freute, in dieser einsamen Gegend auf Menschen zu treffen. »Das Einzige, was man von diesen störrischen Tieren hat, sind Milch und Probleme.«

Sie tranken, so viel sie konnten, von der lauwarmen, gehaltvollen Milch und setzten anschließend ihren Marsch fort.

Als die Sonne bereits im Zenit stand, wateten sie durch den flachen Fluss und stießen endlich auf die prächtige Königsstraße, die von Cuzco hinunter zur Küste führte.

Sie war über fünf Meter breit und fast gänzlich mit Steinen gepflastert und bildete zusammen mit einigen anderen, ähnlichen Straßen das Rückgrat des weitverzweigten Straßennetzes im Reich der Inkas, das in seiner Blütezeit über vierzigtausend Kilometer Länge erreichte und sich vom Ancasmayo im Norden bis zum Fluss Maule im Süden und vom Pazifischen Ozean bis zu den Urwäldern des Amazonas erstreckte.

Straßen, Brücken, Städte und Festungen waren die Fundamente, auf die sich die wirtschaftliche und militärische Macht des Inkareichs stützte, und über die große Königsstraße zu gehen, erfüllte jeden Untertanen des Reiches mit Stolz.

Wortlos ließen sie sich auf einer der vielen Stufen aus großen Steinquadern nieder und ruhten sich eine Weile aus, zutiefst befriedigt, dass sie das tollkühne Unterfangen, die steil aufragenden Kordilleren zu überwinden, erfolgreich hinter sich gebracht hatten.

»Was machen wir nun?«, fragte schließlich der jüngste der Krieger.

»Wir warten ab.«

»Wie lange?«

»So lange wie nötig«, antwortete Cayambe. »Früher oder später muss der Zug vorbeikommen.«

»Das kann Tage dauern, vielleicht sogar Wochen.«

»Dann warten wir eben tage-, vielleicht sogar wochenlang.«

»Wäre es nicht besser, wir würden ihnen entgegengehen?«

»Wir müssen uns ausruhen.«

»Aber nicht meinetwegen«, wandte Prinzessin Sangay ein. »Mir ist es lieber, wir gehen ihnen entgegen, als dass wir tatenlos herumsitzen. Du selbst hast gesagt, die Ungewissheit sei die schlimmste Qual.«

Ihr Mann sah sie aufmerksam an.

Sie hatte stark abgenommen, und unter den einst so strahlenden Augen zeichneten sich dunkle Ringe ab, die darauf hinwiesen, dass sie am Ende ihrer Kräfte war. Doch in denselben Augen spiegelte sich auch ihre hartnäckige Entschlossenheit wider; eher würde sie zusammenbrechen als aufgeben.

Dann warf er einen Blick auf die breite Treppe, die langsam, aber stetig in einem weiten Bogen zu den Bergterrassen hinaufstieg, die das Tal im Osten beherrschten, und nickte nach kurzem Nachdenken zustimmend.

»In Ordnung. Wir ruhen uns eine Weile aus und marschieren dann weiter.«

Doch sie kamen nicht dazu, die Augen zu schließen. Kaum hatten sie es sich am Fuß des Berges bequem gemacht, tauchten oben auf der Königsstraße drei Frauen auf, die mit den kleinen hastigen Trippelschritten der Hochlandbauern die Stufen herabgeeilt kamen.

Wie bunte Springmäuse liefen sie über die Stufen und blieben beim Anblick der hochherrschaftlichen Gruppe respektvoll stehen.

»Seid gegrüßt«, sagten sie fast wie aus einem Mund.

»Seid gegrüßt.«

»Woher kommt ihr?«, fragte Cayambe.

»Aus Cuzco, Herr.«

»Und wohin wollt ihr?«

»Nach Chinchillape, Herr.«

»Eine lange Reise.«

Alle drei nickten gleichzeitig.

»Sehr lange, Herr.«

»Seid ihr unterwegs vielleicht dem *capac-cocha*-Zug begegnet?«

»O ja, Herr! Natürlich. Wir selbst gehörten dem Zug an, der zum Misti unterwegs war. Wir hatten uns ihm angeschlossen, um auf diese Weise schneller nach Chinchillape zu kommen.«

»Und warum habt ihr den Zug verlassen?«

»Weil er sich aufgelöst hat, Herr.«

»Wie?«, fragte die Prinzessin mit bebender Stimme. Plötzlich war sie ganz bleich geworden. »Was ist geschehen?«

In diesem Augenblick sah die älteste der Bauernfrauen sie an, kniff die Augen zusammen und rief schließlich überrascht: »Ich kenne dich! Bist du nicht Prinzessin Sangay, Tunguraguas Mutter? Ich habe dich mehrmals im Haus meiner Herrin gesehen.«

Dann wandte sie den Blick Cayambe zu und fuhr fort: »Und du bist General Saltamontes, nicht wahr?«

»Ja, das ist richtig«, antwortete Cayambe ungeduldig. »Aber sag uns endlich, was passiert ist.«

»Als dieser Schurke von Tupa-Gala merkte, dass wir ihn an der Nase herumführten, beschloss er, seine Pläne zu ändern. Jetzt soll sie nicht mehr auf dem Misti geopfert werden.«

»Bei allen Göttern! Wo dann?«

»Auf einem Berggipfel am Ende der schwarzen Hochebene.«

»Und wann?«

»Morgen. Gestern Nachmittag ließ uns Tupa-Gala mitten in der schwarzen Wüste einfach zurück und setzte den Marsch mit einer kleinen Eskorte fort. Da wir keine Vorräte mehr hatten, sagte er, jeder solle zusehen, wie er sich allein durchschlägt. Die meisten sind nach Cuzco zurückgekehrt, nur wir haben es vorgezogen, den Weg nach Hause fortzusetzen.«

»Wie weit ist es bis zu diesem Berggipfel?«

Die drei Frauen wechselten Blicke.

Offensichtlich wussten sie nicht so recht, was sie darauf sagen sollten.

Nach einigem Getuschel antwortete schließlich jene, die ihre Wortführerin war: »Wir sind im Morgengrauen aufgebrochen und haben nur dreimal kurz Rast gemacht, um uns auszuruhen. Wenn ihr euch beeilt, könntet ihr noch vor Anbruch der Nacht den kleinen Tempel in der Hochebene erreichen. Von da aus werdet ihr den schneebedeckten Gipfel in der Ferne sehen, Richtung Sonnenuntergang. Er ist nicht besonders hoch, aber der Aufstieg scheint sehr steil zu sein.«

»Bist du sicher, dass er im Westen liegt?«

»Ganz sicher, Herr. Als gestern die Sonne versank, sah ich, wie er die Hälfte seiner linken Seite versteckte. Es tat mir leid, als ich daran dachte, dass so ein niedliches kleines Mädchen auf diesem schrecklichen Berg geopfert werden soll.«

»Danke für die Auskunft.«

»Nichts zu danken, o Herr! Wir sind alle gegen dieses brutale Menschenopfer.« Sie machte eine Pause. »Und noch etwas, Herr ... Die Krieger des Sonnengottes suchen nach euch.«

»Das dachte ich mir, trotzdem danke ich euch für die Warnung.«

»Mögen die Götter euch Flügel verleihen.«

20

Es waren nicht die Götter, die ihnen Flügel verliehen, sondern die Verzweiflung und das Wissen, dass ihre Tochter am nächsten Tag geopfert werden sollte.

Am Anfang liefen sie wie um ihr eigenes Leben, doch bald sah sich Cayambe gezwungen, die Geschwindigkeit zu drosseln und die Schritte dem schwierigen Terrain anzupassen, den steilen Stufen, die einmal nach oben, einmal nach unten führten und in kürzester Zeit selbst die kräftigsten und ausdauerndsten Männer erschöpft hätten.

Jetzt erschien ihnen die Welt doch so unendlich, wie sie der alte Mann beschrieben hatte.

Ein Tal folgte auf das andere, ein steiler Aufstieg, dann ein Fluss, ein felsiger Hang, an dem die Königsstraße hinaufführte, schließlich eine Hängebrücke, die im Takt des Windes über dem tosenden Wasser tanzte.

Es war kalt.

Doch sie schwitzten.

Sie hatten Hunger.

Doch sie brachten keinen Bissen hinunter.

Sie waren erschöpft.

Trotzdem hielten sie nicht an.

Wo versteckte sich diese schwarze Ebene?

Sie kamen an Dörfern und Siedlungen vorbei, ohne ein Wort mit deren Bewohnern zu wechseln, begegneten Männern und Frauen, die auf den Feldern arbeiteten oder ihre Herden zum Grasen ausführten, ließen einsame Reisende weit hinter sich, die sie wie Wahnsinnige an sich vorbeieilen sahen, und je länger sie liefen, desto weiter schien sich ihr Ziel von ihnen zu entfernen.

In der Ferne sahen sie die Silhouette einer schäbigen *tambo*, doch als sie näher kamen, entdeckten sie, dass eine Gruppe von Kriegern vor der Hütte stand und schwatzte, sodass sie lieber einen großen Bogen darum machten.

»Schneller, schneller«, rief Prinzessin Sangay verzweifelt.

»Überanstrenge dich nicht«, bat ihr Mann immer wieder. »Sonst brichst du noch zusammen.«

»Zusammenbrechen werde ich nur, wenn wir zu spät kommen.«

Sie waren so erschöpft und ausgelaugt, dass man sich fragen musste, wie sie sich auf den Beinen halten konnten. Jeder Mensch, der nicht an diese Höhe und diese Kälte gewöhnt war, hätte längst aufgegeben. Sie aber konnte nichts und niemand davon abhalten, einen Berggipfel nach dem anderen zu überwinden, um die schwarze Hochebene zu erreichen, ehe sich die Nacht über das Land senkte.

»Ich werde diese widerliche Schlange umbringen«, murmelte Cayambe jedes Mal, wenn er kurz zu Atem kam. »Ich reiße ihm das Herz aus dem Leib für das Leid, das er uns beschert hat!«

Die Qualen, die sie durchmachten, waren in der Tat unbeschreiblich. Angst, Beklemmung, Schmerz und endlose Erschöpfung, die sie immer wieder verlockte, sich an einen Felsen zu lehnen und zu schlafen, auch wenn sie wussten, dass jede Minute zählte und darüber entschied, ob sie noch rechtzeitig ankamen, um ihre geliebte Turteltaube vor einem schrecklichen Tod zu retten.

Ihre süße kleine Turteltaube!

Die Täler der Anden schienen voll von verletzlichen Turteltauben zu sein, die gelegentlich erschrocken aufflogen, und jede einzelne erinnerte sie an ihre Tochter, an dieses wunderbare Geschöpf, das man auf einem verschneiten Berggipfel dem eisigen Tod überlassen wollte.

Wie weit dieser Schneegipfel doch weg war!

Im Westen der schwarzen Ebene, am Ende des Horizonts,

doch bisher hatten sie noch nicht einmal diese Hochebene erreicht, von der aus man den Berg angeblich sehen konnte.

»Los, schneller!«

Wieder ein Aufstieg, wieder eine Hängebrücke, die über einen weiteren Abgrund führte …

Die Schatten wurden länger.

Sie hatten Angst vor der Nacht. Nicht, weil sie sich vor der Dunkelheit fürchteten, sondern weil sie wussten, dass sie keinen einzigen Schritt machen durften, bevor der Mond am Himmel aufging. Das Risiko, dass sie ausglitten und in die Tiefe stürzten, war viel zu hoch.

Wieder breitete der schwarze Kondor seine Flügel über ihnen aus, und in diesem Fall schienen sie unheimlicher denn je.

»Los, los, los!«

Nicht einmal ihre übergroßen Lungen bekamen nun noch genug Sauerstoff.

Wie überall in der Nähe des Äquators senkte sich die Nacht mit rasender Geschwindigkeit über das Land.

»Los, noch schneller!«

»Möge uns der Himmel beistehen!«

Sie krochen auf allen vieren die letzten Meter hoch, und da war sie: die schwarze Hochebene!

Ein endloses Stück sumpfiges Land, bedeckt von riesigen Pfützen, die gefrieren würden, sobald der eisige Nachtwind einsetzte.

Sie zündeten ein Feuer an, bastelten sich ein paar behelfsmäßige Fackeln und setzten ihren Weg über die Königsstraße in deren spärlichem Schein fort, bis sie die ungleichmäßige Silhouette des Tempels sahen, bei dem sich der Zug aufgelöst hatte.

Cayambe setzte sich auf einen Felsen und holte tief Luft, während er zum Himmel aufsah und das ferne Licht des Südkreuzes suchte, das getreulich an dem von Millionen Sternen übersäten Firmament erstrahlte.

»Dort ist Westen!«, sagte er. »Da drüben.« Ein guter General musste sich an den Sternen orientieren können, und Saltamontes hatte zur Genüge unter Beweis gestellt, dass er ein hervorragender Feldherr war.

Unter Zuhilfenahme der unzähligen Ausrüstungsgegenstände, die die Teilnehmer der Prozession bei deren Auflösung zurückgelassen hatten, bevor sie nach Cuzco zurückkehrten, entzündeten sie ein großes Lagerfeuer. Nachdem sie ein wenig gegessen und sich aufgewärmt hatten, fassten sie neuen Mut.

»Wenn wir die ganze Nacht gleichmäßig durchmarschieren, müssten wir im Morgengrauen den Fuß des Berges erreichen.«

»Worauf warten wir noch?«

»Wir müssen alles Brennbare mitnehmen.«

Sie sammelten die Körbe ein, die die anderen zurückgelassen hatten, und stopften sie mit Holz und Kleidungsstücken voll, dann brachen sie erneut auf, immer in Richtung Westen, dorthin, wo die Sonne untergegangen war und sich der unsichtbare Gipfel befinden sollte.

Obwohl sie nun über eine flache Ebene marschierten, kamen sie noch langsamer voran als auf den steilen Bergpfaden. Ihre Füße versanken bis zu den Knöcheln im tiefen Schlamm, und noch vor Mitternacht begann das Wasser der Pfützen zu frieren, sodass sie höllisch aufpassen mussten, um nicht ständig auszurutschen.

Die schwarze Ebene in mehr als viertausend Metern Höhe entpuppte sich als unwirtlichste und menschenfeindlichste Gegend der Welt.

»Los, los, los!«

Ihre Sandalen hingen in Fetzen, sodass sie den Weg barfuß fortsetzen mussten. Doch bald drang ihnen die eisige Kälte bis in alle Knochen, und sie sahen ein, dass sie sterben würden, wenn sie so weitermachten, als wären sie Maschinen statt Menschen.

Schließlich verließen Sangay die Kräfte. Sie rutschte auf dem glatten Eis aus und stürzte auf den harten Boden.

»Tunguragua, mein Turteltäubchen«, rief sie verzweifelt; dann verlor sie das Bewusstsein.

Sie hoben sie auf und trugen sie zu einer kleinen trockenen Anhöhe, wo sie ein Lagerfeuer anzündeten, um sie zu wärmen und darauf zu warten, dass sie wieder zu sich kam. Doch Cayambe erkannte bald, dass es zu lange dauern würde, bis sie das Bewusstsein wiedererlangte.

Er sah den schweigenden Kriegern in die Augen und begriff, dass sie alles gegeben hatten, was man einem menschlichen Wesen abverlangen konnte.

Schließlich befahl er mit fester Stimme: »Ihr bleibt bei ihr! Haltet das Feuer so lange in Gang wie möglich und seht zu, dass sie nicht erfriert. Ich gehe allein weiter!«

»Ich komme mit«, rief der Jüngste der drei Krieger. »Ich habe noch Kraft.«

»Wir haben einen langen Weg vor uns, und sie ist nicht deine Tochter!«

»Doch, das ist sie«, widersprach der junge Krieger. »Seit wir Cuzco verlassen haben, ist Tunguragua unser aller Tochter.«

Cayambe blickte ihm in die Augen, und als er die Entschlossenheit darin sah, nickte er.

»Dann lass uns aufbrechen«, sagte er.

Noch nie zuvor war eine Nacht so lang, so kalt und so finster gewesen.

So beklemmend und anstrengend.

Niemals hatte es eine Nacht gegeben, in der der schwarze Tod zwei Männer so hartnäckig durch Schlamm, Wasser und Eis verfolgte, die ihm immer wieder ein Schnippchen schlugen.

Die Kälte war der ärgste Feind geworden, den man sich vorstellen konnte, und der Wind, der von den höchsten Gipfeln der Kordilleren wehte, ließ ihre Gesichter zu eisigen

Masken erstarren. Ihre Lippen rissen auf, und das Eis auf ihren Augenlidern blendete sie.

Der Tag wollte und wollte nicht anbrechen. Schritt um Schritt kämpfte sich Cayambe voran, wie in Trance, ohne dass sein abgestumpftes Hirn noch irgendeinen Befehl entgegennahm, und als er irgendwann stehen blieb und sich umsah, merkte er, dass er ganz allein war.

Der mutige Junge, die ganze Zeit dicht hinter ihm, hatte sich irgendwo im Dunkel der Nacht verloren. Vermutlich lag er in einer der großen Pfützen – zu Eis erstarrt. Schmerz und Bitterkeit überwältigten ihn.

Er versuchte ihn zu rufen, doch aus seiner Kehle kam nur ein heiseres Krächzen. Er rieb sich die Arme, die so stark zitterten, dass er meinte, sie müssten ihm jeden Augenblick abfallen, und nachdem er sich vergewissert hatte, dass von seinem Begleiter keine Spur mehr zu entdecken war, sah er zu den Sternen auf, orientierte sich neu und setzte seinen Marsch gen Westen fort.

Als es endlich hell wurde, hatte er fast den Fuß des Berges erreicht. Auf der Suche nach irgendeinem Zeichen von menschlichem Leben kniff er die Augen zusammen, sah jedoch weit und breit nur Schnee. Er machte noch einen weiteren Schritt, doch dann gaben seine Beine nach. Unendlich langsam fiel er auf die Knie und riss die Arme hoch, als suchte er nach irgendeinem Halt in der Luft.

Stöhnend, erschöpft, mit blutigen Füßen, gelähmten Beinen und stumpfem Hirn flehte er um Hilfe, obwohl er wusste, dass ihm niemand helfen konnte. Diese schwarze Ebene war buchstäblich das Ende der Welt, ein von den Göttern verfluchter Ort, den selbst der Kondor mied.

Lange Zeit blieb er reglos in dieser Stellung liegen, und wer ihn sah, hätte meinen können, er habe sich in eine Statue aus Eis verwandelt und müsse bis ans Ende der Zeit in dieser Stellung verharren.

Doch dann tauchte hinter ihm die Sonne auf.

Der Sonnengott! Eine Sonne, deren Strahlen hier, unweit des Äquators, senkrecht auf die Landschaft fielen wie geschmolzenes Blei, ohne von einer einzigen Wolke am Himmel getrübt zu sein. Innerhalb einer Stunde kreiste das Blut wieder durch seine Adern, seine Muskeln wurden zu neuem Leben erweckt, und die Luft strömte bis tief in seine Lungen. Plötzlich erwachte die Statue aus dem langen, tiefen Traum, der sie bis an die Tore des Todes geführt hatte, und erhob sich torkelnd wie ein Betrunkener, der Mühe hat, sich auf den Beinen zu halten.

Als Cayambe schließlich die Augen aufschlug, hatte er nicht die geringste Ahnung, wo er sich befand und was er hier tat. Er machte zwei Schritte und fiel erneut hin.

Sopay, der Böse, der Schlimmste von allen Göttern der Finsternis, tauchte plötzlich aus der Tiefe einer Pfütze auf, setzte sich neben ihn und flüsterte ihm ins Ohr, er solle die Augen schließen, sich auf die von der Sonne erwärmte Erde legen und im ewigen Schlaf alles vergessen.

Er könne nichts mehr tun.

Es sei vorbei.

Während er am Fuß des steilen Hangs stand, fühlte er sich wie der letzte Mensch auf Erden. Niemand außer ihm war jemals bis ans Ende dieser öden schwarzen Landschaft gekommen.

»Schlaf, schlaf ein und vergiss alles andere«, flüsterte Sopay verführerisch.

»Und Tunguragua? Meine kleine Turteltaube?«, erwiderte er.

»Deine Turteltaube schläft. Schlaf auch du!«

Für einen kurzen Augenblick fühlte sich Cayambe in die Zeit zurückversetzt, als er sich in der Atacamawüste verirrt hatte. Damals war er genauso mutlos, genauso kraftlos und ausgelaugt gewesen.

Die Augen fielen ihm zu, die Arme wogen schwer wie Blei, die Beine weigerten sich, ihn zu tragen, und im Hintergrund hörte er immer wieder die verlockende Stimme des Todes: »Schlaf!«

Erst wälzte er sich auf die Seite, dann stemmte er sich auf alle viere, noch ein wenig später richtete er sich halb auf, und die ganze Zeit klammerte er sich an den Namen seiner Tochter, das Einzige, was ihm auf dieser Erde noch blieb, bis er wieder auf den Beinen stand.

Erneut suchte er den Hang ab, konnte jedoch keine Spur von Menschen entdecken. Er blickte sich um, doch die schwarze Ebene hinter ihm war genauso verlassen.

Selbst Sopay schien in sein Reich der Finsternis zurückgekehrt.

Er hatte ihn besiegt, als er aufstand, aber es war ein vergeblicher Sieg, der ihm nichts nützte.

Er spuckte Blut, holte tief Luft und machte sich erneut auf den Weg.

Eine Stunde später hatte er eine lange rote Spur auf dem abschüssigen Hang des verschneiten Berges hinterlassen, dessen Gipfel keine tausend Meter über der Hochebene aufragte, ihm aber von dort, wo er sich befand, wie das äußerste Ende der Welt erschien.

Es war ein wehrhafter, feindseliger Berg, dessen schwarze raue Hänge an manchen Stellen so steil waren, dass sie wie mit einem Messer abgehackt erschienen. Der eisige Schnee fand dort keinen Halt. Anderswo verlief das Gelände in unregelmäßigen Stufen, führte auf und ab, und in den heimtückischen Felsspalten hatten sich meterhohe Schneeverwehungen gebildet.

Er musste einen weiten Bogen um den Berg machen, bis er eine geeignete Stelle fand, um ihn zu besteigen. Sein Weg führte an einer schmalen freistehenden Felsnadel vorbei, die aussah wie ein Krieger, der Wache hielt. Nachdem er eine Stunde mühsam durch den kniehohen Schnee gestapft war, bog er an einem Felsvorsprung nach links ab und stand plötzlich vor ihr. Sie saß unter dem Vorsprung, mit weit aufgerissenen Augen, als habe sie dem Tod ins Gesicht blicken wollen.

Eine Sekunde stockte ihm das Herz, und er stieß ein heiseres Stöhnen aus.

Sie war seine letzte Hoffnung gewesen.

Die letzte Verbündete, die ihm auf dieser Erde blieb, die treue Amme, die Prinzessin Sangay aufgezogen hatte und sich nun um ihre Tochter Tunguragua kümmerte. Sie saß reglos da, die Lippen zu dem eigenartigen Lächeln eines Menschen verzogen, der erfriert.

Sie wirkte ganz lebendig. So lebendig wie früher, als sie nachmittags auf der Terrasse des Palastes mit Tunguragua Kreisel gespielt hatten. Mit verschränkten Beinen saß sie da, die Hände im Schoß gefaltet, und trug ihre schönsten Kleider, als hätte sie gewusst, dass sie an diesem Ort, wo sie der Tod ereilte, die Ewigkeit verbringen musste.

Cayambe hatte unzählige Male bewiesen, dass er ein starker Mann war, den so schnell nichts erschüttern konnte, doch in diesem Augenblick vermochte er seine Tränen nicht zurückzuhalten. Er dachte an seine Tochter, die er wahrscheinlich bald in einem ähnlichen Zustand finden würde. Dasselbe Schicksal stand auch ihm bevor, denn für den Abstieg war es zu spät.

Er schien am Ende seiner Kräfte angelangt; sämtliche Muskeln seines Körpers rebellierten gegen die Befehle seines Gehirns. Lange blieb er neben der Leiche sitzen, die eher einer Statue aus Eis glich, und starrte gedankenverloren auf die steile Felswand, die direkt vor ihm anstieg und über der sich nur noch der strahlend blaue Himmel befand.

»Los, los, los!«, feuerte er sich an, doch seine Beine wollten sich nicht bewegen. »Nun mach schon, jede Minute zählt!«

Doch die Minuten verstrichen, ohne dass seine Kräfte zurückkamen. Er warf einen Blick auf die vereiste Leiche neben sich, dachte, dass sie vielleicht keine schlechte Gesellschaft für die kommenden Jahrtausende wäre. Im gleichen Moment fiel ihm der kleine Beutel auf, der an ihrem breiten Wollgürtel hing.

Gierig riss er ihn an sich.

Gesegnet seien die Götter!

Er war noch halb gefüllt mit den grünen Blättern der heiligen Pflanze und enthielt sogar eine geringe Menge an Kalk.

Gesegnet seien die Götter! Tausendfach gesegnet seien sie, dass sie den Menschen diese Pflanze geschenkt hatten, um die Not der Verzweifelten zu lindern!

Gierig kaute er die Blätter, lehnte sich gegen die Felswand und wartete auf die Wirkung des Krauts, die er nie als Droge verwendet hatte, sondern immer als Medizin, mit deren Hilfe sich Hunger, Erschöpfung und schwierige Zeiten überstehen ließen.

Schließlich kam er wieder zu Kräften, stand auf und strich der Amme zärtlich über das vereiste Gesicht.

»Danke«, sagte er leise.

Dann begann er, auf allen vieren das letzte Stück des steilen Hangs hinaufzuklettern, spuckte hin und wieder Blut, das vermischt war mit dem grünen Saft der Pflanze, fluchte und stöhnte bei jeder Bewegung, voller Angst, er könne abrutschen und in die Tiefe stürzen.

Immer wieder musste er stehen bleiben, um sich auszuruhen. Einmal legte er sich sogar in den Schnee und wartete, dass die Sonnenstrahlen seine blutigen, mit Blasen übersäten Hände wärmten, und als er endlich oben ankam, schloss er die Augen und flehte Viracocha an, er möge nicht noch eine weitere Ödnis aus Schnee, Felsen und Einsamkeit vor sich erblicken.

Als er die Augen wieder aufschlug, sah er sie.

Etwa dreihundert Meter vor ihm und weniger als zweihundert Meter vom Berggipfel entfernt hatten an die zwanzig Krieger auf einem schmalen Bergkamm im Westen ein Lager aufgeschlagen.

Wie ein Betrunkener taumelte er auf die Gruppe zu. Obwohl er versuchte, seine Würde zu wahren, schien diese Mühe vergeblich. Nach jedem vierten oder fünften Schritt versagten seine Beine, er fiel auf die Knie und konnte sich nur mit einer übermenschlichen Anstrengung wieder aufrappeln.

Plötzlich sah er, wie einer der Krieger auf ihn zugelaufen kam. Der Mann blieb entsetzt vor ihm stehen und fragte mit zitternder Stimme: »Was sagt der Herrscher?«

Cayambe sah ihn verwirrt an, wollte antworten, doch dann versagte seine Stimme, und er brachte kein einziges Wort heraus.

Der Kommandant der Truppe stand wie erstarrt vor ihm, als traute er seinen eigenen Augen nicht. Dann streckte er die Hand aus, strich Cayambe das lange Haar aus dem schmutzigen Gesicht und stöhnte mitleidig: »General!«

21

Langsam ließ der Inka den Blick über die Männer schweifen, die vor ihm auf den Knien lagen, und sah nichts als Rücken und Köpfe, denn keiner der Anwesenden wagte es, das Gesicht vom Boden zu heben, den sie fast mit der Nase berührten. Jeder spürte, dass ihr Herr am heutigen Tag so erzürnt war, dass er, ohne mit der Wimper zu zucken, befohlen hätte, ihnen die Augen auszustechen, wenn sie es wagten, ihn unaufgefordert anzusehen.

Sie mussten warten, bis er sie direkt ansprach, denn es war keine gewöhnliche Versammlung, an der sie teilnahmen. Wenn der Herrscher mit der roten Quaste, dem Zeichen seiner Allmacht, auf dem Thron Platz nahm, verkörperte er nicht nur den Inka, sondern auch den Halbgott, der direkt von der Sonne abstammte. Ihn anzusehen, bedeutete, in die strahlende Sonne des Mittags zu blicken und zu erblinden.

Etwas Schreckliches lag in der Luft.

Die Atmosphäre war von Angst erfüllt. Der Tod schritt mit seiner scharfen Sense durch die Reihen der zitternden Menschen, und jeder fürchtete, dass der Zorn des Inka ihn treffen könnte.

Das ansonsten strenge, doch gütige Gesicht erschien merkwürdig verzerrt, die spöttischen Augen funkelten wie glühende Kohlen, und seine ernste, doch versöhnliche Stimme hatte einen ungewöhnlich harten Tonfall, der auch dem Schwerfälligsten unter ihnen zu verstehen gab, dass ihnen allen etwas bevorstand.

Die durchdringende Stille, die nur vom Kreischen der Aras im Garten unterbrochen wurde, hielt an, und die Anwesenden verharrten so reglos, dass sie Steinfiguren glichen.

Schließlich, nachdem mehr als einer gegen die Versuchung ankämpfen musste, aufzuspringen und davonzulaufen, obwohl er wusste, dass die Wachen an den Türen ihm mit ihren scharfen Äxten aus Gold den Schädel spalten würden, räusperte sich der Herrscher und begann zu sprechen: »In den letzten Jahren war ich bemüht, euch ein gerechter, geduldiger und gütiger Herr zu sein. Ich tat alles, um meinen Untertanen Wohlstand und Frieden zu bringen, ich mied unnötige Feldzüge, um euch Leid zu ersparen, aber auch, weil ich überzeugt war, dass ein Stück bebautes Ackerland innerhalb des Reiches mehr wert ist als eine Wüste außerhalb seiner Grenzen.«

Er machte eine lange Pause, während der niemand auch nur mit der Wimper zu zucken wagte, seufzte tief und fuhr fort: »Der Dank waren Verrat und Täuschung vonseiten derer, denen ich am meisten traute. Seht mich an!«

Nur zögernd erhoben die Anwesenden ihre angsterfüllten Gesichter und blickten ihren Herrscher an. Der Inka sah einem nach dem anderen in die Augen, bis ihre Angst ins Unermessliche wuchs.

»In der nördlichen Provinz sind die Bewohner von Quito dabei, ein Heer aufzustellen, um sich gegen den Inka zu erheben. Der Hohepriester im Tempel des Pachacamac wagte es, mich hinters Licht führen zu wollen. Er wird dafür als *runantinya* enden. General Saltamontes und Prinzessin Sangay begingen Hochverrat, sie sind zum Tode verurteilt. Die Gouverneure von Cajamarca und Tumbes führten eine Verschwörung gegen mich an, sie werden auf dem Scheiterhaufen brennen. Ich weiß, dass viele von euch Tupa-Gala heimlich ermunterten, dieses grausame, unzeitgemäße Menschenopfer von mir zu verlangen.«

Er hielt inne und fügte dann in einem noch strengeren Ton hinzu: »Jene, die Schuld auf sich geladen haben, mögen sich erheben!«

Acht Männer gehorchten und standen auf. An ihren todesbleichen Gesichtern und der Mühe, die sie hatten, sich auf den Beinen zu halten, war deutlich zu erkennen, dass sie genau wussten, welch schreckliches Schicksal ihnen bevorstand.

Der Herrscher sah einen nach dem anderen an, damit sie genügend Zeit hatten, einen Vorgeschmack auf das bittere Ende zu bekommen, das ihnen blühte.

Schließlich nickte er unmerklich und sagte: »Das sind längst nicht alle. Doch ihr habt den Mut aufgebracht, euer Verbrechen zu gestehen, und daher wird euren Familien viel Leid erspart bleiben. Die Hälfte von euch soll begnadigt werden. Das Los wird darüber entscheiden, wer stirbt und wer weiterleben darf. Diejenigen aber, die nicht den Mut aufbrachten und deren Namen mir bekannt sind, werden sterben und ihre Frauen und Kinder als Sklaven verkauft.«

Man hörte einen lauten Seufzer, und dann sackte ein alter Mann, der in der ersten Reihe kniete, ohnmächtig zu Boden. Zwei Krieger eilten herbei, packten ihn an den Armen und zerrten ihn aus dem Saal mit der riesigen Sonnenscheibe des Sonnengottes.

Der Herrscher warf ihm nur einen kurzen verächtlichen Blick nach und sagte: »Er hätte sich früher überlegen müssen, was er tut, statt mich ein weiteres Mal täuschen zu wollen.«

Und nach einer langen Pause fuhr er fort: »Lügen, Intrigen und Korruption führen nur zum Untergang der Völker, und ich werde nicht zulassen, dass das während meiner Herrschaft passiert. Bald wird mir ein Sohn geboren, er wird ein starkes und gesundes Reich erben, und wer den geringsten Zweifel daran äußert, weiß, was ihm bevorsteht. Von diesem Augenblick an werde ich unversöhnlich sein.«

Dann beendete er die Versammlung, indem er abrupt aufstand und, von seiner Leibgarde gefolgt, in den Garten der Sonne ging, wo er sie mit einer knappen Handbewegung entließ und sich auf seine Lieblingsbank setzte, um sich an dem magischen Augenblick zu erfreuen, in dem die letzten Sonnenstrahlen auf die Blätter und Zweige aus purem Gold fielen.

Dort saß er lange Zeit in seine bitteren Gedanken versunken, bis sich die Nacht über das Land herabsenkte und Königin Alia zu ihm trat. Sie setzte sich neben ihn und ergriff seine Hand. Minutenlang herrschte Stille.

Schließlich begann sie mit einem vorwurfsvollen Unterton: »Wie kannst du die Hälfte der Männer, die dich aus persönlichem Ehrgeiz und Machtgier hintergingen, großmütig begnadigen und dich mit jenen, die lediglich ihr Kind retten wollten, so unbarmherzig zeigen?«

»Weil der Verrat von Menschen, die einem nahestehen, schwerer wiegt«, antwortete er, ohne sie eines Blickes zu würdigen. »Cayambe und Prinzessin Sangay hätten mir vertrauen müssen, statt auf eigene Faust zu handeln.«

»Was hätte es ihnen genutzt?«, entgegnete sie. »Wenn deine *chasquis* nicht schnell genug waren, und so sieht es aus, wird Tupa-Gala das Mädchen längst geopfert haben. Oder hast du irgendwelche Neuigkeiten?«

»Nein, das weißt du genau.«

»Na bitte«, sagte die Königin. »Wie kannst du dann Eltern zum Tode verurteilen, die etwas versuchten, was jede Mutter und jeder Vater in ihrer Lage getan hätte? Das Gesetz des Blutes ist älter und stärker als jedes andere Gesetz auf der Welt, und wenn du meinst, du wärst darüber erhaben, erliegst du nicht nur einem großen Irrtum, sondern begehst auch eine schwere Sünde: die der Selbstüberschätzung.«

»Du hast die seltene Gabe, immer genau die Worte zu finden, die mich am meisten verletzen«, entgegnete ihr Bruder wütend. »Du musst immer den Salzfinger in die Wunde legen.«

»Vielleicht, weil ich der einzige Mensch bin, den du deshalb nicht töten lassen kannst«, entgegnete die Königin lächelnd. »Wenn man ein Leben lang nur Lob gehört hat, ist man nicht mehr in der Lage, Kritik zu ertragen. Heute hast du zahlreiche richtige Entscheidungen getroffen, aber etwas hast du übersehen, dabei könnte es entscheidend sein. Was willst du mit den Aufständischen in Quito machen?«

»Sobald unser Sohn geboren ist, werde ich an der Spitze meiner Heere gegen sie zu Felde ziehen.«

»Du willst deine Heere persönlich anführen? Hast du etwa keine erfahrenen Generäle dafür?«

»Ich vertraue ihnen nicht. Sie sind gute Krieger, aber langsam und unentschlossen, und ich muss die nördlichen Provinzen endlich ein für alle Mal befrieden.«

»Cayambe ist weder langsam noch unentschlossen.«

»Nein«, gab ihr Mann zu. »Das ist er weiß Gott nicht, aber finde dich damit ab, dass er so gut wie tot ist. Wenn ich einmal ein Urteil gefällt habe, kann es niemand mehr ändern.«

»Hältst du dich etwa für unfehlbar?«

»Wer hat mir das denn von klein auf eingetrichtert?«, gab er die Frage zurück. »Alles, was ich weiß, hast du mir beigebracht, nur eine Sache musste ich allein lernen: Wenn man allmächtig ist, wie ich, hat man viele Vorteile im Leben, aber auch schreckliche Nachteile, und einer davon ist, dass man niemals zurückkann. Wer nämlich einmal einen Fehler eingesteht, muss zugeben, dass er wieder einen machen könnte, und das ist der Anfang vom Ende.«

»Es schmerzt mich, dass du zu solchen Schlüssen gekommen bist. In meinen Augen sind sie falsch. Denn in dem Augenblick, wo man seinen eigenen Überzeugungen untreu wird und gegen sie handelt, nur weil man sich vor dem fürchtet, was die anderen sagen könnten, zeigt man eine Schwäche, die man nicht hätte, wenn man stark genug wäre, einen Irrtum einzugestehen. Aber du bist der Herrscher, ich bin nur deine Gemahlin, und wenn du der Ansicht bist, dass es so sein soll, dann werde ich es akzeptieren, auch wenn ich anderer Meinung bin.«

»Von dir habe ich mir nicht nur Zustimmung erhofft, sondern auch Rat«, sagte ihr Mann und griff wieder nach ihrer

Hand. »Aber in diesem Fall glaube ich, dass deine persönlichen Gefühle zu schwer wiegen.«

»Mag sein, doch das ändert nichts an meiner Einstellung, dass Eltern, die ihr Leben riskieren, um ihr Kind zu retten, etwas Besseres verdient haben als den Tod.«

»Ich würde dir zustimmen, wenn sie nicht gegen meinen Willen gehandelt und dadurch meine Macht infrage gestellt hätten.«

»Wenn du an etwas glaubst, dann aber gegen deine Überzeugung handelst, weil deine Macht infrage gestellt werden könnte, machst du dich zum Sklaven dieser Macht. Dann bist du weder Herr über deine Gedanken noch über dich selbst. Langsam bereue ich, was ich aus dir gemacht habe. Das wollte ich nicht.«

»Was wolltest du dann?«

»Ich wollte dich zu einem gerechten, selbstsicheren Herrscher erziehen, der sich nicht darum kümmert, was die anderen von ihm denken, nicht einmal, wenn er einem Irrtum erlegen ist.«

Als sie den Raum verließ, fühlte sich ihr Bruder so einsam und verwirrt wie nie zuvor. Zwar wollte er es sich nicht eingestehen, doch es war ihm bewusst, dass sie vollkommen recht hatte.

Wenn er wirklich der Sohn der Sonne war, musste er sich für sein Handeln vor niemandem rechtfertigen.

Die Sorge um die Meinung der anderen hatte ihn dazu verleitet, Tupa-Galas abscheulichen Forderungen nachzugeben, und jetzt musste er befürchten, dass er dabei war, denselben Fehler zu wiederholen. Viel zu oft ließ er sich in seinen Handlungen von Zweifeln leiten, die er an seiner göttlichen Herkunft und seiner Legitimität hegte.

Doch wie sollte er unter den gegebenen Umständen nicht an sich zweifeln? Er fühlte sich weder göttlich noch allmächtig, nicht einmal gerecht oder aufrichtig in seinen Entscheidungen.

In einem kleinen Zimmer des Mondtempels wartete eine Frau.

In einem anderen Zimmer eines kleinen Palastes im Garten der Sonne eine andere.

Und eine dritte in den Kerkern der Festung am nördlichen Tor.

Er hatte keine von ihnen je zu Gesicht bekommen, noch würde er sie jemals sehen.

Ebenso würden sie den Sohn der Sonne niemals sehen, ja, vermutlich würden sie nicht einmal das Licht der Sonne je wieder erblicken.

Deshalb fühlte er sich klein und schäbig.

Waren diese Grausamkeiten eines Halbgottes würdig?

Wie sollte er jemals wieder an seine himmlische Macht glauben, an seine Unfehlbarkeit und Integrität, wenn der Plan, den sich der gerissene Yahuar Queché ausgedacht hatte, in die Tat umgesetzt wurde?

Mit welchem Recht könnte er seinen Untertanen verbieten, ihm in die Augen zu blicken, wenn er es war, der ihnen nicht mehr ins Gesicht sehen konnte, weil er sich so schämte?

Uneingeschränkte Macht über Menschen zu haben, war sehr befriedigend, diese jedoch ständig und unter allen Umständen verteidigen zu müssen, erwies sich als schwere Bürde.

Dank seiner göttlichen Herkunft war er Herrscher über die Welt, doch als er nun in seinem goldenen Garten saß, musste er sich fragen, ob das Blut, das in seinen Adern floss, tatsächlich von göttlichen Wesen stammte oder ob es nicht doch das eines gewöhnlichen Sterblichen war, den seine Vorfahren zum Gott erklärt hatten.

Vielleicht waren schon sein Vater, dessen Vater oder der Großvater seines Großvaters aus irgendeinem unerfindlichen Grund gezwungen gewesen, auf eine ähnlich schändliche List zurückzugreifen. Vielleicht hatten auch sie eine arme schwangere Bäuerin versteckt und deren Sohn später dem Volk als direkten Nachkommen der Sonne präsentiert.

Königin Alia war bereits im siebten Monat der Schwangerschaft. Sollte der ersehnte Thronfolger aus irgendeinem schrecklichen Grund sterben oder missgebildet zur Welt kommen, würde er durch das erste Kind, das eine dieser drei Frauen zur Welt brachte, ersetzt.

Yahuar Queché hatte sie sorgfältig nach ihren geistigen Fähigkeiten, ihrer körperlichen Verfassung und sogar nach ihrem Aussehen ausgesucht und dann im Schutz der Nacht nach Cuzco bringen lassen. Dort wurden sie an Orten versteckt, wo niemand sie finden konnte. Nicht einmal sie selbst wussten, warum sie dort waren, noch, welches Schicksal ihnen oder den Kindern bevorstand, die sie gebären würden.

Ihre einzige Aufgabe bestand darin, sie gesund und im richtigen Augenblick auf die Welt zu bringen. Schließlich sehen Neugeborene alle gleich aus, und niemand konnte sagen, welches Blut in ihren Adern floss.

Alles, was das Inkareich zum Überleben brauchte, war ein Neugeborenes, das man zum direkten Nachfahren der Sonne erklären konnte. Sollte später tatsächlich ein legitimer Erbe geboren werden, ein rechtmäßiger Sohn des Inka und der Königin, würde der falsche Emporkömmling auf dieselbe diskrete Art von der Bildfläche verschwinden, wie er gekommen war, als Opfer eines bedauernswerten Unfalls.

Blieb dieses erhoffte Ereignis jedoch aus, würde er viele Jahre später auf den Inkathron aus Gold und Edelsteinen gehoben werden, obwohl er in Wahrheit nur der Sohn eines armseligen Sklaven war.

Die Staatsräson war so verworren und undurchsichtig, dass sich zuweilen sogar Halbgötter gezwungen sahen, zu einer List zu greifen, um ihr gottgegebenes Schicksal zu erfüllen.

Angesichts dieser Sachlage fragte sich der Inka nun, ob dieser Plan tatsächlich dem durchtriebenen Hirn des verhassten Yahuar Queché entsprungen war oder ob er in seiner Sippschaft vielleicht ein Vorbild gefunden hatte.

Und er ahnte, dass die Antwort auf diese Frage eine schmerzliche Wahrheit enthielt. Wenn aufgrund der über Generationen hinweg gepflegten Verbindung zwischen Geschwistern bereits zuvor ein ähnliches Problem bestanden hatte, bestand durchaus die Möglichkeit, dass die vermeintlich reine Blutline zu Manco Cápac schon vor Urzeiten unterbrochen worden war. Und das bedeutete, dass in seinen Adern womöglich nicht ein einziger Tropfen göttlichen Blutes mehr floss. Er wäre dann bloß ein gewöhnlicher Usurpator, ein Thronräuber.

Im Laufe der von Intrigen und Täuschungen beherrschten Geschichte des Landes hatte es Tausende von Usurpatoren gegeben, doch in seinem Fall hätte er sich nicht nur unrechtmäßig den bedeutendsten Thron des Landes angeeignet, sondern sich auch noch zum Halbgott erklärt – mit ungeahnten Folgen.

Am Tag seines Todes käme er nicht wie die Halbgötter, die keine Rechenschaft für ihre irdischen Taten ablegen mussten, direkt ins Paradies, sondern vor ein göttliches Gericht, das ihn strenger bestrafen würde als irgendeinen Normalsterblichen, denn seine Handlungen auf der Erde hatten ungleich weitreichendere Folgen gehabt als die eines einfachen Hirten oder Goldschmieds.

Er hatte über Leben und Tod von Millionen von Menschen bestimmt, und jeder Einzelne von ihnen, der sich von ihm ungerecht behandelt fühlte, wäre dort, um im Augenblick der Wahrheit Gerechtigkeit zu fordern und ihn zur Rechenschaft zu ziehen.

Diejenigen, aus denen er *runantinyas* fertigen ließ, würden ihn wegen der unsäglichen Qualen anklagen, die er ihnen zufügte; diejenigen, denen er das Herz aus dem Leib reißen und in die Tiefe des Titicacasees werfen ließ, würden von ihm verlangen, dass er sie wieder herausholte, damit sie in Frieden ruhen konnten, und diejenigen, die er in blutige Schlachten schickte, würden eine exemplarische Strafe fordern für einen, der nicht das Recht hatte, solche unvernünftigen Kriege anzuzetteln.

Nachdem sich die Nacht über das Land herabgesenkt hatte, zog er sich wie üblich in das kleine Gemach zurück und befahl, man solle Yahuar Queché zu ihm bringen. Als dieser vor ihm auf die Knie fiel, bedeutete er ihm mit einer ungeduldigen Geste, er solle auf das Zeremoniell verzichten und sich erheben.

»Wie geht es den Frauen?«, fragte der Inka.

»Alles bestens, Herr«, antwortete der kleine Mann mit dem finsteren Blick. »Bei der ersten ist es bald soweit.«

»Viel zu früh, findest du nicht?«

»Es ist besser, wenn wir ganz sicher sein können, Herr. Ich habe meine Leute bereits ausgeschickt, damit sie sich nach anderen Frauen umsehen, falls es nötig sein sollte.«

»Nun gut. Das Wichtigste ist, dass niemand etwas davon erfährt.«

»Du kannst mir vertrauen, Herr. Wenn es tatsächlich nötig werden sollte, unseren Plan in die Tat umzusetzen, woran ich nicht glaube, weil dieses Mal alles darauf hindeutet, dass Königin Alias Schwangerschaft normal verläuft, wird niemand jemals die Wahrheit erfahren.«

»Das hoffe ich.« Der Inka zögerte, sah dem Mann in die Augen und fragte dann: »Und jetzt sag mir, hat es in der Geschichte unseres Reiches schon einen ähnlichen Fall gegeben?«

»Ich verstehe nicht, Herr«, antwortete Yahuar ausweichend.

»Versuch nicht, mich zu täuschen«, fuhr ihn der Inka wütend an. »Du verstehst sehr wohl. Ich will von dir wissen, ob es im Lauf der langen Geschichte unserer Dynastie schon einmal ein ähnliches Problem mit dem Thronfolger gab, das eine ähnliche Lösung erfordert hätte?«

»Nicht dass ich wüsste, Herr.«

»Du bist dir ganz sicher?«

»Weder die berühmtesten Chronisten des Reiches noch eins der vielen *quipus,* über die die *quipu-camayocs* wachen, berichten davon. Im Gegenteil, wir wissen, dass sich Inka Pachacuti einiger seiner Söhne entledigen musste, um einen späteren Machtkampf um den Thron zu vermeiden. Ich bin vollkommen sicher, dass in deinen Adern das reine Blut der Götter fließt.«

»Deinen Worten entnehme ich, dass du meine Gedanken gelesen hast.«

»Ich bin nicht dumm, Herr. Und ich meine, dich gut zu kennen. Du bist ein gerechter Mann, der mit eiserner Hand regiert, weil du davon überzeugt bist, dass das Schicksal dich dazu bestimmt hat.«

»In diesem Fall jedoch befolge ich nicht die Regeln, die ich mir selbst auferlegt habe.«

»Noch ist es nicht geschehen, Herr!«

»Doch was, wenn es geschieht?«

»Dann wirst du vielleicht einsehen müssen, dass der Friede und das Wohlergehen deiner Untertanen dieses Opfer wert sind. So schwer es dir auch fallen mag, gegen die heiligen Gesetze zu verstoßen, und so sehr dein Gewissen dich später plagen würde, es ist Teil der Bürde, die auf deinen Schultern ruht, seit du zum Inka ernannt wurdest.«

»Du rätst mir also, notfalls gegen meine eigenen Überzeugungen zu handeln?«

»Wenn deine Überzeugungen den Interessen von Millionen von Menschen zuwiderlaufen, dann bleibt dir gar nichts anderes übrig.« Der untersetzte Mann breitete die Arme aus, wie um seine Worte zu unterstreichen. »Entweder du tust es, oder du musst abdanken. Aber in diesem Fall hättest du niemanden, der dir auf den Thron folgen könnte.«

»Das ist allerdings wahr«, antwortete der Inka und seufzte. »Gut!«, fügte er hinzu. »Das Einzige, was wir machen können, ist, darauf zu vertrauen, dass die Königin einem echten Sohn der Sonne das Licht schenkt.« – »Gewiss.«

Der Mann mit dem finsteren Blick dachte einen Augenblick nach und sagte schließlich: »Herr, ich weiß, dass du General Saltamontes und Prinzessin Sangay zum Tode verurteilt hast. Ich weiß auch, dass du deine Entscheidung nicht mehr revidieren kannst und man sie hinrichten wird.«

Er räusperte sich.

»Aber es ist kein Geheimnis, dass Königin Alia die beiden liebt, und ich fürchte, dass ihr Tod sie schwer treffen und die Geburt des Kindes gefährden könnte.«

Er machte eine vielsagende Pause.

»Deshalb rate ich dir dringend, falls du mich für würdig befindest, dir einen Rat zu geben, die Hinrichtung so lange hinauszuschieben, bis der Thronfolger geboren wurde.«

»Das kann ich nicht.«

»Der Inka kann alles, was er will, o Herr.«

22

Tupa-Gala warf dem menschlichen Wrack, das vor ihm stand und sich ohne die Stützung durch den Offizier nicht auf den Beinen hätte halten können, einen verächtlichen Blick zu, schüttelte mehrmals den Kopf und sagte: »Was willst du hier?«

»Ich bin gekommen, um meine Tochter mitzunehmen«, antwortete Cayambe mühsam.

»Deine Tochter?«, entgegnete Tupa-Gala spöttisch. »Tunguragua ist nicht mehr deine Tochter. Sie ist das Opfer, welches das Volk der Inkas meinem Herrn Pachacamac bringt, um ihn für die erlittene Kränkung um Verzeihung zu bitten und um ihn anzuflehen, er möge Cuzco nicht dem Erdboden gleichmachen.«

»Trotzdem ist sie meine Tochter, und das wird sie bis ans Ende aller Zeit bleiben, ob es deinem Gott Pachacamac gefällt oder nicht«, widersprach Cayambe heiser. »Viracocha, der Schöpfergott, der Gott aller Götter, schenkte sie mir, und das kannst weder du noch irgendwer sonst auf der Welt abstreiten.«

»Und die Tatsache, dass Viracocha sie dir nur deshalb schenkte, damit sie Pachacamac geopfert wird, ist dir nicht in den Sinn gekommen?«

»Wenn ein Gott einem anderen Gott wirklich ein Opfer bringen wollte, dann bräuchte er dazu keine einfachen Menschen.«

»So viel glaubst du über die Götter zu wissen?«

»Nicht so viel wie du, gewiss …«, entgegnete Cayambe so erschöpft, dass man seine Worte kaum noch verstand. »Aber ich bin nicht hergekommen, um mit dir über die Götter zu diskutieren, sondern um dich zu bitten, mir meine Tochter wiederzugeben.«

»Pachacamac verlangt das Opfer.«

»Würde er nicht lieber einen General des Inka als Opfer annehmen als ein unschuldiges Mädchen, das niemandem etwas zuleide getan hat? Lass mich auf den Gipfel steigen und dort auf den Tod warten. Ich werde ihm schon zu erklären wissen, dass wir ihn nicht kränken wollten, dass wir ihn verehren und uns wünschen, dass der neue Herrscher geboren wird, damit die Dynastie weiter besteht.«

»Du willst also dein eigenes Leben für das deiner Tochter geben?«

»Mein Leben ist nichts mehr wert. Und ohne sie schon gar nicht. Wahrscheinlich ist auch meine Sangay längst erfroren, daher werde ich froh sein, deinem Herrn in die Augen zu blicken. Er wird das Opfer eines berühmten Generals höher schätzen als das eines zu Tode verängstigten kleinen Mädchens.«

Tupa-Gala brauchte eine Weile, um zu antworten. Während er nachdachte, beobachtete er, wie das Blut an den Beinen des Mannes hinabrann und nach und nach den Schnee rot färbte.

Nach einer Zeit, die wie eine Ewigkeit erschien, kehrte er endlich in die Gegenwart zurück, sah dem aufgelösten Mann, der jeden Augenblick zusammenzubrechen drohte, in die Augen und sagte: »Vielleicht hast du recht, und dieses ängstliche Mädchen ist nicht der geeignete Botschafter, um Pachacamacs Zorn zu besänftigen.«

Doch dann schüttelte er den Kopf.

»Aber ich bezweifle, dass der, der die Erde zum Beben bringt, sich mit einem menschlichen Wrack zufrieden gibt, denn nichts anderes bist du jetzt. Es wäre eine noch größere Beleidigung, wenn ich meinem Herrn einen Mann anbiete, der wegen Hochverrats zum Tode verurteilt wurde und sich kaum noch auf den Beinen halten kann.«

»Immerhin bin ich General im Heer des Inka«, wandte Cayambe ein.

»Das warst du einmal! Der Herrscher hat dich deines Amtes enthoben. Du bist ein Nichts. Und Pachacamac gehört nicht zu denen, die sich mit nichts zufriedengeben! Entweder bekommt er ein Opfer, das seiner würdig ist, oder aber sein Zorn wird in diesem Reich keinen Stein auf dem anderen lassen.«

»Das Leben ist das Einzige, was mir noch bleibt«, sagte Cayambe verzweifelt. »Würde dein Herr nicht jemanden bevorzugen, der sich freiwillig und mit Freuden opfert, statt eines zu Tode erschrockenen Wesens?«

»Gewiss«, antwortete Tupa-Gala in einem seltsamen Ton. »Aber ihm wäre jemand, der von der Bedeutung dieses Opfers überzeugt ist, noch lieber als jemand, der sich mit Freude opfert. Und das bist nicht du«, sagte er und schüttelte heftig den Kopf.

»Wer kann überzeugter sein als jemand, der sich freiwillig opfert?«

»Jemand, der zugibt, dass Pachacamac ein noch größeres Opfer verdient – ein Opfer, das alles, was es bislang in der Geschichte unseres Reiches gegeben hat, in den Schatten stellt. Ein Opfer, das alle Zweifel an den Tempeln des Pachacamac und seiner Diener für alle Zeiten wegwischt.«

Er lächelte verbittert, als er hinzufügte: »Den Hohepriester seines Tempels.«

In dem darauffolgenden Schweigen warfen sich General Saltamontes und der wachhabende Offizier einen ungläubigen Blick zu, als hätten beide nicht richtig verstanden.

Schließlich fragte der Offizier leise: »Du willst dich selbst opfern?«

»Ja.«

»Du willst auf den Gipfel steigen und dich deinem Gott, dem Erderschütterer, opfern?«

»So ist es.«

Wieder folgte ein durchdringendes Schweigen. Die beiden Krieger konnten nicht fassen, was sie aus dem Mund des anscheinend zu allem entschlossenen Hohepriesters vernahmen.

»Ich bin mir meiner schweren Fehler bewusst. Ich habe vielen Menschen großes Leid zugefügt, und jetzt muss ich mich dafür verantworten. Ich sündigte, weil ich dem Hochmut erlag. Trotzdem bin ich klug genug, zu wissen, dass es ungerecht wäre, wenn ein unschuldiges Wesen für meine Verfehlungen büßen müsste.«

Er warf Cayambe einen eindringlichen Blick zu, und über seine Lippen huschte ein bitteres Lächeln, als er fortfuhr: »Du hast bewiesen, dass du ein mutiger Mann bist, nicht nur, weil du dich barfuß und halb nackt hierher durchgekämpft hast, sondern vor allem, weil du den Mut hattest, für deine Tochter auf alles zu verzichten, selbst auf dein Leben.«

»Was um alles in der Welt hätte ich denn sonst tun können?«

»Nichts«, lautete die Antwort des Hohepriesters. »Du hättest nichts tun können. Aber nun, da ich sehe, wozu du fähig warst, muss ich gestehen, dass ich mich in dir täuschte. Du warst würdig, eine Prinzessin zu heiraten, die königliches Blut hat. Männer wie dich braucht das Inkareich.«

Er zeigte auf ein kleines Zelt hinter sich.

»Nimm deine Tochter mit!«, erklärte er. »Du hast es verdient. Ich werde ihren Platz da oben auf dem Gipfel einnehmen und versuchen, meinen Herrn davon zu überzeugen, dass er weiterschläft, sehr lange weiterschläft.«

Damit drehte er sich um und begann, langsam zum Gipfel emporzusteigen, ohne sich noch ein einziges Mal umzusehen.

Cayambe und der Offizier blieben reglos stehen und beobachteten, wie er hinaufkletterte, genauso ernst und feierlich, wie er jeden Morgen die Stufen zu seinem Tempel hinaufgestiegen war, um dem Gott ein Alpaka zu opfern.

Als er oben ankam und sich hinsetzte, das Gesicht dem

Westen zugewandt, um auf den Tod zu warten, sagte der Offizier heiser: »Nimm deine Tochter und lass uns diesen verfluchten Berg verlassen, ehe die Nacht hereinbricht und die Kälte uns alle tötet.«

Am Nachmittag hatten sie den ewigen Schnee hinter sich gelassen und marschierten über die schwarze Ebene. Da sahen sie einen Mann mit dem roten Stirnband der königlichen *chasquis*, der auf sie zugelaufen kam.

Er fiel vor dem Offizier auf die Knie, wartete einen kurzen Augenblick, bis er wieder zu Atem gekommen war, und sagte mit letzter Kraft: »Der Inka befiehlt, dass das Opferritual nicht vollzogen werde und man ihm Tupa-Gala in Fesseln nach Cuzco bringe!«

Der Offizier schüttelte den Kopf und zeigte auf die Spitze des Berges im Hintergrund.

»Zu spät«, erwiderte er. »Dafür ist es zu spät!«

23

Die schweigende Menschenmenge hatte sich dicht gedrängt um das Podest versammelt, das am nördlichen Tor der Befestigungsmauer errichtet worden war, und beobachtete voller Trauer, was von dem wunderbaren Paar übrig geblieben war, das noch vor wenigen Jahren die Hoffnungen der ganzen Stadt verkörpert hatte.

Drei Tage und drei Nächte war die Stadt Cuzco im Freudentaumel versunken, als die adlige Prinzessin und der General aus dem einfachen Volk beschlossen hatten, ihr Schicksal miteinander zu vereinen.

Wie hatte sich alles verändert!

Wie sollte man in den zwei zerlumpten, entkräfteten und bis auf die Knochen abgemagerten Gestalten, die schmutzig und gesenkten Hauptes auf dem Blutgerüst vor ihren Henkern knieten, das fröhliche und glückliche Paar wiedererkennen, das damals frisch verheiratet auf den Straßen von Cuzco die Huldigungen des ganzen Volkes entgegengenommen hatte?

Wie traurig, dass der Traum nun doch in einem bösen Erwachen endete!

Jeder Krieger des Inkareichs hatte in Cayambe ein lebendiges Beispiel dafür gefunden, dass man es bis zum General bringen und in die obersten Gesellschaftsschichten aufsteigen konnte, wenn man nur genügend Mut aufbrachte. Jedes Mädchen im Reich hatte in Prinzessin Sangay ihr Spiegelbild gesehen.

Und jetzt sollten sie beide gemeinsam erwürgt werden.

Gemeinsam, aber erwürgt!

Hätte das jemand damals während der dreitägigen Feiern

vorausgesagt, als das ganze Tal im Freudentaumel der Musik tanzte, Spott und Hohn wären die Antwort gewesen.

Auch jetzt erklang Musik.

Doch dieses Mal waren es nicht die fröhlichen Klänge von Flöten und Trommeln, sondern der strenge, düstere Widerhall der Hörner, die den Inka auf seinem schweren goldenen Thron ankündigten. Mehr als vierzig Männer mussten ihn tragen.

Während der Zug von hundert Kriegern an ihnen vorbeischritt, fielen sämtliche Bewohner von Cuzco auf die Knie und verbeugten sich so tief, dass sie mit der Nasenspitze fast den feuchten Boden berührten.

Sie erhoben sich erst wieder, als die Träger den Thron zehn Schritte von den beiden Verurteilten entfernt abstellten und ein Trommelschlag verkündete, dass sie wieder aufblicken durften.

Sie taten es in vollkommenem Schweigen.

Der Herrscher wirkte so abwesend und entrückt, dass er die Armseligen, die des Todes waren, nicht einmal eines Blickes würdigte.

Lange Zeit herrschte Totenstille.

Dunkle Wolken zogen von den Bergen im Südwesten auf und kündigten Regen an, doch man hätte meinen können, Frauen, Männer und Kinder wären zu Statuen erstarrt, die sich durch nichts erschüttern ließen, abgesehen von dem grausamen Schicksal, das diesen beiden geliebten Menschen bevorstand.

Schließlich ließ der Inka den Blick über die endlose Menschenmenge schweifen, die sich versammelt hatte, bis er an Cayambe und der Prinzessin Sangay, die reglos standen, hängen blieb.

Mit klarer, strenger Stimme, als wäre er von einer langen Reise zu einem Ort, den nur er kannte, auf die Erde zurückgekehrt, erklärte er: »Ihr seid wegen Hochverrats verurteilt worden, und deshalb kann es für euch nichts anderes geben als die Todesstrafe. So sieht es das Gesetz vor, und so habe ich bestimmt.«

Er machte eine Pause und fügte dann hinzu: »Jeder weiß, dass der Inka seine Entscheidungen niemals revidiert, aber jeder weiß auch, dass der Inka durch die Gnade der Götter allmächtig ist und daher das Schicksal der Menschen und der Völker ausschließlich von seinem unumstößlichen Willen abhängt.« Er sah sich herausfordernd um, erhob die Stimme noch mehr und verkündete: »Ich bin der Inka! Der direkte Nachkomme von Manco Cápac und dem Sonnengott. Mein Herz ist voller Freude, weil mir ein kräftiger und gesunder Sohn geboren wurde. Die Zukunft meiner Dynastie ist gesichert. Und deshalb bestimme ich, dass dies kein Tag des Todes und der Trauer sein soll, sondern ein Tag der Freude und der Vergebung.«

Ein Raunen flog durch die Menschenmenge.

Das Licht der Hoffnung fiel auf die Versammelten, die sich stolz aufrichteten und lauschten, damit ihnen nicht ein Wort dessen entging, was der Herrscher ihnen in dieser bedeutenden Stunde mitzuteilen hatte.

Cayambe und Prinzessin Sangay blickten auf und sahen den Mann an, der ihr Schicksal in den Händen hielt.

»Angesichts der großen Zuneigung, die Königin Alia, meine Gemahlin und die Mutter des zukünftigen Inkas, für euch empfindet, angesichts meiner Liebe zu ihr und meiner festen Überzeugung, dass ein Herrscher, der wahrhaft gerecht ist, auch Erbarmen zeigen muss, verfüge ich, der Inka, dass euch die Todesstrafe erlassen wird und ihr aus dem Reich verbannt werdet.«

Verhaltener Jubel brach aus, und viele Menschen fielen sich in die Arme.

Als wieder Stille eingekehrt war, schloss der Inka mit den Worten: »Du, General Saltamontes, wirst an der Spitze deiner Krieger gen Norden ziehen und die aufständischen Kaziken von Quito befrieden. Sollte es dir gelingen, wirst du Gouverneur der neuen Provinz sein. Anderenfalls wäre es besser, du würdest nicht überleben.«

Dann wandte er sich Prinzessin Sangay zu.

»Und du, Sangay Chimé, wirst sein Schicksal teilen. Keiner von euch wird jemals wieder in die heilige Stadt Cuzco zurückkehren.«

Mit einer kaum merklichen Geste bedeutete er seinen Trägern, ihn zu erheben und endete: »Das ist mein Wille, er möge geschehen.«

Und er geschah.

Anmerkung des Autors

Unweit von Quito ragen drei große Vulkane in den Himmel: der Cayambe, der Sangay und der Tunguragua. Die Legende besagt, sie hätten ihre Namen zum Gedenken an den gerechtesten, ehrlichsten und mutigsten Gouverneur, den die Stadt je hatte, an seine liebenswerte Gemahlin und ihre wunderschöne Tochter erhalten.

Lanzarote, März 1999

Glossar

Araucanos = Ureinwohner der Andenregion auf dem Gebiet des heutigen Chile
Cabuya = Agavenart mit langen schmalen Blättern *(furcraea cabuya)*
Capac-cocha = Opferritual, bei dem ein Kind auf dem Gipfel eines Berges eingemauert oder lebendig begraben wird
Chasqui = Stafettenläufer, der mündlich und wortgetreu Nachrichten übermittelt
Chicha = leicht alkoholhaltiges Getränk, das aus Mais gebraut wird
Coca = Blätter der Cocapflanze, aus der heute Kokain gewonnen wird; heilige Pflanze der Inkas, die wegen ihrer betäubenden und anregenden Wirkung vor allem zur Bewältigung großer körperlicher Anstrengungen eingesetzt wurde
Curaca = königlicher Steuereintreiber
Hampi-camayoc = Medizinmann der Inkas, dessen Wissen auf Überlieferung beruhte. Neben der praktischen medizinischen Erfahrung setzte er auch magische Riten zur Heilung ein.
Huaca = Tempel, Gebetsstätte
Quena = Flöte
Quipu = Schnüre, in die in festgelegten Abständen unterschiedliche Knoten eingefügt waren; eine Art »Knotenschrift«, mit deren Hilfe Ereignisse aufgezeichnet wurden
Quipu-camayoc = Bewahrer der *quipus*; »Knotenschriftgelehrter«
Runantinya = Trommel aus der bei lebendigem Leib abgezogenen Haut eines Menschen

Taccla = etwa zwei Meter fünfzig langer, gebogener Grabestock, der ähnlich wie ein Hacke eingesetzt wird

Tambos = Hütten, die an den Straßen des Inkareichs in einem bestimmten Abstand voneinander standen und in denen Reisende Proviant und Schutz fanden

Tortóra = spezielle Schilfart, die an den Ufern des Titicacasees wächst

Vizcacha = Andenkaninchen mit hellem, beigefarbenem oder grauem Fell

Weltbild Buchverlag
Deutsche Erstausgabe 2007

Dieses Werk wurde vermittelt durch die Literarische Agentur
Thomas Schlück GmbH, 30827 Garbsen.
Weitere Informationen zum Autor unter www.uklitag.com

Projektleitung: Gerald Fiebig
Übersetzung: Jean-Paul Ziller
Redaktion: Claudia Krader
Umschlag: Hauptmann & Kompanie
Werbeagentur GmbH, München–Zürich
Umschlagabbildung: Archivo Iconografico, S.A./Corbis
Satz: avak Publikationsdesign, München
Druck und Bindung: CPI Moravia Books s.r.o., Pohorelice

Gedruckt auf chlorfrei gebleichtem Papier

ISBN 978-3-89897-348-9